EIN GENTLEMAN GENIESST ... UND ERZÄHLT!

Jana Förster

EIN GENTLEMAN GENIESST ... UND ERZÄHLT!

33 Männer erzählen von
verrückten, missglückten, abenteuerlichen
und hocherotischen One-Night-Stands

SCHWARZKOPF & SCHWARZKOPF

INHALT

»Je größer, desto besser; in jeder Hinsicht.«

FREDDIE MERCURY

VORWORT

Nachdem ich *Fuck me now and love me later* geschrieben hatte, wurde ich sehr häufig gefragt, warum ich in dem Buch keine Männererfahrungen aufgeschrieben habe. Das wäre doch ungerecht den Männern gegenüber gewesen, die wären in dem Buch nicht gut weggekommen, viel zu oft schlecht im Bett gewesen und überhaupt.

Somit blieb nach einem Gespräch mit meinem Verleger der Laptop nicht lange ungenutzt und ich machte mich voller Vorfreude und Tatendrang an die Arbeit. Die nächsten 300.000 Zeichen schreibe ich ausschließlich im Auftrag der Männer, sagte ich mir. Das würde spannend werden, dessen war ich mir sicher.

Wie bei den Büchern zuvor machte ich mich in meinem Umfeld auf die Suche nach Erlebnissen. Ich fragte jedes männliche Objekt, dem ich begegnete, nach Erfahrungen nächtlicher Abenteuer jeglicher Art. Doch während die Frauen kaum an sich halten konnten, als ich das Wort »One-Night-Stand« noch nicht mal ganz ausgesprochen hatte, waren bei Männern nur ein Stirnrunzeln und große Augen zu sehen. Schulterzucken vielleicht auch noch. Und dann kam ein zögerliches »Ich denk mal drüber nach« und das Gespräch war meistens wieder beendet. Sie sehen, liebe Leser, da gibt es einen gravierenden Unterschied zwischen Männern und Frauen. Wo bei Frauen ein ganzes Buch über die Eindrücke einer einzigen Nacht verfasst werden könnte, sagt ein Mann nur »war gut« oder »ging so«.

Ich fragte mich, ob die Männer nur mit mir – einer Frau – nicht über das Thema reden wollten. Oder ob sie sich tatsächlich nicht detailliert erinnern konnten. Und während ich mich mit den Gedanken der Männer beschäftigte, begriff ich, dass Männer tatsächlich nicht – auch nicht unter ihresgleichen – darüber reden.

Maximal erwähnen sie die Körbchengröße der Dame oder die Form des Popos, aber wird genauer nachgefragt, wie der erste Kuss war oder was sie dabei fühlten und dachten, ist Schulterzucken angesagt.

Nach einigen Wochen und den ersten Gesprächen zu diesem Buch und den überforderten Männern dazu wünschte ich mir nichts sehnlicher, als Hypnose zu beherrschen. Sie mittels Pendel ganz tief in ihren Erinnerungen kramen zu lassen, um endlich ein genaues Bild der Geschehnisse zu bekommen.

Doch dann passierte etwas Bahnbrechendes, jedenfalls für mich und dieses Buch: Eines Abends saß ich mit meinem Mann bei einem Glas Wein auf der Couch und berichtete ihm von meinen ersten Erfahrungen. Er grinste – wie er es gern tut, wenn ich mich mal wieder blöd anstelle – und gab mir *den* Hinweis. Ohne diesen Tipp würde dieses Buch wohl nur 20 Seiten haben und mit Drei-Wort-Sätzen glänzen.

Er sagte: »Du darfst einem Mann niemals sagen: ›Jetzt fang mal an zu erzählen und ich schreibe einfach mit.‹ Das hat bei Frauen geklappt, ist bei Männern aber nur eins: fatal. Da fühlen wir uns wie vor einem überfüllten Kühlschrank auf der Suche nach einem kleinen Stück Butter. Du musst gezielte Fragen stellen. Frag sie, wann und wo sie die Frau kennengelernt haben, was ihnen an den Körpern der Frauen positiv aufgefallen ist, was sie besonders gut konnten und so. Sag ihnen, dass die Butter im zweiten Fach hinten links liegt. Und niemals zu viele Fragen auf einmal stellen. Immer schön die Antwort abwarten und dann die nächste gezielte Frage.« Ah ja …

Was soll ich sagen? Das Buch hat, wie Sie es gerade in den Händen halten, mehr als 20 Seiten und ich bin glücklich damit. Ich musste dafür auch niemanden hypnotisieren. Auch wenn ich den ein oder anderen Mann in Trance auf meinen Befehl hin gern in Unterwäsche putzen gesehen hätte. Aber jetzt schweife ich ab … Zurück zum Buch.

Als ich dann endlich ein paar Erfahrungen und Anekdoten aus den Männern herausbekommen hatte, fiel mir ein weiteres Phänomen auf: Gorillastorys. Ich hörte fast ausschließlich Geschichten, bei denen die Männer mir gegenübersaßen und imaginär auf ihre Brust trommelten, weil sie es den Frauen so gut besorgt hatten, dass sie ihnen noch heute in Scharen hinterherliefen. Multiple Orgasmen und stundenlanges Gevögel waren an der Tagesordnung. Komisch, dass ich das von den Dutzenden Frauen für die Gespräche zum letzten Buch kaum gehört hatte.

Wer meine Bücher gelesen hat, wird gemerkt haben, dass ich eine Schwäche für verpatzte Geschichten habe. Die mag ich einfach. Vielleicht, weil ich selbst ziemlich tollpatschig bin und mein Leben dadurch irgendwie unfreiwillig komisch ist. Mir kann immer und überall das Verrückteste passieren. Deswegen schreibe ich auch gern darüber, wahrscheinlich, weil ich mich dann nicht mehr allein auf der Welt mit mir und meinen Pannen fühle.

Machen Sie mir zuliebe mal den Test! Setzen Sie sich einem Mann gegenüber und fragen ihn: »Erzähl mir doch mal ein Erlebnis, bei dem du alles verkackt hast und die Frau lachend davongelaufen ist.« Glauben Sie mir, diese Blicke haben sich in meinen Kopf eingebrannt. Todesblicke. Manche Männer haben danach nie wieder ein Wort mit mir geredet. Aber bei einigen hat es geklappt. Und wie immer waren es genau diese Geschichten, die mir am meisten Spaß bereitet haben. Ich hoffe, Ihnen geht es genauso.

Viel Spaß damit!

Ihre Jana Förster

PS: In diesem Buch sind Orte, Namen und Geschehnisse so verfremdet, dass niemand vor Scham auswandern muss …

DER 1. ONE-NIGHT-STAND

MANCHMAL LIEBER KLAPPE HALTEN

Tim (32), Barkeeper, Quedlinburg,
über
Melanie (24), Nageldesignerin, Goslar

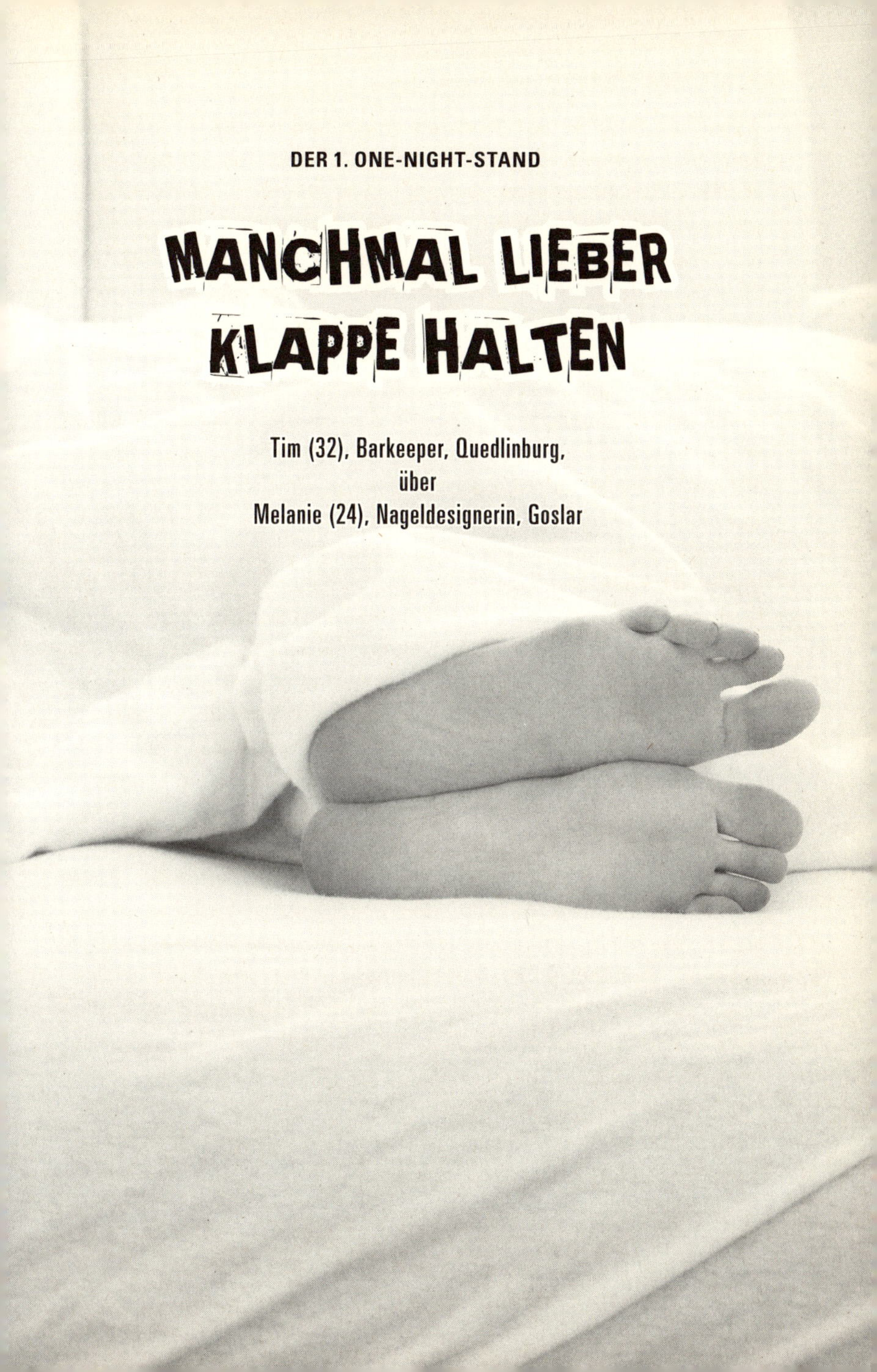

Ich war seit mehreren Monaten Single und genoss diese Zeit in vollen Zügen. Doch trotz der vielen Mädels, die ich nach und nach kennengelernt hatte, war keine Frau für eine Beziehung dabei gewesen. Die Gründe dafür waren vielfältig, dennoch war jeder für sich eindeutig. Einige waren zickig, wenn ich mich einen Tag mal nicht gemeldet hatte. Andere hatten die letzte Trennung noch nicht verdaut und redeten ständig von den Vorzügen des Exfreundes. Oder davon, was für ein riesiger Arsch er gewesen sei, und überhaupt gebe es keine ordentlichen Männer im Land. Oder sie fragten gleich beim zweiten Date, wie viele Kinder ich denn haben wolle. Wenn ich wahrheitsgemäß »zwei« geantwortet hatte, schäumten sie über vor Freude und erzählten mir etwas von tickender Uhr und worauf wir überhaupt warten würden. Ich hatte das Gefühl, dass es vor traumatisierten Frauen nur so wimmelte.

Und dann gab es da noch Melanie, die besondere Melanie, mit der ich in wenigen Stunden mehr Turbulenzen durchlebt hatte als mit allen anderen Damen meiner Single- und Beziehungszeit zusammen.

Ich war mit Mike, meinem engsten Aufreißverbündeten, am Samstagabend in einem Klub unterwegs, der für die heißesten Mädels in der ganzen Umgebung bekannt war. Als wir in den Klub reinkamen, trauten wir unseren Augen nicht. Miniröcke, toupierte Haare und hochgeschnallte Brüste soweit das Auge reichte. »Also wenn wir heute keine Willige finden, mit der wir ein paar nette Stunden verbringen können, ziehe ich beim nächsten Spiel ein Bayerntrikot an«, sagte Mike, der eingefleischter Dortmund-Fan ist. »Schon allein, um das zu sehen, würde ich heute auf alles verzichten«, sagte ich voller Belustigung darüber, wie sicher er sich seiner Sache schon war. Wenn er die Worte »Bayerntrikot« und »anziehen« in einem Satz verwendet, hat er entweder hohes Fieber oder ihm werden Millionen dafür geboten.

Aber gut, zurück zur Frauenauswahl: Als wir zu einem der vielen Bartresen gingen und Gin Tonic bestellten, ließ ich meinen Blick durch den Raum schweifen. Ganz in der Nähe standen zwei Damen, die mich spontan an Cindy aus Marzahn erinnerten. Nur dicker. Die Kleidung, die sie trugen, war etwa in der Größe 48, trotzdem war sie zwischen den Röllchen kaum auszumachen. Durch gefühlte drei Tonnen Make-up in Rosa und Pink leuchteten ihre Gesichter wie Weihnachtsbäume. Den Rock von einer der beiden konnte man kaum erkennen, weil der Bauch (oder die Schürze?) sich ungeniert über ihn legte. Die andere hatte so enge Hosen an, dass ihre Schenkel an die Mondoberfläche erinnerten.

Ich möchte an dieser Stelle nichts gegen wohlgeformte oder gar dralle Frauen sagen, aber eins möchte ich schon gern deutlich machen: Man sollte sich seinem Aussehen nach stylen und anziehen. In diesem Punkt ist weniger nicht gerade mehr.

Schnell woanders hingucken, dachte ich mir, nicht dass eine der beiden gleich neben mir steht oder sich gar auf mich setzen will.

Beim weiteren Umsehen fiel mir eine wunderschöne junge Frau auf. Sie hatte schulterlanges, pechschwarzes Haar, volle Lippen und eine Figur, die mich an professionelle Volleyballerinnen erinnerte. Sie lachte ausgelassen, was ich bei Frauen extrem sexy finde. Humor und eine positive Ausstrahlung sind viel anziehender als ein perfekter Body oder lange Beine. Doch bei ihr war alles genau da, wo es hingehörte. Dann drehte sie sich kurz um, schaute in meine Richtung und damit war es endgültig um mich geschehen: Ich würde alles versuchen, um sie kennenzulernen, das stand so fest wie mein kleiner Freund beim ersten Pornokonsum.

»Mike, ich will heute Abend keine andere kennenlernen als die da hinten«, sagte ich und zeigte unauffällig auf sie.

»Ach die? Geile Frau, nicht wahr? Aber ich kenne sie, sie ist die kleine Schwester von einem ehemaligen Klassenkameraden. Die ist total kompliziert, hat er gesagt. Ich hatte auch schon mal ein Auge auf sie geworfen und …« Ich hörte ihm gar nicht richtig zu, denn er hatte mir mit seinem Geschwätz schon das eine oder andere Mal die Lust auf eine Frau verdorben. Komisch war nur, dass er meistens einige Wochen später selbst an ihr dranhing und sich – was für ein

Zufall – in seiner ursprünglichen Einschätzung etwas vertan hatte. Aber dieses Mal sollte es anders kommen, beschloss ich. Er hätte mir auch erzählen können, dass er sie beim Popeln gesehen oder sie eine Warze am Steißbein hätte, ich war immun dagegen.

Ich beobachtete sie und war fasziniert von der Lebensfreude, die sie ausstrahlte. Und ihr schienen meine Blicke nicht verborgen zu bleiben. Sie guckte mich an, erwiderte meinen intensiven Dich-würde-ich-gern-kennenlernen-Blick und schenkte mir ein Lächeln, das mich innerlich schon triumphieren ließ. Sie hatte also auch Interesse. Gut! Als ich wieder zur Seite guckte, um Mike anzukündigen, dass ich gleich zum Angriff übergehen würde und er nicht auf mich zu warten brauchte, traf mich fast der Schlag: Er sprach mit einer der beiden Cindy-Doubles. Die andere Drohne knutschte heftig mit einem afrikanischstämmigen Mann herum und ich spürte den Herpes an meiner Lippe schon mal Hallo rufen, als ich ihn an ihr rumwühlen sah. Aber Mike, was zum Teufel machte Mike da? Er unterhielt sich angeregt auf gefährlich nahem Terrain mit der schlankeren von beiden, wobei der Begriff definitiv nicht richtig gewählt ist. Ich meine, er hatte schon so einige Ausfälle bei der Wahl seiner Frauen gehabt, aber eine Frau gen 100 Kilo war – meines Wissens – noch nicht dabei gewesen. Würde er etwa wegen eines Bayerntrikots so weit gehen? Ich musste lachen und erschrak regelrecht, als mich jemand mit einem »Hi« aus meinen Gedanken riss. Ich sah direkt in die wunderschönen Augen der Volleyballerin.

»Ich dachte, wenn wir uns nicht langsam einander vorstellen, wird das heute gar nichts mehr«.

Ich war baff und brachte keinen Ton heraus. Sie war nicht nur hübsch, sondern auch selbstbewusst und tough. Das gefiel. Und langsam kehrte meine Sprache wieder zurück.

»Hi, ich bin Tim. Und ich hätte mir die Chance, dich kennenzulernen, heute Abend nicht entgehen lassen. Aber umso besser, dass du jetzt schon da bist.«

»Ich bin Melanie«, sagte sie und grinste mich an. »Dein Freund da drüben scheint ja schon Bekanntschaft gemacht zu haben.« Ich guckte wieder zu Mike und erschauderte, er hatte schon den Arm um eine der Cindys gelegt. Nicht, dass ein Arm für ihr Kreuz ausgereicht hätte …

»Sieht so aus, als würde er mal neue Wege beschreiten …«, sagte ich mit mehr Zweifel in der Stimme, als es vielleicht angebracht war. »Auch Frauen mit Kurven können tolle Frauen sein«, tadelte Melanie.

»Ähm, natürlich.«

Ich musste mich räuspern. Verdammt, ich bin so schlecht im Lügen. Ich persönlich hatte noch keine Frau ab Kleidergröße 44 kennengelernt, die mich ernsthaft fasziniert oder gar angemacht hatte. »Ach, da haben wir also ein oberflächliches Exemplar. So so.« In welche Richtung läuft das Gespräch gerade?, fragte ich mich. So war das eigentlich nicht geplant gewesen.

»Na ja, ›oberflächlich‹ ist vielleicht etwas hart ausgedrückt. Ich weiß nur sehr genau, was mir persönlich gefällt.«

»Okay, dann lassen wir das Thema lieber. Und deinem Freund seinen Spaß.«

Wir schauten beide zu Mike, der schon deutlich in Cindys Lippennähe gerutscht war. Ich würde ihn am nächsten Tag unbedingt fragen müssen, was ihn da geritten hat. Oder ob *sie* ihn noch geritten hat. Wie auch immer, meine Gedanken schweiften schon wieder ab, als Melanie fragte: »Bist du öfter hier?«

»Ab und zu. Und du?«

»Ich bin heute nur hier, weil eine Freundin Geburtstag hat. Wir machen uns gleich auf den Weg in eine Bar.«

»Ach, ihr wollt schon gehen?«

»Ja, leider.«

»Hast du vielleicht Lust, morgen mit mir etwas trinken zu gehen?«

Mein Herz pochte schneller, weil ich nicht wusste, ob sie mich wirklich für einen oberflächlichen Typen hielt.

»Gern. Vielleicht bist du ja doch ganz nett und nicht so ein oberflächlicher Arsch.«

Sie lächelte nicht, als sie das sagte. Ironisch scheint sie das also nicht gemeint zu haben. Ehrlichkeit dagegen war wohl eine ihrer Stärken. Oder Schwächen. Wie man's nimmt.

»Ich bringe morgen meinen Gentleman-Anteil mit. Ich habe ihn heute nur leider zu Hause vergessen.«

Sie lachte immer noch nicht. Kein gutes Zeichen.

»Willst du mich gar nicht nach meiner Telefonnummer fragen?«

Verdammt. Ich machte aber auch alles falsch.

»Ähm, entschuldige. Natürlich möchte ich gern deine Nummer haben.«

Nachdem sie sich etwas kühl von mir verabschiedet hatte und gegangen war – natürlich nicht, ohne noch einmal verführerisch mit dem Po in der heißen Jeans zu wackeln –, stand ich wie ein begossener Pudel mit einem Zettel in der Hand (zum Glück mit Handynummer darauf) an der Bar und ärgerte mich über mich selbst. Sie hatte einen völlig falschen Eindruck von mir gewonnen. Ich würde bei unserem Date am nächsten Tag alles geben müssen, was mein Charme zu bieten hatte, um sie zu beeindrucken.

Ein Blick zu Mike verriet mir, dass er sich so schnell nicht mehr aus den Tentakeln der Qualle befreien konnte. Oder wollte. Wie auch immer. Mit einem kurzen Blick signalisierte ich ihm, dass ich für heute keine Lust mehr hatte und schon nach Hause gehen würde. Also saß ich zehn Minuten später in meinem Auto und war auf dem Heimweg, so früh wie noch nie. Als ich eingeparkt hatte, schickte ich Melanie eine Nachricht über WhatsApp.

Ich, 1:21 Uhr: *Hallo hübsche Melanie. Auch wenn unser Kennenlernen etwas holprig war, freue ich mich sehr darüber und hoffe, dass unser Date morgen noch steht. Gruß, Tim.*

Melanie, 1:32 Uhr: *Holprig ist schön ausgedrückt. Ja, unser Date steht noch. Mich interessiert, ob der erste Eindruck heute ein Versehen war.*

Ich, 1:33 Uhr: *Ich bin eigentlich ganz nett …*

Melanie, 1:46 Uhr: *Nett ist die kleine Schwester von …*

Ich, 1:49 Uhr: *Und schon wieder habe ich das Fettnäpfchen erwischt. Ok, Themawechsel. Ich wollte dir vorhin noch etwas sagen, was sich irgendwie nicht mehr ergeben hatte: Deine Jeans stand dir unglaublich gut. Ein Hingucker …*

Mittlerweile lag ich im Bett und entspannte mich langsam von dem kuriosen Abend. Was Mike wohl gerade machte?

Melanie, 2:25 Uhr: *Und mein Shirt stand mir nicht?*

Was? Ich mache ihr ein Kompliment über ihre Jeans, und sie fragt mich, ob ich ihr Shirt deswegen hässlich fand? Ich grübelte, was wohl die beste Antwort sein würde. Dabei wurde ich irgendwie müde … Dieses ganze Nachdenken bekommt mir mitten in der Nacht nicht. Frauen können aber auch kompliziert sein.

Ich schreckte von einem Piepen auf: eine WhatsApp-Nachricht, von Melanie. War ich etwa eingenickt?

Melanie, 3:58 Uhr: *Was ist los? Fällt dir etwa keine passende Antwort ein?*

Ich, 4:00 Uhr: *Ich bin schon zu Hause und eingeschlafen, entschuldige. Natürlich hast du hinreißend ausgesehen, in deinem ganzen Outfit. Hast du schon eine Uhrzeit für unseren Drink morgen im Kopf?*

Melanie, 4:04 Uhr: *19 Uhr im Coco? Ich bin dort vorher mit einer Freundin verabredet.*

Ich, 4:05 Uhr: *Perfekt. Ich freue mich sehr. Bis heute Abend. Gruß, Tim.*

Ich schlief mit den Gedanken an Melanie ein. Was für eine verrückte Frau. Irgendwie schwierig. Und reizvoll. Sexy. Anziehend. Launisch. Interessant.

Als ich am Abend in die Bar kam, sah ich Melanie sofort Nicht nur, weil sie ein Dekolleté zum Anbeißen zeigte, sondern weil ihre schwer adipöse Freundin neben ihr saß. Mir wurde auf einen Schlag alles klar. Als ich in der Disco abfällig über die Cindys gesprochen hatte, fühlte sie sich ihrer Freundin gegenüber verpflichtet. Okay, das erklärte einiges. Ich ging auf die beiden zu und schüttelte der Begleitung von Melanie besonders freundlich die Hand, damit könnte ich bestimmt wieder Pluspunkte sammeln. Meine Rechnung ging auf. Ich setzte mich dazu und brachte mich ins Gespräch ein, als sich die Freundin schließlich mit einem wohlwollenden Lächeln auf den Weg machte.

»Heute war dein Charme definitiv mit von der Partie. Freut mich sehr, Tim inklusive Anstand kennenzulernen«, zwinkerte Melanie mir zu.

Das lief doch hervorragend für mich. Und zwar dahin gehend, dass ich mir sicher war, dass sie nicht die Frau fürs Leben werden würde. Aber sehr wohl für mein Bett. Sie hatte wirklich eigenartige Ansichten.

Im ersten Moment erzählte sie mir von armen Hühnern in Käfigen, die nur für unseren Konsum leiden müssen. Im nächsten Moment bestellte sie sich einen Salat mit extra viel Hühnerbrust drauf. Dann sprach sie pausenlos über ihren Hunderüden – Aufgepasst! – Muschi, der vor Kurzem verstorben war. Es tat mir ehrlich leid, aber nach über einer Stunde Hundekrankengeschichte inklusive Durchfallanalyse war mir das Thema allmählich zu viel.

Aber eins war unumstritten: Diese sexy Frau war temperamentvoll. Und wenn ich etwas im Bett liebe, dann sind es Frauen, die wissen, was sie wollen.

Und zu meinem Glück sah sie das ganz ähnlich. Denn plötzlich, völlig aus dem Zusammenhang gerissen, sagte sie: »Also ich weiß ja nicht, wie lange du noch um den heißen Brei herumreden möchtest, aber ich würde jetzt gern zu einem von uns beiden nach Hause fahren.« Eine Frau, ein Wort.

So saßen wir keine zehn Minuten später in ihrem Auto, um zu ihr zu fahren. Jackpot. Ich fühlte mich wie ein Lottogewinner. Zum Glück hatte ich nur zwei Mojito getrunken, was meinem Stehvermögen also keinen Abbruch tun sollte.

Wenn sich unsere Blicke trafen, sprachen sie eine eigene Sprache. Ich malte mir aus, wie ich Melanie gleich hinter ihrer Wohnungstür die Klamotten vom Leib reißen, sie wild küssen und in epischer Länge nehmen würde. Wenn wir im Hausflur überhaupt bis zu ihrer Wohnungstür kämen.

Meine Fantasie sprudelte über, in meiner Hose brodelte es. Und als wir an einer Bahnschranke halten mussten, fielen unsere Münder kurzerhand stürmisch übereinander her.

Mir war vollkommen klar, dass wir uns beide nach diesem Abend wahrscheinlich nicht mehr wiedersehen würden. Dafür waren wir einfach zu verschieden. Doch von einer tollen Nacht mit erfülltem Sex war ich überzeugt.

Wir wollten uns. Sie konnte wirklich sehr gut küssen und brachte mein Blut damit ziemlich in Wallung. Ich griff ihr in den Nacken, um sie noch näher an mich zu ziehen.

Als ich mir ihre weichen Lippen gerade an meiner empfindlichsten Stelle vorstellte, löste sie sich von mir. Sie fasste sich stirnrunzelnd an ihre Schläfe und sagte leise: »Aua. Ich glaube, ich bekomme da einen Pickel.«

In meinem Innersten machte es »Rumms«, meine Lust knallte wie eine Wasserbombe aus dem vierten Stock auf den Boden der Tatsachen. Noch bevor ich darüber nachdenken konnte, brachte es mein Mund heraus: »Ist egal, ich sehe dich eh gleich nur noch von hinten.«

Und es machte erneut »Rumms«, nur diesmal nicht mehr in meinem Inneren. Hart und viel schneller, als ich es fassen konnte, knallte ihre Handfläche gegen meine Wange. Da war sie dahin, die Hoffnung auf tollen Sex. Denn keine Minute nach ihrer dermatologischen Diagnose stand ich mit meiner Jacke in der Hand auf der Straße und sah sie mit quietschenden Reifen davonfahren.

Als ich wenig später bei Mike auf der Couch saß und ein Bier trank, was ich zwischenzeitlich an meine glühende Wange hielt, war meine Melanie-Geschichte schnell erzählt. Er hörte mir von

Lachkrämpfen geschüttelt zu und sagte nur: »Prost, du hast es dir verdient.«

Auf meine Frage hin, wie denn sein Abend noch verlaufen wäre, erwiderte er: »Ich bin um eine Erfahrung reicher. Und die war nicht mal halb so schlecht, wie ich erwartet hätte.« Wir stießen an und schüttelten beide lächelnd den Kopf über die letzten 24 Stunden.

DER 2. ONE-NIGHT-STAND

DER WEG IST DAS ZIEL

Henry (41), Unternehmer, Augsburg,
über
Frau Kleinschmidt (32), Bereichsleiterin, Ferch

Meine Personalleiterin saß zur allmorgendlichen Kurzbesprechung in meinem Büro, als sie mir eine Bewerbung unter die Nase hielt: »Und hier Frau Kleinschmidt, die ich nachher für die Niederlassung Brandenburg zum Vorstellungsgespräch geladen habe.« Dabei fiel mein Blick auf das Bewerbungsfoto und er blieb länger als gewöhnlich daran hängen. Es war der Blick eines Mannes, nicht der eines zukünftigen Chefs.

Auf dem Foto lächelte mich eine hübsche Blondine an. Doch außer dem Offensichtlichen sah ich noch einiges mehr: Selbstbewusstsein, Stolz, Anmut, Weiblichkeit und ein wenig Verschmitztheit.

Ich nahm die Bewerbung genauer unter die Lupe und blätterte ihr Anschreiben und den Lebenslauf durch. Ich ertappte mich dabei, wie ich nach einem Familienstand suchte. Frau Wicht sah mich irritiert an, denn sie kannte mich nie länger als belanglose zehn Sekunden eine Bewerbung sichten. Da waren es schon mehr als 20. Ich fühlte mich ertappt, gab ihr die Unterlagen schnell zurück und fragte: »Wann kommt denn die Dame?«

»Um elf.«

Ich nickte kurz und ging zu weit weniger attraktiven Tagesthemen über. Aber eins war sicher: Ich würde mir die junge Frau genauer ansehen.

Einige Zeit später saß ich an meinem Schreibtisch und kontrollierte ungewöhnlich oft meine Uhr.

Normalerweise beschäftige ich mich mit anderen Gebieten meiner Firma als mit Bewerbern, Frau Kleinschmidts Foto hatte mich jedoch neugierig gemacht.

Kurz vor elf ging ich unter einem lapidaren Vorwand ins Büro von Frau Wicht. Und auf dem Stuhl saß sie, noch hübscher und attraktiver als auf dem Bewerbungsfoto.

»Guten Tag, Frau …«

»Kleinschmidt«, ergänzte sie und gab mir freundlich die Hand. Natürlich wusste ich ihren Namen, aber zugeben konnte ich das unmöglich, schon gar nicht vor meiner Mitarbeiterin.

Ich predigte nämlich schon seit eh und je, dass Liebschaften jeglicher Art nichts im Kollegium zu suchen haben. Erst lenkt es die Mitarbeiter ab, weil sie miteinander flirten. Dann lenkt es ab, weil es vorbei ist und die Stress- und Streitphase beginnt. Dann will einer der beiden versetzt werden, ist plötzlich krank, wenn er mit dem anderen ein Projekt erarbeiten soll, und das negative Klima breitet sich unter dem ganzen Kollegium aus. Von den Ablenkungen der lästernden Kollegen ganz zu schweigen, die in der Kaffeeküche tratschend flüstern: »Wusstest du schon, dass Bernd und Heike …« Kurzum: Sex unter Kollegen ist immer eine ganz schlechte Idee.

Aber wer hätte ahnen sollen, dass sich Frau Kleinschmidt einmal bei mir bewirbt? Ich beschloss, das Regeln ausschließlich für Mitarbeiter gemacht sind. Und ich bin schließlich der Boss.

Ich saß wieder an meinem Schreibtisch und war voller Vorfreude, weil ich nach dem Gespräch Frau Kleinschmidt in mein Büro bestellt hatte. Wenig später klopfte es an meiner Tür. Ich bat sie herein und spürte, dass sie sich nicht sicher war, was sie von diesem Extragespräch beim Chef halten sollte. Und ich auch nicht, um ehrlich zu sein. Ich wollte sie nur unbedingt in meinem Büro haben.

»Wie ist das Gespräch gelaufen?«, fragte ich sie betont distanziert. Noch.

»Wunderbar.«

»Das freut mich. Und woher kommen Sie genau?«

»Aus Ferch. Ich fühle mich in meiner Heimat sehr wohl und bin erleichtert, dass die Stelle dort noch nicht besetzt ist.«

Ich ertappte mich dabei, wie ich sie von oben bis unten musterte. Ihr Körper, ihr Lächeln, … ihr ganzes Auftreten ließ jeden Mann tagträumen. Auch mich.

»Ähm, wie es aussieht, ist die Stelle ab heute besetzt«, sagte ich und blickte in zwei strahlende Augen. Sie funkelte mich an, ich flirtete zurück.

Dann brachen Minuten des Schweigens an. Nein, nicht diese peinliche Stille, aus der man am liebsten fliehen möchte. Es waren Minuten voller inniger Blicke, Kopf-Schieflegen, Schmunzeln und tonloser Worte, denen nichts mehr hinzuzufügen war.

Als ich sie wenig später zur Tür meines Büros begleitete, stand ich dicht hinter ihr. Sie drehte sich um, um sich von mir zu verabschieden, doch um sich die Hand zu geben, standen wir zu nah beieinander Wir schauten uns an und mein Herz schlug mir bis zum Hals. Ich hielt diese Anziehungskraft nicht mehr aus. Ich küsste sie. Und sie erwiderte meinen Kuss erstaunlich leidenschaftlich.

Zu mehr war es nicht gekommen, denn der Gedanke, dass sie eine neue Mitarbeiterin ist, ließ sich dann doch nicht so leicht verdrängen. Und ihr mit unserer Liebschaft die Chance auf eine Karriere in meinem Unternehmen zu rauben, kam überhaupt nicht infrage.

Wochen später fuhr ich mit dem Zug zu einem wichtigen Geschäftstermin. Frau Kleinschmidt hatte ich seit unserem prickelnden Gespräch nicht mehr gesehen oder gesprochen. Doch zu diesem Meeting hatte ich auch sie bestellt. Aber leider auch einige andere Kollegen aus den verschiedenen Niederlassungen.

Der Zug stoppte in Ferch. Viele Passagiere stiegen zu. So auch Frau Kleinschmidt. Sie lief an meinem Abteil vorbei und blieb anscheinend kurz danach stehen, denn die Leute hinter ihr hatten allesamt einen kleinen Auffahrunfall. Sie drängelte sich an den anderen vorbei, wieder zurück und blieb vor meiner verschlossenen Tür stehen. Sie schenkte mir dabei ein Lächeln, das mir augenblicklich Schweißhände bereitete. Ich bat sie zu mir ins Abteil, welches ich ganz für mich allein hatte. Ich Glückspilz.

»Na so ein Zufall«, sagte sie keck und setzte sich direkt neben mich. Ihre zarten Schenkel scheute sie nicht gegen meinen zu lehnen. Hitze stieg in mir auf. Und auch ihre Wangen wurden rot.

»Wie schön, Sie wiederzusehen. Das macht einem die Zugfahrt um einiges angenehmer«, säuselte ich anzüglich. Ich konnte mich keine Minute in ihrer Gegenwart zusammenreißen. Was machte diese Frau nur mit mir?

»Meine Bahnfahrt wird wahrscheinlich auch spannender, als ich gedacht habe.« Sie drehte ihren Kopf dabei in meine Richtung. Wieder waren wir viel zu dicht beieinander. Ich fühlte mich von ihren vollen Lippen derart angezogen, dass ich kaum widerstehen konnte, sie zu küssen. Sie zog mich an wie die Fata Morgana den Durstigen. Und das war ich in der Tat: durstig. Durstig nach Lust, nach Verlangen, Hingabe und Leidenschaft. Durch die zahllosen Überstunden hinter meinem Schreibtisch hatte dieses wichtige Thema in meinem Leben viel zu wenig Aufmerksamkeit bekommen. Und in diesem Moment wurde es mir zum ersten Mal richtig bewusst.

Ich muss mich ablenken, dachte ich. Denn die Gefahr, dass ein anderer Mitarbeiter etwas sehen könnte, war viel zu groß. Also beschloss ich, ein geschäftliches Gespräch anzuleiern, wobei mir die Frage nach ihren sexuellen Vorlieben lieber gewesen wäre.

»Haben Sie sich gut eingearbeitet?«

»Absolut. Ich bin wirklich sehr glücklich mit meiner neuen Tätigkeit und alle Kollegen haben mich freundlich aufgenommen.«

»Kein Wunder«, sagte ich und flirtete schon wieder drauflos. Ich war aber auch ein Schlingel.

An ihrer Körpersprache konnte ich erkennen, dass sie ebenso wie ich mit der knisternden Spannung zu kämpfen hatte. Sie haderte eine Weile mit sich, das konnte ich deutlich sehen, fragte mich dann aber doch: »Sie gehen sonst mit Ihren neuen Mitarbeiterinnen nicht so um, oder?« Ich musste lächeln, vor allem wegen ihres Mutes. Ich liebe solche Frauen.

»Ist das so offensichtlich?« Ich kämpfte gegen meine Hand, die jeden Moment zu dem Knie von Frau Kleinschmidt aufbrechen wollte, und ergänzte: »Um ehrlich zu sein, hätte ich mir gewünscht, dass ich Sie auf anderem Wege getroffen hätte. Dann wäre es nicht so kompliziert.«

»Kompliziert?«

»Sie können es ja noch nicht wissen, aber ich bin ein Chef mit Prinzipien. Und eins davon ist, dass Berufliches ausschließlich beruflich bleibt und von privatem Vergnügen zu trennen ist.«

Sie guckte mich eindringlich an, und ich konnte sehen, wie intensiv sie über meine Worte nachdachte. Selbst dabei sah sie zum Anbeißen aus. Mir fiel auf, dass sie einen wunderschönen Hals hatte, ich hätte ihn am liebsten sofort geküsst.

Noch in diesem Gedanken versunken, stand sie einfach auf. Sie nahm ihre Tasche, wandte sich von mir ab und ging ohne ein Wort zu sagen zur Tür.

Was war denn jetzt los? Hatte ich etwas Falsches gesagt? Zumindest schien sie nach meinen Worten keine Lust mehr gehabt zu haben, mit mir die Zugfahrt zu verbringen. Von allem Weiteren ganz zu schweigen. Ich will nicht, dass sie geht!, dachte ich immer und immer wieder. Aber ich sagte nichts.

Als sie das Abteil verlassen hatte und ich wie ein begossener Pudel auf meinem Platz saß, hätte ich mich für meine Worte ohrfeigen können. Natürlich war ihr der neue Job wichtiger als eine Liaison mit ihrem Boss. Und auch wenn ich genau derselben Meinung hätte sein sollen, fühlte ich mich in diesem Moment noch stärker zu ihr hingezogen.

Was dann geschah, war das Letzte, womit ich jemals gerechnet hätte. Sie stand erneut vor der Tür und schaute mich fragend an, ob sie eintreten dürfe. Sie trug die Haare nun wild aufgeschüttelt, ihre Bluse war aus dem Bleistiftrock gezogen und um zwei obere Knöpfe geöffnet und sie hatte ihre Brille abgesetzt. In wenigen Minuten war sie von einer adretten Business-Frau zu einer freizeitlich lässigen Schönheit geworden. Ich konnte diesen Anblick – und dass sie doch noch zurückkam – noch gar nicht richtig fassen, da saß sie auch schon auf dem Platz gegenüber.

»Guten Tag, ich bin Maria«, sagte sie mit einem derart verführerischen Lächeln, dass meine Hose auf der Stelle deutlich spannte.

Verdammt, was passierte hier? Und warum Maria? Ich war so perplex, dass ich nichts sagen konnte. Da sie das merkte, fuhr sie einfach fort: »Ich bin gerade auf der Reise zu meinen Eltern. Und Sie?« Jetzt fiel der Groschen. Was für eine verrückte, tolle und noch mal verrückte Frau, schoss es mir durch den Kopf.

Ich ließ mich auf das Spiel ein, mit größtem Vergnügen sogar.

»Ich bin auch privat unterwegs.« Ihr verführerisches Lächeln wurde zu einem lasziven Blick, anscheinend erleichtert, dass ich auf ihre Idee eingestiegen war.

Wenige heiße Minuten später guckte ich durch die Tür auf den Gang, um mich zu vergewissern, dass keiner meiner Mitarbeiter durch die Gegend lief.

»Die Luft ist rein«, sagte ich und zog sie an der Hand hinter mir her. Unweit unseres Abteils waren die Toiletten, in einer davon verschwanden wir zusammen. Obwohl ich nie zuvor davon geträumt hatte, es auf einer Zugtoilette zu treiben, gab es in diesem Moment keinen Ort, an dem ich lieber gewesen wäre.

Frau Kleinschmidt, äh Maria, zögerte nicht lang und küsste mich. Es war Erlösung. Dabei drückte sie ihren wunderschönen Körper gegen meinen und verbannte damit jeden Zweifel, dass das hier kein guter Plan sein hätte können.

Ich machte die Augen zu, fuhr mit meinen Händen ihre malerische Silhouette entlang und genoss ihre Lippen auf meinen.

Obwohl ich kein schlaksiger Spargeltarzan bin und normalerweise schon eine Person allein auf solch einer Toilette zu viel ist, reichte der Platz für unsere Leidenschaft völlig aus. Ihre Brüste waren die schönsten, die ich je gesehen hatte, ihr Mund konnte weit mehr als nur hübsch lächeln und ihr Po sah umwerfend aus, wie er sich so vor mich schob. Auch wenn die Zeit nur für einen Quickie reichte, war es der schönste und intensivste Quickie aller Zeiten.

Nachdem ich mich wieder zu einem Menschen gemacht hatte, verabschiedete ich mich von Maria und ging in mein Abteil zurück. Kurz darauf kam Herr Bartsch herein und fragte mich belangloses Firmenzeugs, wofür ich in diesem Moment eigentlich gar keinen Kopf hatte. Für eine Zugfahrt war ich ziemlich aus der Puste. Doch ihm schien nichts aufzufallen und ich ließ mich auf ein Gespräch ein.

Nach etwa zehn Minuten kam Frau Kleinschmidt – wieder adrett zurechtgemacht, aber noch immer mit roten Wangen und leuchtenden Augen – zurück und setzte sich zu uns. Mein Herz schlug kurz schneller, aus Angst, Herr Bartsch könnte etwas bemerkt haben. Doch er faselte weiter von Statistiken und Tabellen, die Luft war also rein.

Maria, äh Frau Kleinschmidt, und ich lächelten uns verschwörerisch an, und das Gefühl, das mich dabei überkam, war überwältigend gut. Alles fühlte sich gut an.

Obwohl ich es vor Maria alias Frau Kleinschmidt bis aufs Letzte abgestritten hätte, war es also doch möglich, Sex und Arbeit zu trennen.

In den Monaten darauf trafen wir uns noch einige Male und es blieb vor allem eins: unkompliziert. Hervorragend.

DER 3. ONE-NIGHT-STAND

B-WARE

Jeremy (26), Stripper, Berlin,
über
Lisa (23), Kosmetikerin, Berlin

Ich bin seit einigen Jahren Stripper. Ich weiß, was für einen Typ Mann Sie jetzt vor Augen haben: einen Macho, einen Weiberhelden, der eine Spur von weiblichen Telefonnummern hinter sich herzieht. Oberflächlich und arrogant.

Ich denke, dass ich mit ruhigem Gewissen sagen kann, dass ich das alles nicht bin. Ich bin kein Chippendale. Ich bin eher der kernige Typ Mann. Trainiert, ja, etwas anderes wollen die Leute auch nicht sehen, wenn sie mich buchen. Ich bin ziemlich stark tätowiert und trage Tunnel. Alles in allem also eher der Bad-Boy-Stripper als der Gentleman.

Auf der anderen Seite bin ich schon immer auf eine feste Partnerschaft aus gewesen und bisher ist mir das auch gut gelungen. Ich bin kein Mann, der mit jeder, die sich ihm vor die Füße wirft (ja, das ist mir schon öfter passiert), ins Bett springt. So viel also zu mir. Nur damit Sie wissen, mit wem Sie es in diesem Kapitel zu tun haben.

Seit einigen Monaten war ich Single und, was soll ich sagen, ich bin eben doch nur ein Mann – und somit einem Abenteuer nicht ganz abgeneigt, wenn sich die Gelegenheit mit einer wirklich sexy Frau bietet.

Doch daran war bei Lisa, die mich über eine bekannte Internet-Plattform anschrieb, nicht zu denken. Denn eigentlich sollte sie dazu dienen, mehr über ihre Freundin Jenny zu erfahren. Jenny fand ich nämlich sehr heiß und konnte mir vorstellen, sie näher kennenzulernen. Doch irgendwie hatte sich da noch nichts ergeben.

Meine Rechnung ging nicht so ganz auf. Irgendwann, als ich schon gar keine Lust mehr hatte, mich mit Lisa zu schreiben, fragte sie nach einem Treffen.

»Persönlich lassen sich solche Gespräche doch viel besser führen«, schrieb sie. Vielleicht könnte ich so ja noch etwas mehr über Jenny erfahren, dachte ich mir. Also willigte ich ein.

»Aber denk jetzt bitte nichts Falsches von mir!«, schob sie zügig hinterher. Hä? Was meinte sie denn jetzt damit? Aber gut, ich kommentierte das nicht weiter und wir verabredeten uns für den kommenden Tag.

Ich hatte am selben Abend noch eine Show und kam erst früh am Morgen nach Hause. Mein Schlafmangel war mir deutlich anzusehen, meine Augenringe hingen in den Kniekehlen. Ich fühlte mich an diesem Morgen mehr wie Hugh Hefner und weniger wie ein knackiger Stripper.

Ich schrieb ihr eine Nachricht, da wir eine Stunde später schon verabredet waren: *Hey Lisa, ich bin wirklich müde, weil ich gestern ziemlich lange unterwegs war. Wollen wir das noch mal verschieben?*

Lisa antwortete prompt: *Ach nein, ich habe damit kein Problem. Lass uns doch zusammen einen Film gucken, dann kannst du dabei entspannen.*

Wenn ich in meinem Zustand einen Film gucke, schlafe ich sofort mit dem Berühren des Kissens auf dem Sofa ein, dachte ich mir. Aber gut, da gab es in der Tat eine DVD, die ich zeitnah sehen wollte. Also ließ ich mich darauf ein und war kurze Zeit später auf dem Weg zur Bahn, um sie dort abzuholen.

Würde ich sie überhaupt erkennen? Ich rief mir das Profilfoto in Gedanken auf. Lange, rote Haare. Niedliches Gesicht und eine schlanke Figur. Erst jetzt wurde mir bewusst, dass sie eigentlich genau nach meinem Geschmack war.

»Warum hast du das eigentlich noch gar nicht bemerkt?«, fragte mein Teufelchen schnippisch von der rechten Schulter. »Sie ist heiß! Sei nicht so verklemmt und nimm sie in sämtlichen Räumen deiner Wohnung, in allen Stellungen!«

Wenn das Teufelchen spricht, ist das Engelchen nicht weit: »Hallo, Devil? Hörst du dir eigentlich selbst zu? Er möchte doch eigentlich Jenny kennenlernen! Was meinst du, wie sie es findet, wenn er ihre Freundin ins Bett zerrt?«

Der Teufel verschränkte die Arme: »Sie muss es ja nicht erfahren.«

Das Engelchen antwortete kopfschüttelnd: »Na das ist ja sehr weit gedacht … Deinen IQ kann man mit dem Häufchen gleichsetzten, das du jeden Tag machst.«

Ich ließ die zwei Erzfeinde allein weiterstreiten, dafür war ich einfach zu müde.

Da sah ich auch schon, wie eine Traube von Leuten aus der Bahnstation quoll. Inmitten der vielen Menschen sah ich ein Mädchen, das von Weitem wirklich sehr lecker aussah. Aus 20 Meter Entfernung ertappte ich mich dabei, wie mir das Teufelchen ziemlich sympathisch war und das Engelchen ganz schön verklemmt.

Aus 15 Meter Abstand war ich mir da nicht mehr ganz so sicher. Zehn Meter: Hm, naja … Fünf Meter: Ähm, sie wird Jenny doch keine Konkurrenz machen. Und dann stand sie fast vor mir. Ich war drauf und dran zu sagen: »Kannst du noch mal weiter weggehen? Da war's irgendwie besser …« Stattdessen begrüßte ich sie freundlich, ich wollte ja kein Arsch sein. Und außerdem konnte ich mich so wieder auf mein eigentliches Vorhaben konzentrieren: Jenny.

Sie fragen sich, warum mit jedem Meter, den sie näher kam, der Drops mehr und mehr gelutscht war? Ganz einfach: Billig. Sie sah billig aus. Ihre kurzen Beine steckten in Overknee-Stiefeln. Dazu trug sie Leggins und einen Jeansrock. Einzeln wäre es vielleicht zu ertragen gewesen, aber die Kombination war zum Schütteln.

Als ich mich innerlich gerade über die Oberkörperbekleidung aufregen wollte, fragte sie mich voller Selbstbewusstsein: »Und? Wie findest du mein Outfit?« In diesem Moment musste ich ganz arg aufpassen, dass ich den Bad Boy in mir nicht für mich antworten ließ. Ich gewann gegen ihn und antwortete: »Geht schon. Ach, lass uns doch nicht über Klamotten reden. Was machst du eigentlich sonst so?« Puh, die Kuh habe ich galant vom Eis bekommen.

Als wir einige Zeit später bei mir zu Hause ankamen, war das Thema Lisa für mich eigentlich schon durch und ich bereute, dass ich jetzt nicht einfach mit einem Hockstrecksprung in mein kuscheliges Bett konnte.

Sie wirkte insgesamt eher gekünstelt und naiv. Sie war so sehr auf ihr Äußeres bedacht, dass ich ihr am liebsten einen Spiegel gegenübergestellt hätte. Damit wäre schon mal einer von uns beiden glücklich gewesen. Und wahrscheinlich hätte sie »der anderen hübschen Frau gegenüber« unzählige Komplimente für ihr tolles Outfit gemacht.

Kopfschüttelnd holte ich uns etwas zu trinken und schmiss mich auf mein Sofa, ich konnte ja Lisa nicht gleich wieder rauswerfen. Dafür bin ich dann doch etwas zu höflich. Da all meine Fragen nach Jenny direkt abgeblockt wurden, kamen mir die DVD und die damit verbundene Stille sehr gelegen. Auf meiner Couch war zum Glück viel Platz, so saß ich links in einer Ecke, meine Katze schmiegte sich an meine Seite und Lisa musste es sich notgedrungen auf der anderen Seite gemütlich machen.

Wir guckten *Magic Mike*, einen Film über einen Stripper. Da sie wusste, dass ich das auch beruflich mache, kam gleich zu Beginn die Frage: »Strippst du mal für mich?« Ähm, nein!, dachte ich. Und diesmal sagte ich das auch genau so. Doch davon ließ sie sich nicht beirren und startete die nächste Offensive.

»Sag mal, wie findest du mich eigentlich?«

Ich hatte ein Déjà-vu: Sie schien so sehr auf Komplimente Jagd zu machen wie Vettel auf Weltmeistertitel. Ich wollte einfach nicht lügen und murmelte: »Ganz okay.«

Der Film war erstaunlich gut, und als ich fast vergessen hatte, dass Lisa noch da war, störte sie mich wieder: »Eigentlich liegt die Katze auf meinem Platz.«

Was? Nein, tat sie nicht. »Sie liegt immer da. Und das ist auch in Ordnung so.«

Wer denkt, dass die Gute spätestens nach dieser Abfuhr zu schmollen begann, irrt.

»Du bist ja ganz müde.«

Da deutete sie ausnahmsweise mal etwas richtig.

»Soll ich dich massieren?«

Oh, diese Idee fand ich gar nicht so schlecht. Ich war zwar etwas überrumpelt von ihrer Hartnäckigkeit, aber diesen Vorschlag konnte ich in meinem Zustand einfach nicht ablehnen. Dabei betonte sie doch im Vorfeld, dass ich bloß »nichts Falsches« von ihr denken solle. Aber gut, für eine Massage ist so ziemlich jeder zu haben.

Ich zog mein Shirt aus und legte mich auf den Bauch. Selbst bei meiner Katze glaubte ich ein Stirnrunzeln zu erkennen. Da wurde mir einmal mehr klar, dass sie das coolste weibliche Wesen ist, das sich jemals auf meiner Couch rekelte.

Und dann fing Lisa mit ihrer Massage an. Was soll ich sagen, es war wirklich gut. Mein Rücken konnte das aber auch so was von gebrauchen. Das war der erste Moment, in dem ich die Anwesenheit von Lisa genoss. Meine Augenlider verloren den Kampf gegen meinen Müdigkeit, und gerade, als ich mich so richtig schön entspannte, machte sie – verdammt noch mal – wieder ihren Mund auf: »Findest du mich sexy?«

Meine Standardantwort an diesem Tag konnte ich augenblicklich abrufen: »Ganz okay.« Dann stand sie auf. Ich war so entspannt, dass ich meine Augen nicht aufmachen wollte. Ich dachte, dass sie vielleicht mal ins Bad musste. Aber weit gefehlt. Ich hörte einen Reißverschluss. Oh nein, dachte ich, ihr Jeansrock. Ich hörte ein Kleidungsstück nach dem anderen zu Boden fallen.

Da waren sie wieder, Teufelchen und Engelchen. Teufelchen meldete sich wieder als Erster zu Wort: »Lass einfach die Augen zu, dann geht's bestimmt. Guck nicht hin. Ein bisschen Sex hat noch keinem geschadet. Und wer weiß, vielleicht hat sie ja die ein oder andere Qualität.« Vor meinem inneren Auge zwinkerte mir das Teufelchen zu und mein Engelchen stapfte wütend davon, mit den Worten: »Ich sage gar nichts mehr. Auf mich wird hier ja eh nicht gehört. Ich lege dir schon mal die Herpescreme raus …« Und weg waren die beiden. Was ich von Lisa nicht behaupten konnte. Sie setzte sich nämlich splitternackt wieder auf meinen Rücken und massierte weiter.

Einige Minuten später beschloss ich trotzdem, mich umzudrehen. Als ich auf dem Rücken lag und sie völlig nackt betrachtete, dachte ich: Also angezogen war es dann doch besser. Und das soll schon was heißen. Von meinen Gedanken nichts ahnend kam sie schnell zur Sache.

Eins musste man ihr lassen, sie nahm sich, was sie wollte. Und ihre Brüste auch. Und die wollten der Erdanziehung nachgeben. Mit aller Macht.

Ihren Versuchen, mich zu küssen, konnte ich zum Glück geschickt ausweichen. Also begab sie sich eine Etage tiefer, womit ich erst mal einverstanden war. Wer weiß, vielleicht hatte sie ihre ganzen Talente auf oraler Ebene versteckt?

Doch keine Minute später wusste ich: auch in diesem Punkt absolut talentfrei. Sie schleckte an ihm wie ein Kind an einem Wassereis.

Jetzt blieb mir nur eins übrig, nämlich sie von hinten zu nehmen. Gesagt, getan. Als wir einige Minuten in dieser Stellung verbracht hatten und ich langsam anfing, Spaß zu haben, stoppte sie und legte sich auf die Seite. Ihre Brüste lagen wie zwei Sandwichbrote aufeinander. Fehlten nur noch Salami und Käse. Als mich dieser Gedanke innerlich belustigte – mein kleiner Freund fand das alles andere als witzig –, fragte sie mich doch allen Ernstes: »Na, gefalle ich dir so, mein Hengst?«

Nein! Nein, das war einfach zu viel. Das ging nicht. Vorbei. »Sorry, so kann ich das nicht.« Ich stand neben der Couch, schmiss das Kondom in die Ecke und sagte: »Ich gehe jetzt in die Badewanne. Was du machst, ist mir egal. Bis dann.«

Das war ja wohl unmissverständlich, oder? Nicht für Lisa. Die nämlich kam ins Badezimmer nach – ich brauchte unbedingt eine abschließbare Tür – und wollte wieder anfangen, an mir rumzuspielen. Sie hatte die versteckte Botschaft, nach Hause zu gehen, wirklich nicht verstanden. Also blieb mir nur übrig, Tacheles zu reden: »Lisa, du sollst gehen.«

Sie guckte mich kurz mit fragenden Augen an. Dann fiel der Groschen, dachte ich. »Ich verstehe, du bist wahrscheinlich einfach nur zu müde. Dann machen wir eben ein anderes Mal weiter.« Sie winkte mir zu und einige Minuten später hörte ich die Tür ins Schloss fallen. Endlich. Noch nie war ich so froh gewesen, wieder allein in meiner Wohnung zu sein.

DER 4. ONE-NIGHT-STAND

WIE GEWONNEN, SO ZERRONNEN

Joe (35), selbstständig, Frankfurt,
über
Chantal (ca. 24), Freiberuflerin, Las Vegas

Wie jedes Jahr machte ich auch im Sommer 2012 eine Motorradtour durch die USA. In diesem Jahr war zum ersten Mal mein Freund Maik dabei. Somit standen wir zwei glücklich und voller Vorfreude auf dem Flughafen von Frankfurt am Main. Maik wurde von seiner Mutter mit folgenden Worten verabschiedet: »Junge, du bist zum ersten Mal so weit von zu Hause weg. Mach immer genau das, was Joe auch macht. Halt dich einfach an ihn.«

Wenn sie wüsste ..., dachte ich mir und konnte mir ein Grinsen nicht verkneifen. Und auch Maik lächelte verschämt, als sie das sagte. Ein »Natürlich, Mama!« konnte er sich dann doch nicht verkneifen und schon saßen wir im Flieger nach San Diego.

Wir verbrachten unbeschreiblich schöne Tage auf unseren Harleys, stiegen in verschiedenen Motels ab und genossen die Zeit ohne größere Zwischenfälle. Eben ein richtiger Männerurlaub. Motorradknattern den ganzen Tag und all unsere Klamotten passten in einen Seesack. So etwas wäre mit einer mitreisenden Dame nicht möglich gewesen. Die brachten für sieben Tage zehn Paar Schuhe mit und dasselbe Gewicht noch mal an Make-up. »Man weiß ja nie«, tönte es mir bei dem Gedanken schon in den Ohren. Von der Anzahl der Koffer mal ganz abgesehen. Aber solches Divengehabe blieb uns erspart, wofür ich immer wieder dankbar war. Männer müssen auch mal unter sich sein.

Wir kamen langsam zum Ende unserer Tour und zwei Tage vor Rückflug im lang ersehnten Las Vegas an. Diese letzte Station unserer Reise sollte die aufregendste werden, nur das wussten wir zu diesem Zeitpunkt noch nicht. Maik war schon seit einigen Monaten Single und hatte schon seit geraumer Zeit seine Bettdecke mit keiner Frau mehr geteilt.

Und da wir über zehn Tage in Doppelzimmern verbringen würden und keiner von uns beiden ernsthafte Privatsphäre haben würde, spürte ich seinen steigenden Druck in der Körpermitte immer deutlicher.

In jedem zweiten Satz schwangen Wörter wie »Brüste«, »rattig« oder »aufreißen« mit. Jedem Arsch, auch wenn er noch so breit und viereckig war (in den USA gibt es viele davon), stieg er hinterher.

»Maik, jetzt komm doch mal runter. Wo willst du denn heute noch eine Frau zum Spaßhaben auftreiben? Lass uns lieber ganz nach Las-Vegas-Manier ins Kasino gehen und ein bisschen zocken.«

Gesagt, getan. Der Roulettetisch gleich unten im Hotel war unserer. Die ersten Gewinne investierten wir in Cocktails aller Art.

An dieser Stelle ist mein ganz persönlicher Tipp zu erwähnen, wie man in Kasinos und speziell in Las Vegas mit einem Gewinn nach Hause geht: Jeden einzelnen Dollar, den man gewinnt, wegpacken! In eine separate Hosentasche, die Handtasche der Frau oder sonst wohin. Ganz egal, Hauptsache aus den Augen und dann: Nicht mehr anfassen! Disziplin ist gefragt. So ist garantiert, dass am Ende des Abends von dem eingesetzten Geld noch etwas übrig ist.

Ich persönlich habe noch niemanden gesehen, der permanent nur verloren hat. Jeder gewinnt mal, dass ist das Gesetz der großen Zahl. Der häufigste Fehler ist nur, dass der Gewinn gleich wieder zum Einsatz wandert. Und da der Mensch immer denkt: »Beim nächsten Spiel wird alles anders und ich gewinne den Jackpot«, passiert nichts anderes, als dass so lange gespielt wird, bis das Geld weg ist. Auf diese Weise habe ich schon viele Leute mit hängenden Schultern und Tausenden von Dollar oder Euro weniger in der Tasche aus dem Kasino wandern sehen.

Aber zurück zu unserem Rouletteabend im Sommer 2012. Auf die eben beschriebene Weise habe ich an diesem Abend aus 200 Dollar 300 gemacht. Und weil ich nach einigen Stunden genug von Sex on the Beach und Roulettekugeln hatte, schlug ich vor, langsam ins Bett zu gehen.

Maik runzelte die Stirn und kannte nur eine Antwort: »Ich geh noch an die Bar und halte nach willigen Damen mit großen Brüsten Ausschau. Ich komme dann einfach später nach.« Die letzten Worte hörte ich ihn nur noch entfernt rufen, da er sich währenddessen schon auf den Weg gemacht hatte.

Und ich fand sie auch nicht so übel, wie ich gestehen musste. Denn auch ich war seit über zehn Tagen keine Minute wirklich allein gewesen und auch ich bin eben nur ein Mann. Also ab ins Zimmer und gucken, ob das Pay-TV-Programm etwas Passables hergibt, dachte ich mir und stapfte los in Richtung Aufzug.

Dabei spürte ich, dass die Cocktails langsam, aber sicher ihre Wirkung zeigten. Und weil ich angetrunken in Kasinos immer die schlechtesten Ideen habe, die mich unterm Strich viel Geld kosten, fühlte ich mich in meinem Einzelbett-Pay-TV-Vorhaben doppelt bestätigt.

Ich drückte gerade den Knopf für die Aufzüge, als ich von Weitem drei offensichtlich betrunkene Latinos mit deutlicher Schlagseite herantorkeln sah. Ich flehte innerlich mehrmals: Oh nein, bitte nicht. Lass die nicht auch in meinen Aufzug steigen.

Und als wäre mein Wunsch erhört worden, gingen beziehungsweise taumelten sie an mir vorbei, ebenfalls in Richtung Bar. Sollten wirklich heiße Frauen dort sein, würden die drei Typen dem hübschen Maik in diesem Zustand keine Konkurrenz sein.

Als sie an mir vorbeigegangen waren, sah ich wieder in die Richtung, aus der die Männer gekommen waren. Und ich traute meinen Augen nicht! Da kam die heißeste Blondine angelaufen, die ich seit Tagen, ach Quatsch!, *Wochen* gesehen hatte. Sie war schlank, hatte auffällig große Brüste und mit ihrer tadellosen Figur hätte sie es ohne Probleme auf den Laufsteg von Victoria's Secret geschafft.

Ihr Gesicht war sehr hübsch und sie kam durch ihre natürliche Schönheit ohne viel Make-up aus. Sie war noch ziemlich jung, ich schätzte sie auf maximal Mitte 20. Sie trug eine enge Jeans und ein hübsches Shirt. Alles in allem ein absoluter Männertraum. Ich muss in meiner bewundernden Gafferei ausgesehen haben wie ein 18-Jähriger vor der Showbühne auf der Venus.

In meinen Gedanken flehte ich erneut, nur um ein anderes Wunder: Bitte, bitte halt an und steig mit mir in den Aufzug! Der kam nämlich just in diesem Moment und machte sich mit einem »Pling« bemerkbar.

Und tatsächlich, sie hielt neben mir an und nickte mir lächelnd zur Begrüßung zu. Die Türen öffneten sich. Ich bedeutete ihr, dass ich ihr gern den Vortritt ließ, natürlich nicht ganz uneigennützig. Ihr Po war zum Niederknien knackig, unglaublich. Wäre Maik mitgekommen, wäre er nach ihrem atemberaubenden Anblick gleich Hose-öffnend ins Bad gerannt, dessen war ich mir sicher.

Grinsend über diesen Gedanken stieg ich hinter ihr in den Fahrstuhl ein und drückte den Knopf für meine Etage. Sie blinzelte mich an – mir wurde ganz anders dabei – und fragte mich auf Englisch: »Auch im Kasino gewesen?«

»Ja, überwiegend am Roulettetisch. Und selbst?«

»Ach, ich habe mich nur etwas umgesehen. Ich mag die Stimmung in Kasinos. So viel Freude und Verlust auf einem Haufen. Irgendwie interessant«, sagte sie und viel zu früh hielt der Aufzug auf meiner Etage. Noch nie war mir eine Fahrt im Aufzug zu schnell gegangen. Doch in dieser Nacht hätte ich mir nichts Schöneres vorstellen können als stecken zu bleiben.

Die Türen öffneten sich, und als ich mich gerade verabschieden wollte, bemerkte ich, dass sie sich auch zum Ausstieg bereit machte. Da fiel mir auf, dass sie gar keine andere Etage gedrückt hatte. Sie stieg aus und lief hinter mir her. Ich Glückspilz, dachte ich, vielleicht könnte ich sie noch auf einen Drink einladen. Jetzt musste mir nur noch ein passender Spruch einfallen. Ich grübelte. Doch mir fiel nichts Stilvolles ein. Mist.

Ich war an meiner Zimmertür angekommen und blieb stehen. Sie auch. Ich warf einen Kontrollblick auf meinen Zimmerschlüssel: Ob ich vielleicht vor dem falschen Zimmer stand und sie eigentlich hier wohnte? Doch, es war mein Zimmer. Ganz sicher. Ich öffnete meine Tür. Sie blieb noch immer stehen. Ich konnte es kaum fassen:

Die heißeste Frau in ganz Las Vegas stand einfach so vor meinem Zimmer, und es schien so, als würde sie mit hereinkommen wollen. Wahnsinn. Der arme Maik. Der wird irre, wenn ich ihm das erzähle, dachte ich kurz.

Als ich in mein Zimmer guckte, war ich kurz verblüfft. Da stand direkt hinter der Tür ein hochgeklapptes Zustellbett an die Wand gelehnt. Aber der Blick aufs Bett verriet mir, dass da meine Klamotten lagen. Das hat wohl jemand versehentlich bei uns ins Zimmer gebracht. Denn selbst wenn die Sexbombe tatsächlich mit reinkäme, wäre das Bett trotzdem überflüssig, dachte ich mir.

Ich machte einen Schritt ins Zimmer und drehte mich zu ihr um. Sie lächelte mich vielsagend an und ich konnte es kaum glauben: Sie kam rein und schloss die Tür hinter sich und kam langsam auf mich zu.

Den Jackpot unten im Kasino zu knacken wäre nicht halb so schön gewesen. So unkompliziert und ohne viele Worte hatte ich noch nie eine Frau in mein Zimmer bekommen. Und schon lange nicht so ein heißes Gerät. Und erst recht nicht, wenn ich es bis zum Aufzug noch nicht einmal auf ein Abenteuer abgesehen hatte. Denn eins war sicher: Sie hatte nicht vor, einen Kaffee zu trinken oder Karten zu spielen. Sie wollte mehr. Und ich auch. Das stand so fest wie mein kleiner Joe.

Keine Minute später warf ich sie aufs Bett, und wir knutschten so heftig herum, dass kein Zweifel daran bestand, was gleich zwischen uns folgen würde. Sex, ich würde Sex haben. Sex mit einer Frau, von deren Existenz ich bis vor zehn Minuten keine Ahnung gehabt hatte. Ein Männertraum. Ein Kniff in meinen Oberschenkel und ich spürte: Ich war wach. Das passierte wirklich.

Dass es kein glücklicher Zufall war, erfuhr ich mit den Worten, die ich hörte, als sie sich kurz von meinen Lippen löste: »Ich bin Chantal. Alles ab jetzt kostet 500 Dollar!«

Bitte wie? Hä? Sie ist eine Professionelle? Eine Nutte? Eine Hure? Sie?

Aber so schnell der Schock gekommen war, so schnell schluckte ich ihn auch wieder runter. Ich konnte sie jetzt unmöglich gehen lassen. Unmöglich. Von dieser Seite betrachtet ist diese Masche sehr geschickt. Welcher Mann würde so eine Frau, gerade die erste Stufe erreicht, wieder gehen lassen? Mein ganzer Körper war darauf aus, sämtliche Gliedmaßen in sie hineinzustecken.

»Ich habe nur 300 Dollar hier. Mehr kann ich dir nicht geben.« Natürlich hatte ich nicht nur meine gewonnenen 300 Dollar aus dem Kasino dabei, sondern weitaus mehr. Aber einen Versuch war es wert. Und es klappte. Sie nickte und ließ mich von dieser Minute an spüren, dass sie sich jeden Dollar davon erarbeiten wollte.

Etwa 20 Minuten später saß sie auf mir und ritt mich, dass mir Hören und Sehen verging. Es war einfach grandios! *Sie* war grandios!

Dann hörte ich den Schlüssel im Schloss. Maik. Mit einem kräftigen Schwung sprang die Tür auf und er sah uns direkt auf dem Bett. Wobei es aus seiner Richtung wohl ziemlich komisch ausgesehen hatte: Eine nackte Schönheit ritt jemanden – ich war unter ihr nicht sofort zu erkennen – und sein Blick fiel auf das Zustellbett, welches mich auch schon zum Stutzen gebracht hatte. Er sagte hektisch: »Oh sorry, sorry«, und wollte gerade die Tür wieder schließen, weil er dachte, das falsche Zimmer erwischt zu haben, da rief ich ihm zu: »Ist gut, Maik, ich bin's. Komm rein.« Sie ließ sich von all dem nicht ablenken und machte unbeirrt weiter.

Maik kam rein, schloss die Tür und gaffte uns fragend an. Ich musste lachen und sagte: »Geh schon mal ins Bad und mach den Whirlpool an, ich schicke sie gleich zu dir rüber.« Maik, der sonst eher von der gemütlichen Sorte war, rannte regelrecht ins Bad und ließ sich nicht zweimal bitten.

Am nächsten Morgen beim Frühstück sagte er nur – sichtlich erleichtert und voller Freude – grinsend: »Meine Mama hat ja selbst gesagt, dass ich alles genauso machen soll wie du.«

DER 5. ONE-NIGHT-STAND

PARTYVORBEREITUNG

John (30), Barbesitzer, München,
über
Ricarda (31), Disponentin, München

Ich war mit Ricarda zum Pflicht-Shoppen verabredet So gern ich mich dem Center und der Ladenstraße auch entzogen hätte, es ging leider nicht. Denn in meiner eigenen Cocktailbar stand eine Mottoparty an. Zu allem Überfluss war es nicht irgendeine Party, sondern mein 30. Geburtstag. Mit der neuen Zahl hatte ich schon genug zu kämpfen. Deswegen bot sich ein Thema an, welches mich von meinem neuen bevorstehenden Jahrzehnt ablenken sollte: Lack und Leder. So landete ich mit Ricarda in einem Kaufhaus, welches eine Abteilung für genau solche Vorlieben hatte.

Wir gingen flachsend durch die Gänge, hielten uns gegenseitig rote Lack-BHs an oder Lederslips, bei denen der Popo offen war und vorn mit einem Reißverschluss Verletzungsgefahr für die Vorhaut bestand. Dass ich mit Rica viel lachen kann, war auch der Grund gewesen, warum ich sie gebeten hatte, mein Outfit mit mir auszusuchen. Ich habe sie noch nie ohne ein Lächeln auf den Lippen gesehen und so machte es die Outfitsuche erträglicher für mich.

Über Rica gibt es viel zu erzählen, denn sie ist ein ganz besonderer Mensch mit einer sehr interessanten Einstellung zum Leben. Sie lebt mit einem Musiker zusammen, der maximal drei Monate im Jahr zu Hause ist. Weil ihr das nicht reichte, entschieden sie sich für eine offene Beziehung, wenn sie sich nicht sehen konnten. In der Zeit, wenn er bei ihr zu Hause war, führten sie eine ganz normale Beziehung und das auch sehr glücklich und erfüllt. Mir war diese Form der Beziehung schleierhaft, und ich konnte kaum glauben, dass das auf lange Sicht gut gehen kann. Aber seit mehr als sieben Jahren lebten die beiden in dieser Beziehungsform und machten einen sehr ausgeglichenen, respektvollen und glücklichen Eindruck, wenn ich sie zusammen sah.

»Hey John, ich habe hier genau das Richtige für dich«, kicherte sie und hielt mir eine enge Lackhose hin, die vorn eine Öffnung für das wichtigste Detail bereit hielt. Meine Hoffnung schwand, in diesem Laden etwas Passendes zu finden. Das stresste mich zunehmend, denn ich hatte keine Lust, den ganzen Samstag nur mit der Suche nach einem Outfit zu vergeuden.

Wir entschieden uns, einen Espresso zu trinken und Google zu befragen, welche Shops wir in München noch zur Verfügung haben würden. Rica bestellte sich einen Brownie und uns beiden einen Espresso. Ich beobachtete sie beim Essen und war in diesem Moment ziemlich fasziniert von ihr. Sie genoss jeden einzelnen Bissen, schloss die Augen und stöhnte genussvoll. »Der ist so lecker … Wahnsinn …«, dann nahm sie noch ein kleines Stück und lehnte sich an. Ich sah, wie sehr sie in diesem Moment all ihre Gefühle auf diesen einen Brownie lenkte. Das war etwas, was ich noch nie zuvor bei einer Frau gesehen hatte. Die meisten Frauen redeten nur von Kohlenhydraten, Sporteinheiten zum Ausgleichen des Kuchens oder aber sie schlangen das Teil nur als Mittel der Nahrungsaufnahme in wenigen Minuten runter, ohne überhaupt richtig zu schmecken. Rica dagegen hatte in diesem Moment Mundsex mit dem Brownie.

»Du guckst mich an, als hättest du noch nie eine Frau essen sehen«, sagte sie und strahlte mich dabei glücklich an.

»Na ja, irgendwie stimmt das auch. Ich habe jedenfalls noch nie eine Frau gesehen, die ein Stück Kuchen so sehr zelebriert hat, wie du es gerade tust.«

»Weißt du, John, das musste ich mir auch erst antrainieren. Ich habe viele Jahre lang Essen als etwas angesehen, was man tun muss, damit der Körper Energie bekommt.«

»Stimmt ja auch.«

»Ja, aber nur weil wir schlafen müssen, legen wir uns doch nicht auf eine Pritsche. Nein, wir kaufen uns hübsche Bettwäsche, die wir im Dunkeln eh nicht sehen, eine Matratze nach Wohlbefinden und manchmal sogar ein Wasserbett. Wir machen also aus einer Notwendigkeit einen Genuss.« Sie nahm das letzte Stück in den Mund und fuhr nach einer kurzen Genusspause fort: »So muss man das Essen auch sehen. Viele schlingen zwischen zwei Terminen schnell etwas runter und vergessen, wie viele Geschmacksknospen wir haben. Über Übergewicht beklagen sich Millionen von Leuten. Aber Essen sollte man nicht als lästigen Zwang ansehen.« Sie nahm den Espresso in die Hand und zeigte damit auf mich. »Komm, nimm deinen mal in die Hand. Dann nimm einen kleinen Schluck, schließ die Augen und hole dir Bilder zum Geschmack. Versuch es mal. Es ist herrlich.«

Ich nahm einen Schluck und machte die Augen zu. Es war gar nicht so leicht, bei der Lautstärke in dem Coffeeshop ein Bild vor Augen zu sehen. Doch dann konzentrierte ich mich komplett auf den Geschmack in meinem Mund und war erstaunt, wie viele Facetten ein einziger Schluck hatte.

»Gasse. Ich sehe eine Gasse und einen kleinen runden Eisentisch.«

»Ja? Und was noch?«

»Die Sonne scheint in mein Gesicht und ich höre das Meer in der Nähe rauschen.«

Ich öffnete die Augen und sah in Ricas strahlendes Lächeln. Noch nie zuvor war mir aufgefallen, wie hübsch sie trotz kleiner Makel ist. Oder gerade, weil sie trotz kleiner Makel so sehr strahlte? Faszinierend.

»Ich sitze fast immer in meinen Gedanken in einem Hafen und gucke auf die Segelboote.«

»Rica … danke! Das war gerade wie Urlaub.«

»Siehst du? Wie soll man denn nach solch einer kleinen und genussvollen Pause am Tag Hektik oder gar schlechte Laune empfinden?« Sie lachte. »Und was meinst du, wie es erst bei einem Dinner sein kann, wenn man mit seinem ganzen Körper beim Essen ist?«

Mit diesen Worten stand sie auf.

»So, mein kleiner Feigling. Jetzt suchen wir uns den nächsten Laden und du wirst nicht drum herum kommen, einige Teile anzuziehen. Basta.«

Ich legte ihr meinen Arm um die Schulter und küsste sie auf die Wange.

»Du bist echt toll. Jack kann stolz auf eine Frau wie dich sein.«

Im neuen Laden angekommen, ging sie direkt auf einen Ständer zu, auf dem ein roter Rock im Flammenmuster hing. Sie griff ihn und sagte: »Wenn mir der passt, trage ich den.« Sie schnappte sich noch ein passendes Top dazu und kam auf mich zu. »So, und du greifst dir jetzt auch einfach etwas, was dir als Erstes ins Auge springt.«

Sie zog mich zu der Männerecke und ich griff ein Netz-Shirt mit Lackstreifen. Es sah gut aus. Und dazu eine engere passende Hose. Sie ließ meine Hand nicht los und zog mich hinter sich her bis zu den Umkleiden. Dann ging sie in eine rein und zeigte auf die andere neben sich. Nun stand ich da in einer großen Umkleide mit zwei Netz-Lack-Teilen.

Nebenan hörte ich Rica schon kichern, weil sie bereits mitten bei der Anprobe war und den Anblick wohl sehr amüsant fand.

»Hallo? Ist hier vielleicht eine Verkäuferin?«

Gleich darauf hörte ich Schritte, während ich mich langsam entblätterte und mein Spiegelbild fragend ansah, was ich hier eigentlich mache.

»Ja? Kann ich ihnen vielleicht helfen?«

»Ja«, hörte ich Rica lachend sagen, »ich glaube, ich habe eine Kindergröße gegriffen. Der Rock geht mir nicht mal über die Knie.«

»Ich schaue gern, ob wir noch etwas anderes haben.«

»Super, danke. Und du, John? Wie sieht's bei dir aus?«

»Ähm, ja. Ich quetsche mich gerade ins Shirt.«

Und schwups, stand Rica in meiner Kabine und sagte: »Zeig mal.«

Ich war verblüfft. Denn sie stand nur in String und dem Top vor mir, welches ihr ausgezeichnet stand.

»Wow. Das ist ja echt klasse.«

»Ja, danke. Nur leider kann ich darunter keinen BH tragen.«

Diese Information ließ mich natürlich sofort auf ihre Brüste starren. Mir war noch nie aufgefallen, dass sie so groß waren.

»Aber du kannst das definitiv tragen!«

Sie guckte mich an, legte den Kopf schief und schien über mein Kompliment kurz verlegen zu sein. Ich sah an ihr herunter, sah ihre nackten, muskulösen Beine und ihren zarten String. Beim Blick in den Spiegel sah ich ihren Po mit seinen schönen, vollen Rundungen.

»Hm, wenn wir schon mal halb nackt hier sind …«

Sie zog mich am Nacken zu sich heran. Wir küssten uns sehr vorsichtig. Dann zog ich sie an mich heran und griff ihr in die Taille. Der Lack auf ihrer Haut fühlte sich gut an.

»So, ich habe den Rock dann in Ihrer Größe«, erklang es von draußen und die Dame trennten nur noch wenige Schritte von der Kabine. Sie löste ihre Lippen von meinen und schlüpfte wieder in ihre Kabine. Ich stand da, guckte mich im Spiegel an und sah meine roten Wangen und meine Beule in den Shorts. Was tat Rica nur an diesem Tag mit mir? Ich war verwirrt. Und geil.

»Au ja, das sieht super aus. Der passt. Guck mal.«

Und schon stand sie wieder vor mir. Ohne einen Moment des Zögerns nahm sie ihre Hände in meinen Nacken und küsste mich. Diesmal stürmischer. Ihren Unterbauch drückte sie gegen meinen Ständer, der ihr nicht verborgen geblieben war. Sie stöhnte ein langes »Hm«.

Ich erforschte ihren Po, ihre Brüste, ihren Bauch. Sie wand sich unter meinen Händen und ich genoss ihre auf meinem Körper. Dann stellte sie ein Bein auf den Stuhl, der mit in der Kabine stand. Meine Finger wurden von ihrer Scham wie ein Magnet angezogen. Ich fühlte keinen String mehr, den musste sie beim Zwischenbesuch in ihrer Kabine ausgezogen haben.

Immer wieder stöhnte sie fast lautlos in meinen Mund hinein, und als ich ohne Umwege zwei Finger in sie schob, warf sie den Kopf vor Lust in den Nacken. Ein »Oh Gott« entwich mir, weil ich spürte, wie bereit sie gewesen war.

Ich glitt in sie, dann beinnahe wieder raus, was sie mit einem Gegendruck zu verhindern wusste. Ich beugte meine Finger ein wenig, um ihren empfindlichsten Bereich in ihr zu massieren. Längst hatte ich vergessen, wo wir uns befanden.

»Brauchen Sie noch etwas?«, fragte eine irritierte Stimme von draußen.

»Nein, danke«, antwortete ich.

»Ein Kondom«, formte sie mit ihren Lippen.

Das ließ mich noch heißer werden und mich hielt nichts mehr. Ich massierte sie innerlich und mit dem Daumen kreiste ich auf ihrer Klitoris. Sie hielt mit einer Hand meinen Steifen, und die andere legte sie sich vor den Mund, um sich daran zu erinnern, dass sie keinen Laut von sich geben sollte. Doch die Geräusche müssten trotzdem eindeutig gewesen sein.

Andere Kunden kamen in den Laden, was mich erleichterte, denn damit war die Verkäuferin abgelenkt.

»Oh Gott, das ist echt … guuuut …«, sagte sie heiser.

Sie atmete immer heftiger. Meine Bewegungen wurden immer schneller. Ihre Massage an meinem Stab auch. Ich musste mich sehr konzentrieren, um nicht zu kommen. Doch irgendwie hatte ich das Gefühl, dass das nicht passend sein würde. Auch wenn mein Körper danach schrie, Erleichterung zu erfahren.

Rica stand kurz vor ihrem Orgasmus. Sie lehnte ihren oberen Rücken gegen den kalten Spiegel, folgte meinen Bewegungen mit ihren Hüften und ihr Gesicht erinnerte mich an die Euphorie über den Brownie vor nicht mal einer Stunde. Sie genoss. Dieser Anblick machte sie so begehrenswert, dass ich es kaum fassen konnte.

Rica sog das Gefühl, welches ich in ihr auslöste, in sich ein und ließ ihren Körper sprechen. Ich nahm mit meiner freien Hand ihre Finger von meinem Schwanz, denn sonst hätte ich es nicht mehr ausgehalten, ohne mich auf sie und den Boden der Kabine zu ergießen.

Sie nickte zustimmend. Ihre Finger krallten sich tief in meinen Arm, der sie bearbeitete. Ihr ganzer Körper begann vor Erregung zu zittern, bis sie sich Lippen-beißend einem gewaltigen Orgasmus ergab. Sie atmete heftig, hielt meinen Arm noch immer fest und gab mir zu verstehen, meine Finger stillzuhalten, aber noch nicht aus ihr herauszuziehen. Meine ganze Hand war von ihrer Feuchtigkeit getränkt, und ich hätte viel darum gegeben, mit ihr weiterzumachen. Ein Bett oder ein anderer ungestörter Ort war mein größter Wunsch in diesem Moment.

Rica öffnete die Augen und küsste mich. »Wow«, stöhnte sie leise und ihre Gänsehaut am ganzen Körper trat langsam wieder den Rückzug an.

Als wir aus der Kabine traten, wartete die Verkäuferin bereits mit verschränkten Armen. Desinfektionsspray hatte sie schon bereitgestellt. Wir zahlten und gingen glücklich aus dem Shop. Noch nie hatte mir ein Shopping-Tag so viel Spaß gemacht.

Ach, die Party wurde übrigens ein absoluter Knaller. Einige verstohlene Blicke konnten Rica und ich uns nicht verkneifen. Eine bessere Erinnerung als die Outfits, die wir trugen, konnte es ja nicht geben.

DER 6. ONE-NIGHT-STAND

TRAUMA: FRAUENMAGAZINE

Manuel (32), Justizvollzugsbeamter, Schwerin,
über
Sabine (27), Bürokauffrau, Hamburg

Nahezu jeder hatte eine Sturm-und-Drang-Zeit in seinem Leben. Das Bedürfnis, Sex in allen Facetten und mit vielen Geschlechtspartnern zu haben, am besten noch gleichzeitig. Sex an den verrücktesten Orten, in ohrenbetäubender Lautstärke und sämtlichen Stellungen, die das Kamasutra hergibt. Lächeln Sie gerade? Dann wissen Sie, was ich meine … Ich denke, diese Zeit hatte nahezu jeder, meistens in den Jahren nach der Volljährigkeit.

Ausnahmen dieser These sind beispielsweise Lothar Matthäus oder Rolf Eden – sie haben diese Phase bis heute nicht überwunden. Aber das steht auf einem anderen Blatt.

Ich hatte dieses Austoben in meinen 20ern leider nicht gehabt. Während all meine Kumpels von ihren Abenteuern erzählten, schwärmte ich vom romantischen Spaziergang mit meiner Freundin. Sie suchten im Kopf nach dem Namen des One-Night-Stands der vergangenen Nacht, ich nach dem passenden IKEA-Plaid mit meiner Liebsten.

Doch dann kam der Tag nach meinem 31. Geburtstag: Ich trennte mich von meiner Freundin. Und prompt forderte meine Männlichkeit die verpasste Zeit ein. Ich hatte immer gedacht, dass ich dieses wahllose Rumgevögel und den damit verbundenen Stress beim Abservieren nicht brauchen würde.

Aber, was soll ich sagen: doch! Es ist geil! Genial! Viel Sex in kurzer Zeit mit unterschiedlichen Frauen zu haben ist einfach toll. Ich finde, jeder Mann sollte einmal eine Zeit wie diese in seinem Leben gehabt haben. Ich wusste jahrelang nicht, was ich für einen Spaß verpasst hatte.

Doch eins bleibt einem in dieser Zeit nicht erspart: das ein oder andere skurrile Erlebnis. Erlebnisse, die sich für Jahrzehnte einprägen. Nein, einbrennen. Von genau so einem One-Night-Stand möchte ich euch erzählen.

Im Herbst 2012 lernte ich Sabine auf einer Feier kennen. Sie fiel mir direkt ins Auge, weil sie so wunderschöne und volle Lippen hatte. Einziges Problem war, dass ihr Exfreund mit auf der Feier war, das erfuhr ich von einer gemeinsamen Freundin. Sabine ließ mir heiße Blicke und ihre Telefonnummer zukommen. Ein frecher Spruch durfte auf dem Zettel natürlich auch nicht fehlen: *Wehe, du wartest die obligatorischen drei Tage, bis du dich meldest! Kiss, Sabine …*

Das gefiel. Ich schrieb ihr natürlich noch in derselben Nacht und wir waren uns ziemlich schnell einig, dass der kommende Abend unserer sein würde.

Als wir uns zum Essen trafen, hätten unsere spannungsgeladenen Blicke das Restaurant mit Strom versorgen können. Selbst die Kellnerin, die uns bediente, hatte immer ein leichtes Grinsen auf den Lippen. Als sie uns beim Verabschieden ein fröhlich freches »Viel Spaß noch« zurief, konnten wir uns ein Schmunzeln nicht verkneifen. Draußen auf der Straße waren Worte überflüssig, wir stiegen ohne Umwege gemeinsam ins Auto und ich fuhr uns zu mir.

Noch bevor die Tür hinter ihr geschlossen war, musste ich sie küssen. Ihre Lippen waren genauso weich, wie ich es mir den ganzen Abend schon ausgemalt hatte. Und noch etwas fiel mir auf. Sie setzte ihren ganzen Körper ein, rekelte sich unter meinen Händen und drückte sich mal zart, mal härter an mich. Es war, als würde ihr Körper mit meinem sprechen: »Spürst du das? Meine Brüste sind schon voller Erwartung auf deine Zunge. Und meine Hüfte kann es kaum erwarten, auf dir zu kreisen … Hm, spürst du, wie gierig meine Schenkel darauf sind, sich für dich zu öffnen?« Kurzum, sie brachte mich um den Verstand. Ich musste mich konzentrieren, um nicht schon vorzeitig überzusprudeln.

Wenig später standen wir zusammen unter meiner Dusche. Ihre Figur war zum Niederknien. Was lag da näher, als genau das auch zu tun? Während ich mich also vor sie kniete und sie mit meiner Zunge verwöhnte, drohte mein kleiner Freund vor Blutüberschuss zu platzen. Und sie stöhnte vor lauter Lust mein ganzes Bad zusammen. Unter den warmen Wasserstrahlen fühlte ich mich mit ihr wie in einem Sexparadies. Zwischen ihren Schenkeln schmolz ich nur so dahin.

Im Übrigen: So was wünscht sich ein Mann, nur als Tipp an alle Frauen, die das hier lesen. Einer Frau, die im Bett keinen einzigen Laut von sich gibt, kontrolliere ich vorsorglich den Puls. Ruhig sein kann man im Schlaf – wenn man denn nicht schnarcht. Aber Sex ist eine der wenigen Angelegenheiten, bei denen ihr Damen bitte den Mund aufmachen sollt! Ein Mann muss hören, ob er seine Sache gut macht. Anturnend ist es auch und trägt außerdem dazu bei, dass das Ego von uns Männern gut wegkommt.

Aber zurück zu Sabine, sie verstand es nämlich wie keine Zweite, mich lautstark wissen zu lassen, dass meine Zunge gute Arbeit leistete.

Meine Nachbarn wussten es spätestens seit diesem Tag auch. Würde ich Waltraud von nebenan am nächsten Tag im Treppenhaus begegnen, könnte ich mir ein Zwinkern nicht verkneifen. So was macht mir Spaß. Genauso wie das, was Sabine als Nächstes tat.

Mittlerweile saß ich auf dem Boden der Dusche und sie setzte sich langsam auf mich. Himmel, war sie schön warm und eng. Das Wasser rann zwischen unseren Oberkörpern entlang, und ich war mir nicht sicher, ob ihre Küsse oder ihre grandiosen Hüftbewegungen mich verrückt machten. Ich hielt es kaum unter ihr aus und wollte das Tempo selbst bestimmen. Andernfalls würde das ganze Spiel zu schnell entschieden sein. Ein klares 1:0. Das wäre doch zu schade, dachte ich, und drehte sie um. Ich nahm sie von hinten. Abwechselnd zart, mal härter. Und manchmal so fest, dass das Wasser zwischen uns mit seinem lauten Prasseln den Raum zusätzlich beschallte. Sabine war mein persönlicher Jackpot an diesem Abend, ich konnte mein Glück kaum fassen.

In den Wochen zuvor hatte ich nämlich nicht annähernd so viel Ekstase erlebt. Die zwei Frauen, mit denen ich intim geworden war, haben es binnen Minuten geschafft, mich von hundert auf null zu bringen. Wie? Sie wollen es wahrscheinlich gar nicht wissen. Ich sag nur: Zeigefinger. Ohne Vorwarnung und bis zum Anschlag … Aua.

Der Gedanke daran half mir kurz, meinen nahenden Orgasmus noch ein wenig hinauszuzögern.

In diesem Moment stieg Sabine von mir ab, zog das Kondom von mir und schmiss es neben uns. Was hatte sie vor?, fragte ich mich. Mir kam diese kurze Pause ganz gelegen, denn so konnte ich mich wieder etwas beruhigen. Ich wollte Ausdauer beweisen und am liebsten die ganze Nacht weitermachen.

Sabine rutschte zwischen meine Beine. Nicht, ohne vorher ihre Scham an meiner Hand zu reiben, die auf meinem Oberschenkel lag. Sie hatte wirklich eine wunderschöne Mitte, vieles an ihr war genau nach meinem Geschmack.

Sie nahm meinen prallen Phallus in den Mund, ich legte vor lauter Genuss den Kopf in den Nacken. Voller Hingabe verwöhnte sie mich, und ich spürte, wie viel Spaß auch sie dabei hatte.

Doch dann überschlugen sich die Ereignisse. Sabine nahm – ohne vorherige Anzeichen – ihren Zeigefinger, lutschte ihn kurz an und vergrub ihn in dem einzigen Loch, das sich zwischen meinen Beinen bot. Dann wühlte sie kurz in mir herum. Doch da hatte sie die Rechnung ohne mich gemacht. Mein männlicher Selbsterhaltungstrieb ließ mich binnen Sekunden auf beide Beine springen, erschrocken ein »Was ist denn jetzt los?« ausstoßen und die Flucht ergreifen. Sabine saß auf den Knien in der Dusche und starrte mich an, das Wasser prasselte ihr auf den Kopf.

»Da sind Handtücher, ich bin drüben im Wohnzimmer«, sagte ich wie ferngesteuert und musste erst mal verarbeiten, was in der Minute zuvor passiert war. Gerade feierte ich noch innerlich ihre Bettqualitäten und überlegte, ihr spontan einen Heiratsantrag zu machen. Und im nächsten Moment steckte ihr Finger in mir und rotierte auf der Suche nach … ja, wonach eigentlich? Was war bitte in sie gefahren, mir einen Finger in den Po zu stecken?

Ich saß mit einem Glas Wodka auf der Couch, als sie aus dem Bad ins Wohnzimmer kam. Ihre Schultern hingen etwas nach unten und sie schien ihre spontane Aktion zu bereuen.

»Entschuldige, wenn ich etwas gemacht habe, was dir nicht gefallen hat.«

Sie setzte sich neben mich. Und sie sah heiß aus. Meine Stimmung besserte sich wieder um einige Nuancen.

»Ich war, sagen wir mal, unvorbereitet.«

Ich konnte ihr aber noch nicht so richtig in die Augen sehen. Die erotische Spannung zwischen uns, die kurz zuvor kaum auszuhalten gewesen war, wurde komplett durch eine peinliche Berührtheit ersetzt.

»Aber, aber ich habe doch gelesen …«, sagte sie ziemlich unsicher, »… ich habe doch gelesen, dass das der ganz neue Hit bei Männern ist.«

Meine Gesichtszüge fuhren Achterbahn.

»Was ist der ganz neue Hit?«

»Na ja, die Prostata zu stimulieren.«

»Die Prostata?«

»Ja. Ich lese schon seit Jahren meine Lieblingsfrauenzeitschrift, und der Sexteil ist immer wieder spannend.«

»Und da stand drin, dass man uns Männern einen Finger in den Po stecken soll?«

Die Worte aus meinem Mund zu hören war ziemlich skurril.

»Grob gesagt, ja.«

»Aber warum testet man denn nicht vorsichtig an und wartet die Reaktion ab?«

»In dem Bericht, der wirklich gut war, solltest du mal lesen, stand drin, dass Männer das Gefühl am Anfang als befremdlich empfinden.«

»Ja, da stimme ich dir zu! Normalerweise funktioniert das in die andere Richtung. Da sollte eigentlich nichts reingesteckt werden.«

»Ja, ich verstehe, dass es ziemlich plötzlich für dich gekommen sein muss. Aber da stand eben drin, dass der Orgasmus für einen Mann mit der Stimulation der Prostata besondern intensiv sein soll. Und ich wollte es versuchen und dir einen unvergesslichen Blowjob bereiten.«

Plötzlich fielen mir die letzten beiden Mädels wieder ein. Bei einer war ich zu Hause gewesen und auf ihrem Tisch lagen einige Frauenzeitungen. Als mir die Tatsache bewusst wurde, dass wohl alle drei Frauen dieselbe Zeitung gelesen haben mussten, bekam ich einen Lachkrampf: Da hatten die drei Frauen unabhängig voneinander ihre Finger in meinen Po gesteckt, weil es in irgendeiner Frauenzeitschrift geschrieben stand. Sabine guckte mich entgeistert an. Mittlerweile schüttelte ich mich vor Lachen, ich konnte mich nicht beherrschen.

»Weißt du, Sabine …«, versuchte ich zu beginnen, doch kam nicht weit. Noch immer lachend legte ich den Kopf in meine Hände und konnte einfach nicht aufhören. Unter hysterischem Glucksen versuchte ich, ihr die Situation zu erklären. Doch zwischen Prusten und Kopfschütteln brachte ich nur ein paar Satzfetzen heraus.

Sie guckte mich an, verarbeitete in wenigen Sekunden, was ich gesagt hatte, und prustete ebenfalls laut los. Sie stimmte mit in meinen Lachflash ein und klopfte sich auf die Schenkel, weil sie jetzt verstand, was passiert war. Es dauerte gefühlte zehn Minuten, bis wir uns wieder einigermaßen beruhigt hatten.

Aber es dauerte keine weitere zehn Minuten, bis wir einfach die Runde zwei einläuteten. Nur diesmal ohne Zeigefinger-Umwege.

DER 7. ONE-NIGHT-STAND

NASSE ANGELEGENHEIT

Pierre (25), Maler, Hannover,
über
Laura (30), Automobilkauffrau, Garbsen

Es war im Sommer 2012, als ich das erste Mal mit Laura chattete.

Ich, 16:45 Uhr: *Gibt es etwas, was dich bei einem Mann total abturnt?*

Immer wenn ich diese Frage stellte, fing das Gespräch langsam an, interessant zu werden. Nachdem ich mit Laura – wie auch mit unzähligen anderen Kontakten auf einer eindeutigen Internetseite für One-Night-Stands – oberflächliche Flirtfloskeln ausgetauscht und die obligatorische Freundin-Frage ohne große Einwände ihrerseits bejaht hatte, schien bei ihr das Gespräch in eine schöne Richtung zu gehen. Mein Gefühl war gut.

Laura, 16:49 Uhr: *Ja, es gibt da in der Tat etwas. Wenn ein Mann schlecht küsst, dann trete ich umgehend die Flucht an. Umgehend!*

Ich, 16:50 Uhr: *Dann habe ich gute Nachrichten für dich: Ich liebe es. Und bisher hat sich noch keine Frau negativ geäußert …*

Laura, 16:58 Uhr: *… was nichts heißen muss … ;-) Wir Frauen wollen euch manchmal auch nur die knallharte Wahrheit ersparen.*

Ich, 16:59 Uhr: *Frechheit … :-D Test?*

Laura, 17:03 Uhr: *Ich gestehe, ich werde langsam neugierig.*

Laura entpuppte sich nach und nach als interessante Frau. Entgegen den vielen anderen Frauen, bei denen ich schon nach wenigen Mail-Kontakten die Lust verlor, punktete sie mit Ironie und Individualität. Das gefiel.

Ich, 17:05 Uhr: *Also ich habe Zeit!*

Laura, 17:08 Uhr: *Hm, ich hätte nur eine halbe Stunde zwischen zwei Terminen Zeit.*

Ich, 17:10 Uhr: *Klingt doch gut. Also nur auf ein kurzes Beschnuppern und vielleicht einen Test-Kuss …?*

Jetzt ließ sie sich mit ihrer Antwort Zeit. Typisch Frau. Und ich wurde langsam ungeduldig, ich wollte sie unbedingt treffen.

Laura, 17:37 Uhr: *Ich kann mir nicht helfen, die Idee klingt irgendwie gut.*

Yes. Ein unkompliziertes und vor allem *abgeklärtes* Techtelmechtel mit einer tollen Frau war genau jenes Abenteuer, welches ich in meiner zeitweise langweiligen Beziehung suchte.

Ich, 17:40 Uhr: *Worauf warten wir? Wann und wo?*

Laura, 17:44 Uhr: *Da gibt es noch ein kleines Problem. Ich habe heute Mittag blöderweise, Knoblauch gegessen. Verdammt ...*

Ich musste lachen.

Ich, 17:45 Uhr: *Gibt es Zufälle? Ich habe nämlich heute Mittag auch Knoblauch gegessen.*

Laura, 17:52 Uhr: *Nee, oder? :-D*

Ich, 17:53 Uhr: *Doch. Verrückt ... Also los.*

Wir verabredeten uns und ich wurde auf der Fahrt dorthin nervös, und das kannte ich so gar nicht von mir. Normalerweise bin ich ziemlich abgeklärt vor solchen Treffen. Bei ihr war das irgendwie anders. Wahrscheinlich, weil ich von allen anderen Frauen wegen meiner festen Beziehung nichts Dauerhaftes wollte und somit nichts zu verlieren hatte. Wenn Sie mir nicht gefiel, ging ich eben wieder und gut war. Aber bei Laura wäre es einfach zu schade, wenn zwischen uns die Chemie nicht stimmen würde. Sie reizte mich online bereits zu sehr.

Unsere Autos parkten auf einem verlassenen Parkplatz genau nebeneinander. Sie stieg aus und ich jubelte innerlich, so sexy sah sie aus.

Zur Begrüßung umarmten wir uns kurz. Mir schlug das Herz bis zum Hals, ich hätte sie am liebsten auf der Stelle geküsst. Doch wir wählten den anständigen Weg und redeten.

Was hätte ich dafür gegeben, einmal kurz die Gedanken einer Frau zu lesen. Mich hätte interessiert, was sie über mich und die Situation hier denkt. Doch ein, zwei versteckte Komplimente ihrerseits später war ich mir sicher, dass es ihr ähnlich wie mir ging. Also traute ich mich zu fragen: »Und? Möchtest du mal einen Test–Kuss haben?« Sie lächelte mich verschmitzt an und sagte frech: »Na klar. Dafür sind wir doch hier ...«

Der eine Schritt bis zu ihr war schnell überwunden und ich nahm langsam ihr Gesicht in meine Hände. Jetzt bloß nichts falsch machen, dachte ich mir. Diese Frau ist heiß. Ihr Lippen waren schön weich und voll, so mag ich das. Unsere Zungen spielten vorsichtig miteinander, ich konnte spüren, dass sie es genauso genoss wie ich. Dann zog ich sie etwas dichter zu mir heran. Oh Gott, diese Frau fühlt sich gut an! Eine richtige Frau, die sich ihrer Weiblichkeit bewusst ist und ihre Reize mit kleinen Bewegungen gut einsetzen kann. Unsere Küsse wurden intensiver und wilder. Unsere Atmung ging schneller. Ich vergaß völlig, dass wir mitten auf einem öffentlichen Parkplatz standen, an dem hin und wieder Autos vorbeifuhren.

Mit meiner rechten Hand rutschte ich vorn in ihre Hose hinein, und ich hörte, wie ihr ein leises Stöhnen entglitt. Doch dann hielt sie meine Hand fest und hauchte: »Wenn du das jetzt machst, dann kann ich nicht mehr aufhören.« Ihre Worte turnten mich nur noch mehr an, doch ich hielt mit meiner Hand inne.

»Ich habe extra keine Kondome dabei«, sagte sie. »Ich konnte mir schon denken, was sonst vielleicht passieren würde.« Sie hatte recht. Viel fehlte auch bei mir nicht mehr und ich hätte sie direkt hier genommen.

»Wir heben uns alles Weitere für einen Tag auf, an dem wir etwas mehr Zeit haben.« Ich stieg heftig atmend in mein Auto und mein Grinsen hielt die ganze Autofahrt bis nach Hause an.

Ich, 21:31 Uhr: *Test bestanden?*

Laura, 21:42 Uhr: *Mit Sternchen. ;-)*

Ich, 21:43 Uhr: *Ich bin jetzt ganz schön heiß.*

Laura, 21:44 Uhr: *Frag mich und meinen Slip mal …*

Ich, 21:44 Uhr: *Das würde ich gerade zu gern persönlich tun! Ich glaube, ich mache es mir jetzt.*

Laura, 21:45 Uhr: *Gute Idee … Ich auch …*

Ich, 21:45 Uhr: *Mit mir am Telefon!*

Laura, 21:46 Uhr: *Telefonsex? Du verführst mich zu den unmöglichsten Sachen …*

Gesagt, getan. Es war heiß!

Ich, 19:02 Uhr am nächsten Tag: *Nach einem langen Arbeitstag völlig fertig zu Hause angekommen …*

Laura, 19:04 Uhr: *Ein heißes Bad würde dir jetzt bestimmt guttun.*

Ich, 19:05 Uhr: *Geht leider nicht. Meine Freundin kommt um 21 Uhr vorbei und ich muss vorher noch meine Bude auf Vordermann bringen. Ein wenig Entspannung könnte mir aber wirklich nicht schaden.*

Laura, 19:07 Uhr: *Bei der Entspannung wäre ich dir gern behilflich …*

Ich, 19:08 Uhr: *Komm vorbei!*

Laura, 19:08 Uhr: *Jetzt???*

Ich, 19:09 Uhr: *Ja!*

Laura, 19:09 Uhr: *Ich kann aber erst in einer Stunde da sein. Ich bin selbst noch unterwegs. Zu knapp?*

Ich grübelte. Die ganze Sache wäre wirklich ganz schön knapp und zudem ganz schön gefährlich. Und genau deshalb ziemlich reizvoll.

Ich, 19:10 Uhr: *Wir hätten nicht viel Zeit, so viel steht fest.*

Laura, 19:12 Uhr: *Auf jeden Fall nicht viel Zeit zum Reden … ;-)*

Ich, 19:13 Uhr: *Wir lassen das Reden diesmal einfach ganz weg …*

Laura, 19:13 Uhr: *Klingt nach einem guten Plan.*

Das stimmte, der Plan klang gut. Und verrückt. Ich rechnete alles im Kopf durch: Laura käme kurz nach 20 Uhr, meine Freundin um 21 Uhr zu mir. Ich hatte mit Laura also nur maximal eine halbe Stunde. Aber der Stress wird es wert sein, dachte ich mir. Außerdem muss man mal spontan und verrückt sein, sonst ist das Leben doch viel zu langweilig. Was passieren würde, wenn meine Freundin von all dem irgendwie Wind bekäme, blendete ich lieber gänzlich aus.

20:13 Uhr. Es klingelte. Laura. Ich begrüßte sie mit freiem Oberkörper an der Tür. Dieser Anblick brachte mir ein frivoles Lächeln ein.

Wir gingen ins Wohnzimmer, ich setzte mich auf meine Couch und sie sich in ihrem Rock direkt rittlings auf mich. Sie fühlte sich gut auf mir an und ich zog ihr umgehend das Shirt aus. Berauschende Minuten standen uns bevor, die Luft im Raum war voller Spannung und Lust.

Ein kurzer Blick auf meine Uhr verriet: 20:26 Uhr. Laura lag – bereit für alles – heftig atmend und voller Verlangen in den Augen vor mir auf meiner Couch, doch mein nächster Griff ging nicht zu den Kondomen. Auch wenn die Zeit mehr als knapp bemessen war, eins wollte ich vorher unbedingt ausprobieren. Und meine Vorfreude darauf war kaum noch zu bremsen.

Ich hatte mal eine sehr erfahrene Frau kennengelernt, die mir das mysteriöse Geheimnis des G-Punktes und der weiblichen Ejakulation nähergebracht hatte. Ich wollte unbedingt herausfinden, ob Laura dafür empfänglich ist.

Ich begann mit meinem Fingerspiel, und noch bevor die Uhr 20:28 anzeigte, spürte meine Couch höchstpersönlich, dass Lauras Körper sehr wohl auf diese Stimulation ansprang. Meine Couch sah aus, als hätte man dort ein Glas Wasser ausgekippt. Und spätestens ab diesem Zeitpunkt wussten auch meine Nachbarn, dass ich Besuch hatte. Wahrscheinlich würden sie sich bald eine Zigarette danach anzünden.

Die ganze Situation war so anturnend für mich, dass ich mich kaum noch halten konnte. Die aufgerissene Kondompackung flog durch den Raum und mein Gastspiel in ihr war leider sehr kurz. Aber intensiv. Doch selbst dabei schien ihr G-Punkt sich angesprochen zu fühlen, und als wir uns wenig später umsahen, mussten wir beide lachen.

Ich hörte Laura ein »Oh mein Gott« stöhnen, als ich uns und der Couch – zum Glück aus Leder – ein Handtuch besorgte. Jetzt war es weit mehr als ein Glas. »Was machst du nur mit mir?«, flüsterte sie, als wir uns wieder anzogen.

20:41 Uhr. Sie musste langsam los. Schade. Aber es ging nicht anders. Jedenfalls nicht, wenn ich ein Gekreische und Getobe seitens meiner Freundin verhindern wollte.

Als wir an der Tür standen, 20:44 Uhr, küsste ich sie noch einmal ausgiebig. Ich flüsterte ihr zu: »Ich weiß, dass das hier alles als One-Night-Stand abgesprochen war. Aber ich würde daraus gern eine Affäre machen …« Sie schloss die Augen, küsste mich noch ein letztes Mal, lächelte mich voller Zufriedenheit an, nickte und ging.

DER 8. ONE-NIGHT-STAND

FRECHHEIT SIEGT

Rudolf (89), Rentner, Cottbus,
über
Elisabeth (leider verstorben), Berlin

Anmerkung der Autorin: Dieses Interview war auch für mich eine besondere Situation. Mit meinen gerade mal 30 Jahren (ja, ich habe mich an diesem Tag zur Abwechslung mal wie ein Küken gefühlt) vor einem fast 90-jährigen Mann zu sitzen, dessen Fältchen sein bewegtes Leben widerspiegeln, dessen Erfahrungsschatz kaum zu messen ist, dessen Lebensfreude und Dankbarkeit den ganzen Raum erfüllen, war für mich eine besondere Erfahrung. Seine Ehrlichkeit und Offenheit haben mich schwer begeistert. Ich hoffe, dass diese Geschichte es bei Ihnen, liebe Leser, ebenso tut, wie es bei mir der Fall war. Seine ersten Worte waren: »Wo soll ich bloß beginnen …«

Wenn ich heute einen heranwachsenden jungen Mann sehe, der seinen 18. Geburtstag mit einer riesigen Sause feiert und all seine Freunde, wahrscheinlich sogar seine Freundin, dazu eingeladen hat, freue ich mich. Aufrichtig. Ich freue mich, dass so etwas heutzutage möglich ist. Eine unbeschwerte Jugend und die große Freude auf das, was mit der Volljährigkeit kommen mag.

Als ich 1942 meinen 18. Geburtstag feierte, war an eine große Feier nicht zu denken. Geschweige denn an eine Freundin, denn die hatte ich zu diesem Zeitpunkt noch nicht gehabt. Der Krieg lag in der Luft. Meine Volljährigkeit bedeutete für mich, dass ich nach Russland in den Krieg ziehen würde.

Als ich zwei Jahre später verwundet wurde und einen Finger verlor, kam ich in ein Lazarett an der holländischen Grenze. Von da aus geriet ich in amerikanische Gefangenschaft, aus der ich weitere zwei Jahre später freikam. Und eh ich mich versah, war ich 22 Jahre alt. In den Jahren danach drehte sich mein ganzer Tagesablauf nur um die Essensbesorgung.

Sie sehen, eine Jugend zu meiner Zeit ist mit der heutigen nicht zu vergleichen. Warum erzähle ich Ihnen das alles, fragen Sie sich? Nun, die Uhren tickten damals etwas anders und das gerät oft in Vergessenheit. Ich hätte mich auch gern mit dem Thema Mädchen beschäftigt und mit meinen Freunden meine ersten Zigaretten geraucht, wäre nächtelang um die Häuser gezogen und hätte einen Anschiss meiner Eltern riskiert, weil ich nicht wie verabredet um 23 Uhr nach Hause gekommen war.

Doch trotzdem ich mit 18 Jahren in den Krieg ziehen und das Zusammenbauen und Benutzen einer Waffe erlernen musste, hatte auch diese Zeit seine Vorteile. Gleichzeitig bin ich nämlich sehr froh, dass es Alcopops, X-Box und Komasaufen zu meiner Zeit nicht gab. Nun gut, Komasaufen hatte bei uns nur einen anderen Namen. Die heutige Jugend muss vielleicht nicht mehr auf den vermeintlichen Gegner schießen, aber dafür haben sie mit Arbeitslosigkeit, Drogen und Vaterschaftstests zu kämpfen. Auch nicht unbedingt beneidenswert.

Das Thema Mädchen war zu meiner Zeit noch viel aufregender, als es das für die heutige Jugend zu sein scheint. Die *Bravo* oder das Internet stumpfen heutzutage ab, das ist meine feste Meinung.

Als ich meine erste Frau kennenlernte, war es etwas ganz Besonderes. Sexualität war ein Tabuthema, die zunehmende Freizügigkeit des 21. Jahrhunderts war unvorstellbar in der Nachkriegszeit. Das neumodische Wort »One-Night-Stand« war noch nicht gezeugt worden, doch die schönste Nebensache der Welt hatte deswegen nicht weniger Bedeutung für einen jungen Mann. Es gibt eben Dinge, die ändern sich nie.

Ich wurde stolzer Vater von zwei wunderschönen Mädchen. Als ich mich 1965 von meiner Frau scheiden ließ, entschied ich mich für etwas, was damals ein kleiner Skandal war: Ich nahm meine beiden Mädchen zu mir. Ich war alleinerziehend. Glücklicher, alleinerziehender Vater. In den 60ern was das so unüblich wie eine kurze Wartezeit auf ein Pappauto. An eine neue Frau war vorerst nicht zu denken.

Es vergingen Jahre, bis irgendwann meine beiden Töchter, mittlerweile 11 und 13 Jahre alt, eines Tages zu mir kamen. Es war irgendwann im Frühjahr 1972.

»Papa, wir möchten gern wieder eine Mama haben.«

»Genau, Papa, du bist schon so lange allein«, fügte meine jüngste Tochter mit ihrer Engelsstimme hinzu. Mit zwei Frauen im Haus waren Widerworte nur Schall und Rauch. In den 70ern gab es noch kein Facebook (heißt das so?) oder Online-Singlebörsen. Zum Glück? Wer weiß.

Ich wählte die zu dieser Zeit gängige Methode: die gute, alte Kontaktanzeige in meiner Stammzeitung *Grüne Post*.

Gepflegter Vater (48), zwei Kinder,
möchte nicht mehr allein sein und
sucht Frau ohne Anhang.

Mein Briefträger bekam schlechte Laune. Um die 30 Zuschriften erreichten mich in den Tagen nach der Anzeige.

Meine Mädchen hatten einen Heidenspaß dabei, alle Briefe zu stapeln und bei einem Tee am Sonntagnachmittag mit mir zusammen anzusehen. Wir öffneten den ersten Brief. Meine große Tochter las laut vor: »Ich kann es kaum glauben. Wie können Sie sich erdreisten, eine Frau ohne Anhang zu suchen? Sie haben doch auch zwei Kinder. Kennen Sie das Wort ›Diskriminierung‹? Sie sollten sich ...« Sie brach ab. Und wir in Gelächter aus. Wenn alle Briefe so klingen würden, hätte sich der arme Briefträger umsonst abgebuckelt. In Gedanken sah ich mir dabei zu, ihm eine Flasche Wein als Entschädigung zu schenken, da unterbrach meine Tochter den Gedanken mit dem Vorlesen des zweiten Briefs. Der war ganz nett. Nur nicht das Foto, welches sie beigelegt hatte. Bei ihren Maßen wäre das Hausschwein im Stall hinterm Haus verhungert, weil keine Abfälle übrig geblieben wären. Diese Frau hätte sie allesamt selbst verwertet. Ich sah den Brief zerknüllt in den Papierkorb fliegen. Ich brauchte erst gar nichts zu sagen. Meine Mädchen waren sich einig. Wie immer. Genauso wie in dem Punkt, dass Papa unbedingt wieder eine Frau haben sollte. Verdammt. Insgeheim hatte ich nach zehn Briefen das Vorhaben schon aufgegeben und hörte gar nicht mehr richtig zu.

Bis zum Brief Nummer 22. Er kam von einer Elisabeth. Aus Berlin. Frech war er geschrieben und hob sich durch seine Frische von den anderen Zuschriften ab. Ich legte alle anderen Briefe beiseite. Inklusive einer anderen Zuschrift, die minimale Aufmerksamkeit bei mir geweckt hatte. Doch Elisabeths Zeilen las ich mir noch einmal still durch. Auch wenn sie kein Foto von sich beigelegt hatte, war meine Entscheidung schnell gefallen und ich schrieb ihr zurück.

Einige Briefe später stand die Verabredung fest. Für einen schönen Sommernachmittag 1972 hatten wir uns in Berlin verabredet.

Es herrschte eine Bullenhitze in der Deutschland. Ein Wahnsinnssommer. Als ich aus dem Zug stieg und über den Alexanderplatz lief, dachte ich mir immer wieder, was für eine gottverdammte Hitze wir für unsere erste Verabredung erwischt hatten.

Das Leben tobte in der Hauptstadt, der Fernsehturm ragte neben mir in die Höhe. Ich sah mich um und suchte nach einer Frau, die der Beschreibung ihrer Kleidung zufolge Elisabeth sein musste. Ich war sehr aufgeregt, meine letzte Verabredung mit einer Frau war Ewigkeiten her.

Dann sah ich eine Dame, auf die die Beschreibung zutraf. Sie stand mit dem Rücken zu mir. Ich nahm all meinen Mut zusammen und ging die letzten Schritte auf sie zu. Ich würde sie einfach mit ihrem Nachnamen ansprechen, dachte ich mir. Das wäre wohl das Höflichste. Doch warum fiel er mir nicht ein? Bestimmt, weil mir am Morgen auf dem Weg zur Bahn eine schwarze Katze über den Weg gelaufen war. Blöder Aberglaube. Ich überlegte, ging langsamer, überlegte und überlegte. Ihr Name war mir entfallen. Planänderung. Der Vorname musste reichen. Meine Hände waren nass, mein Körper angespannt.

»Sind sie Frau Elisabeth?«, fragte ich die Dame, die sich schnell zu mir umdrehte.

»Aber ja«, sagte sie und lächelte mich an. Sie war hübsch. Der erste Eindruck ließ mich nicht in Richtung Bahn fliehen. So hatte ich es mir gewünscht. Und auch sie machte keine Anstalten der Flucht oder spontanen Übelkeit.

Wir gingen in ein Straßencafé ganz in der Nähe. Ganz ungezwungen plauderten wir über dieses und jenes und ich fühlte mich sofort wohl in ihrer Nähe.

Dann sagte ich zu ihr, wohl etwas schroffer als gewollt: »Ich möchte gleich geradeheraus sagen: Ich trinke nicht. Und ich rauche auch nicht.« Lisa, wie ich sie nennen sollte, schaute mich mit großen Augen an. Dann griff sie in ihre Tasche, die an der Stuhllehne hing, und knallte eine Packung Zigaretten auf den Tisch: »Ich rauche aber!« Hinter diesen Worten war definitiv ein klares Ausrufezeichen zu hören.

Schon immer war mir nichts sympathischer als eine ehrliche Haut. Und mein Lächeln zeigte ihr das auch. Sie guckte mich verdutzt an. Da musste ich lachen. Und sie auch. Es war ein so herrlicher Moment gewesen, den ich in meinem Leben nicht vergessen werde. Nein, auch nicht mit meinen bald 90 Jahren. Zurück zum Sommer 1972.

Lisa und ich gingen in ein Restaurant, mittlerweile war es Abend geworden. Wir aßen köstlichen Fisch. Die Zeit verging wie im Fluge. Obwohl wir uns das erste Mal sahen, hatte ich das Gefühl, ihr alles erzählen zu können. Es war erstaunlich.

An diesem Morgen war ich in Cottbus mit dem Gedanken in den Zug gestiegen, dass alles passieren könnte. Sie könnte schwarze Zähne haben oder wie eine ganze Fußballmannschaft nach einem Spiel riechen. Sie könnte sehr hübsch sein, aber dumm wie Brot. Wäre dieser Fall eingetroffen, hatte ich mir überlegt, vielleicht mal wieder ein Schäferstündchen zu wagen. Lang war es her. Und wie sagt man so schön: »Ich bin ja auch nur ein Mann.«

Doch nichts von alledem war eingetreten. Lisa war das Beste, was ich mir von einer Verabredung über eine Annonce erhofft hatte. Doch da wir noch per Sie waren, hatten wir noch einen langen Weg des Kennenlernens vor uns.

Nachdem wir mit dem Essen fertig waren, stand die Frage im Raum, dass ich wieder Richtung Heimat fuhr. Ich konnte einen Zug um 19:51 Uhr nehmen oder den letzten Zug um 21:13 Uhr. Doch Lisa hatte andere Pläne. Mit ihrem original Berliner Dialekt sagte sie: »Och, jetzt schon nach Hause? Ick wohn' nich' so weit wech. Wir könn' doch och noch ein Gläschen Sekt bei mir trinken und dann seh'n Se gleich, wie ick wohne.« Dieses Angebot nahm ich nur zu gern an. Ich hatte ein gutes Gefühl, Lisa könnte eine passende Frau für mich sein.

Lisa hatte einen kleinen Konsum unten in ihrem Wohnhaus. Sie zeigte mir kurz ihren Laden, voller Stolz, und sie griff sich aus ihrem Regal eine Flasche Rotkäppchen (nicht alles in der DDR war schlecht). In ihrer Wohnung angekommen, stießen wir auf ein »Du« an.

Lisa beflügelte mich. Ich genoss jede Minute in ihrer Nähe. Die Zeit verging viel zu schnell. Um 20:30 Uhr musste ich aufbrechen, dann würde ich es mit der Straßenbahn noch pünktlich bis zum Zug schaffen. Gemütlich schlenderten wir zur Haltestelle. Wir wollten jede Minute, die wir noch hatten, gemeinsam verbringen.

An der Straßenbahnhaltestelle angekommen, warteten wir. Und wir warteten. Doch die Bahn kam nicht. Ich schaute auf meine Uhr, sie hatte schon mehrere Minuten Verspätung.

»Das ist aber ungewöhnlich«, sagte Lisa. »Normalerweise war die Bahn sehr pünktlich.«

»Was mache ich denn jetzt? Ohne die Bahn schaffe ich meinen Zug nicht mehr.« Lisa lächelte: »Es sieht so aus, als könntest du erst morgen früh nach Hause fahren.« Zum Glück hatte ich meinen Mädchen gesagt, dass so etwas passieren könnte. Die zwei würden sich einen Mädchenabend machen und viel Spaß daran haben, nicht pünktlich ins Bett gehen zu müssen.

»Würdest du mir denn Unterschlupf gewähren?«, fragte ich voller Hoffnung. Lisa sagte nichts, sondern hakte sich lächelnd bei mir ein und ging mit mir los. Ich sagte auch nichts. Und schon lange nicht, dass meine Uhr (absichtlich) deutlich vorging. Ich hoffte, dass die Straßenbahn erst kommen würde, wenn wir schon um die Ecke gebogen wären. Und so war es dann auch. Frechheit siegt. Das war schon immer so und daran wird sich auch in den nächsten 89 Jahren nichts ändern, da bin ich mir sicher.

Wieder bei ihr, holten wir uns noch eine Flasche Sekt aus ihrem Laden. Unsere Stimmung war so locker, wie sie nach einem schönen gemeinsamen Tag nur sein konnte. Vor lauter Spaß hatte sie ganz vergessen zu rauchen. Dadurch war der Genuss unseres ersten Kusses an diesem Abend nicht durch Zigarettengeschmack geschmälert worden.

Was in dieser Nacht alles geschah, können Sie sich denken. Dazu gibt es nur eins zu sagen: Ich war rundum glücklich. Und sie – denke ich – war es auch. So hörte es sich jedenfalls an.

Am nächsten Morgen fuhr ich mit einem Dauerlächeln auf den Lippen nach Hause. Im Zug ließ ich den vorangegangenen Tag Revue passieren. War Lisa wirklich eine Frau für mich und meine Kinder? Oder sollte ich es doch lieber als aufregendes Abenteuer im Sande verlaufen lassen? Ich geriet ins Grübeln. Immerhin hatte sie einen Konsum in Berlin und ich hatte mit meinen Kindern ein Leben in Cottbus.

Ich hörte auf mein Herz: Wenige Wochen später trafen meine beiden Mädchen erstmals auf Lisa. Vielleicht würde sich das ganze Thema sogar von selbst erledigen. Denn wenn meine Töchter keinen Draht zu ihr finden würden, dann wäre – wie sagt man heute so schön – der Drops so oder so gelutscht. Oder vielleicht würde sie meine beiden Mädchen ganz schrecklich finden. Ich war nervös.

Meine Kleinste begrüßte sie mit einem freundlichen Hallo. Noch bevor Lisa sie ebenfalls begrüßen konnte, schob sie gleich noch hinterher: »Mein Papa kann nicht kochen. Kannst du kochen?« Nur gut, dass sie nicht gleich mit der Tür ins Haus fiel. Doch Lisa, ganz nach ihrer Berliner Art, brachte so schnell nichts aus der Ruhe. »Mäuschen, natürlich kann ich kochen. Das mache ich sogar sehr gern. Aber eins steht fest: Heringe nehme ich nicht aus.«

Die Jahre danach waren die schönsten in meinem Leben. Nachdem ich im Februar 1973 Lisa geehelicht hatte, liebte und erzog sie meine Kinder wie ihre eigenen. Nach der Wende kauften wir uns ein Auto – wir waren ja mittlerweile Rentner – und erkundeten zusammen in den Jahren darauf die schönsten Ecken Deutschlands. Und davon hatte die Bundesrepublik einige zu bieten. Ein neues Freiheitsgefühl war da und wir genossen es.

1998 entschieden wir uns, das erste Mal zu fliegen. Unsere Silberhochzeit stand bevor. Gran Canaria sollte es werden. Am 8. März 1998 landeten wir auf der schönen Insel. Am 10. März genossen wir unseren gemeinsamen Tag, 25 Jahre Ehe hatten wir zusammen erleben dürfen. Am 12. März starb sie. Meine freche Berlinerin, die keine Heringe ausnahm.

Wenn ich drei Dinge in meinem Leben gelernt habe, dann ist es, dass es tatsächlich immer anders kommt, als man denkt. Und das ist auch gut so.

Dass man jeden Tag genießen sollte.

Und dass Frechheit eben immer siegt!

Lassen Sie sich das von einem alten, aber zufriedenen Mann sagen …

DER 9. ONE-NIGHT-STAND

ÜBERRASCHUNGS-MOMENT

Herbert (26), Maurer, Parchim,
über
Isabella (31), Verkäuferin in einem Fetischshop, Hamburg

Ich ging mit meinem Kumpel Phillip durch die Gänge der Pornoabteilung eines Fetischshops auf der Reeperbahn. Wir machten uns – natürlich leise – über die verrückten Pornocover lustig, die hier zu finden waren.

Da gab es auf einem Cover Frauen, die Wäscheklammern an allen Hautfalten und empfindlichen Bereichen geklammert hatten: Brustwarzen, Ohrläppchen, Nasenflügel, Schamlippen, Kitzler (aua!) und Unterlippe. Sie erinnerten dabei mehr an eine verlorene Wette als eine erotische Fantasie.

Auf einem anderen Titelbild gab es Paare, die gut getarnt in schwarz glänzenden Ganzkörperanzügen steckten. Entweder, um nicht erkannt zu werden, weil die Eltern den Film vielleicht sehen könnten. Oder weil es sie tatsächlich erregte, wenn sie schweißgebadet und eingeschnürt vor sich hin röcheln.

Dieser Pornoladen war spannender als jeder Blockbuster. Da gab es zum Beispiel noch das Cover, auf dem sich Frauen mit exotisch geschwungenen Augen alle möglichen Gegenstände in sämtliche Öffnungen steckten. Da reicht das Spektrum von einem gewöhnlichen Dildo in Faustform über jegliches Gemüse (ja, auch Auberginen) bis hin zu Flaschen jeder Größe und Form. Ob die schon mal darüber nachgedacht haben, dass eine offene Flasche einen Ansaugeffekt haben kann? Ich würde zu gern wissen, wie oft bei den Dreharbeiten schon Gegenstände in den Damen geblieben sind. Diese Filmchenabteilung ließ mich mehr an *Jackass* denken als an erotische Spielchen.

Als Phillip und ich gerade mit verzerrten Gesichtern ein Cover mit breitbeinigen Damen ab 75 Jahren aufwärts in der Hand hielten, sah ich aus dem Augenwinkel sehr lange Beine auf uns zukommen. Beine, die mir gefühlt bis zum Kinn gingen. Und ich bin 1,84 Meter groß!

Ich blickte auf und sah eine Schönheit, bei der es mir sofort die Sprache verschlug. Ihr Körper war so umwerfend, dass ich mich auf der Stelle hinknien und um ihre Hand anhalten hätte können. Da ist sie, die perfekte Frau!

Phillip stand neben mir und muss ähnliche Gedanken gehabt haben, denn auch sein Mund stand offen. Richtig offen.

»Kann ich Ihnen vielleicht behilflich sein?«, fragte sie und zwinkerte uns zu. Dann ging ihr Blick direkt auf das Cover, welches wir gerade in den Händen hielten. Dann schaute sie mich an und sagte, ohne eine Miene zu verziehen: »Weitere Filme mit reifen Damen finden Sie hinten links.« Um Gottes willen, schoss es mir durch den Kopf. Sie denkt, dass wir diesen Film geil finden? Sie lächelte vermeintlich wissend und ging schon in die Richtung der DVDs mit viel überschüssiger Haut und grauen Haaren.

»Ähm, entschuldigen Sie, äh … Wir haben nur mal so geguckt …«, stammelte Phillip vor sich hin. Ich fügte noch hinzu: »Genau. Eigentlich wollten wir uns nur mal umsehen. Wo haben Sie die Kondome?« Sie lächelte. Irgendwie schien sie mit ihrem Blick zu sagen: »Ist ja gut, Jungs. Habe ich euch etwa durcheinander gebracht? Ihr braucht euch für euren reifen Geschmack nicht zu schämen … Irgendwie sind sie ja ganz süß, die zwei.« Ja, das alles schwang mit nur einem Blick mit.

Doch tatsächlich sagte sie: »Verstehe. Kommen Sie mit, die Kondome sind dort hinten.« Wir liefen ihr hinterher und das, was wir beide spürten, war: Faszination.

Ihr Po war straff, nicht zu groß und nicht zu klein. Aber knackig. Ihr kurzer Rock ließ ihre ellenlangen Beine noch länger erscheinen. Dellen, Schwabbel oder Krampfadern schienen Hausverbot zu haben. Ihr enges Shirt betonte ihre Taille. Ihr ganzer Körper sah nach Sportlichkeit und Fitness aus. Und da ich selbst sehr viel Sport treibe, um fit und attraktiv zu sein, sprach sie mich besonders an. Sie war die heißeste Frau, die ich seit langer Zeit gesehen hatte. Dass sie etwas zu stark geschminkt war, schob ich auf ihren Job in einem Sexladen. Phillip und ich konnten uns nicht an ihr sattsehen. Von mir aus könnte sie den ganzen Weg über die Reeperbahn bis zum Hotel vor uns laufen.

Bei den Kondomen angekommen, drehte sie sich wieder um und sah erst Phillip und dann mich an. Dann blicke sie neckisch an mir herunter und sagte: »Sie brauchen Größe XL?« Meine Schultern wurden noch breiter und ich um einen Kopf größer. Gefühlt.

»Ich weiß es gar nicht, um ehrlich zu sein. Wollen Sie nicht mal für mich nachsehen?« Wie bitte??? Meine Gedanken spielten verrückt. Habe ich das etwa gerade wirklich gesagt? Konnte mein Bruce etwa plötzlich für mich antworten? Bruce hatte in Vergangenheit schon öfter gegen meinen Willen gehandelt, aber das sprengte alles.

Ihrem Blick nach zu urteilen gab es keinen Zweifel: Ich hatte es gesagt. Phillip ging weg und sagte hastig: »Ähm, ich geh mal bei den Vibratoren gucken.«

Sie schaute mich an, stemmte einen Arm in die Taille und lächelte. Mein Gesicht wurde ganz heiß. Wie peinlich. Das, was ich jetzt spürte, war: Scham.

»Eigentlich würde ich spontan Ja sagen, aber ich arbeite leider noch einige Stunden. Oder wir machen das gleich hier mitten im Laden, dann haben auch andere etwas davon.«

Ich schluckte. Schlagfertigkeit macht aber auch sexy, dachte ich.

»Es muss ja noch Steigerungen geben, da fangen wir lieber nicht gleich mit dem Ferrari an.« Oh Gott, es war wirklich Bruce, der für mich sprach.

»Ich habe um zwölf Feierabend.«

»Da werden wir im Klub nebenan sein.«

»Ich dann wohl auch.«

Jackpot. Das, was ich jetzt spürte, war: Stolz! Auf Bruce.

»Super. Dann bis später.«

Draußen auf der Straße hätte ich einen Salto machen können, so sehr freute ich mich über das Date mit ihr. Genau, ein Date mit ihr, wie hieß sie überhaupt? Egal, ich würde sie zwischen hundert Frauen erkennen. Phillip schüttelte den Kopf: »Dass du damit durchgekommen bist, ist ein Wunder. Andere Frauen hätten Backpfeifen ausgeteilt.«

Unser nächster Gang war in einen Supermarkt auf der Reeperbahn, um Deo, Mundwasser und Kaugummis zu kaufen. Bier war für mich ab jetzt tabu. Wer will schon eine Brauerei küssen? Phillip kaufte sich eine Autozeitung für die Zeit, die er auf mich warten müsste, wenn ich tatsächlich mit der Sexbombe abhauen würde. Als wir an den Wäscheklammern im Angebot vorbeikamen, mussten wir lachen. Das würde uns wohl noch eine ganze Weile verfolgen.

In dem Klub angekommen, war Phillip schnell genervt. Ich kontrollierte ständig mit meinen Blicken die Eingangstür und wechselte alle fünf Minuten meinen Kaugummi.

Phillip entschied sich schnell für die richtige Taktik: Ablenkung. Was ich jetzt spürte, war: Ungeduld. Zehn Minuten später sah ich Oliver beim Knutschen zu und freute mich für ihn. Ein Blick auf die Uhr verriet mir, dass es schon 20 nach zwölf war. Und just in diesem Moment griff mir jemand auf die Schulter.

»Hallo sexy Gladiator«, sagte sie und stellte sich ganz dicht vor mich.

»Hallo, hübsche Frau. Schön, dass du wirklich gekommen bist.«

»Ich stehe grundsätzlich zu meinem Wort. Du auch? Immerhin hast du mir vorhin das Ausmessen der Kondomgröße überlassen wollen …«

»Stimmt, da waren wir stehen geblieben.«

»Ich schlage vor, du holst uns zwei Drinks, und dann besprechen wir zwei, wie wir weitermachen. Ich bin gleich wieder da …«

Und dann küsste sie mich ganz zart auf den Mund. Mein Herz schlug mir vor Aufregung bis zum Hals. Phillip kam kurz zu mir und sagte, als ich gerade zwei Wodka Red Bull bestellt hatte: »Treffen wir uns später wieder? Ich habe mein Handy dabei, call me Baby … Ich ziehe jetzt mit Linda weiter.« Und schwups, war er weg. Und ich irgendwie froh darüber, dass er sich eine schöne Ablenkung gesucht hatte. Die Autozeitung würde wohl ungelesen bleiben.

Wir standen zusammen an der Bar und flirteten, was das Zeug hielt. Was die anderen glotzenden Männer um uns herum fühlten, war: Neid. Purer Neid.

»Und was mache ich jetzt mit dir?«, fragte sie mit lusterfüllter Stimme.

»Was schwebt dir denn so vor?«

»Sex im Flur meiner Wohnung?«

»Klingt nach einem tollen Plan.«

Bei ihrer Größe könnte sie vor mir gebückt stehen und ich könnte direkt andocken. Sie hatte so tolle Beine.

»Na dann los!«

»Einverstanden.«

Ihre Wohnung war unweit der Diskothek in einer Seitenstraße der Reeperbahn. Riskanter Wohnort für eine hübsche Frau, dachte ich mir. Aber gut, sie wird sich schon gegen betrunkene Junggesellen zu wehren wissen.

Im Hausflur auf der Treppe hielt ich sie am Arm fest und wollte sie küssen, doch sie wich zurück. »Wenn ich einmal angefangen habe, kann ich nicht mehr aufhören«, hauchte sie und zog mich weiter die Treppe hinauf. In meiner Hose wurde es schon sichtlich eng, und ich konnte es kaum erwarten, die Tür hinter uns zu schließen und über sie herzufallen.

Als sie dann tatsächlich ins Schloss fiel, stellte sie sich hinter mich und drückte ihre festen Brüste gegen mich. Ihre Hände glitten vorn zu meinem Waschbrettbauch, dann hoch zu meiner Brust, dann wieder runter bis kurz vor meiner Beule. Dabei flüsterte sie mir langsam ins Ohr, dass sie es kaum erwarten könne, endlich meinen prächtigen Begleiter zu sehen. Sie kenne solche Männer wie mich, und es mache ihr Spaß, uns zu verführen. Meiner Hose drohte der Sprengungstod.

Was ich jetzt spürte, war: Ungeduld. Sie spielte mit mir. Und ich genoss es. Sie drehte mich zu sich um und zog sich ihr Shirt über den Kopf. Im BH sahen ihre Brüste noch größer aus als ohnehin schon. Meine Hand würde dafür nicht mehr ausreichen, dachte ich mir. Ihr Bauch war zum Dahinschmelzen. Erkannte ich da etwa ein zartes Sixpack? Unfassbar.

Sie nahm meine Hand und führte mich in ihr Wohnzimmer, welches groß und voller Möglichkeiten für verrückte Stellungen war. Dann zog sie auch mir mein Shirt aus, und was sie sah, gefiel wahrscheinlich. Ich zerrte sie an mich, und meine Hände wanderten automatisch zu ihrem schönen Po, den ich schon die ganze Zeit lang anfassen wollte. Er fühlte sich fantastisch an. Ihr Po hatte mit der Erdanziehung einen guten Friedensvertrag geschlossen, so perfekt stand er unter dem knappen Rock.

Dann tat sie etwas, was einem weit verbreiteten Männertraum nahekommt. Sie kniete sich hin, zog mir meine restlichen Klamotten aus und verwöhnte mich so gekonnt, dass ich es kaum fassen konnte. Noch nie hatte ein Frau solche Künste an den Tag gelegt. Was ich jetzt fühlte, war: ein heranrollender, heftiger Orgasmus. Ich musste sie stoppen. Im selben Moment schien sie meinen nahenden Orgasmus zu spüren und hielt inne. Sie sah an mir hoch und ich schäumte über vor Verlangen. Ich schmiss sie auf die breite Couch hinter sich und riss ihr regelrecht die Klamotten vom Körper.

Und dann … dann war der Moment da, den ich nie in meinem Leben vergessen werde. Was ich in diesem Moment fühlte, war: Schockstarre. Fassungslosigkeit. Fluchtgefühl. Geilheit. Überwindungsimpulse.

Sie war keine Sie, sie war ein Mann. Na ja, jedenfalls an dieser einen aber dennoch sehr wichtigen Stelle ihres Körpers. Und ihre Männlichkeit war auf Betriebstemperatur.

Ihre Männlichkeit, das klingt schon grotesk. Und grotesk war auch die ganze Situation. Ich war so heiß wie noch nie in meinem Leben und dann sah ich, dass mich die ganze Zeit eine Shemale angeturnt hatte. Und das viel Verrücktere war, dass mein Bruce alles andere als abschwellende Anzeichen machte. Sie guckte mich heftig keuchend an und sagte: »Wie jetzt? Du hattest es noch nicht mitbekommen?« Ich? Wie denn? Nein! Ich brachte keinen Ton über die Lippen. Ich schüttelte nur den Kopf und zuckte mit den Schultern.

»Und jetzt? Ist das ein Problem für dich?«

Ich zuckte wieder mit den Schultern und schüttelte den Kopf. Der war schlagartig leer. Bruce war der Einzige, der Worte für mich fand: »Jetzt ist es auch egal.« Ich gehorchte der Stimme und erlebte in dieser Nacht so viele Premieren, wie es das Sony Center in Berlin in einem Jahr nicht schafft.

6:12 Uhr setzte ich mich zu Phillip ins Auto, es ging Richtung Heimat: »Seid ihr noch lange im Klub gewesen?«

»Nein, nur noch für einen Drink.«

»Hast du sie flachgelegt?«

»Ja. Und du?«

»Ich auch.«

»War sie gut?«

»Ja, aber geschluckt hat sie nicht.«

»Vielleicht bei der Nächsten.«

»Vielleicht. Und du? Gevögelt?«

»Ja.«

»War sie gut? Du siehst fertig aus.«

»Es war anders. Und ja, gut. Ich bin auch echt fertig.«

»Cool. Waren die Brüste echt?«

»Ähm … ja.«

»Verstehe. Respekt für die heiße Frau.«

»Danke. War echt eine Erfahrung der besonderen Art.«

»Cool. Ab nach Hause.«

»Einverstanden. Und ich räume heute noch die Wäscheklammern aus meinem Sichtbereich.«

DER 10. ONE-NIGHT-STAND

OHNE WORTE

Lutz (32), Bankkaufmann, Berlin,
über
Natalia (28), unbekannt, Berlin

Sind Frauen aus dem Ostblock besser im Bett als deutsche Frauen? Haben Südländerinnen mehr Temperament beim Liebesspiel? Oder kann eine Frau nur so rassig sein, wie der Mann es zulässt und den Gegenpart dazu bietet? Diese Fragen stellt sich wohl fast jeder Mann im Laufe seines Lebens. Ich behaupte, es liegt in unseren Genen, dass wir nach Abwechslung suchen.

Bei mir gilt die Devise: Man(n) muss alles mal ausprobiert haben. Ob es ums Essen geht, um Getränke, andere Kulturen oder eben um Frauen.

Im Sommer 2007 war ich mit einigen Kumpels in Berlin unterwegs. Zuerst in einer Bar verabredet, waren wir anschließend in unserem Stammklub. Und dann standen wir vor der Frage, ob wir nach Hause fahren oder noch weiterziehen sollten. Obwohl ich eigentlich keine Lust mehr hatte, stimmte ich zu, doch noch auf ein Bier mitzugehen. Irgendwie war es mir dann doch zu früh, um mich an einem Samstag schon ins Bett zu legen. Als wir im nächsten Klub ankamen, machte sich Ernüchterung bei uns breit. Für diese Uhrzeit war es ziemlich leer. Mit hochgezogenen Augenbrauen schauten wir wortlos in die Runde und wussten kollektiv, was wir brauchten: Drinks.

Ich nahm gerade meinen ersten Schluck, da fiel mir eine Gruppe von Mädels am anderen Ende des Tresens auf. Sie waren zu siebt oder acht und sie fielen vor allem durch ihr Bling-Bling und die funkelnden Lichtreflexe ihrer Strasssteinchen ins Auge. Meine Freunde und ich amüsierten uns über die Diven. Sie waren laut und legten viel Wert darauf, zweifellos der Mittelpunkt zu sein. Da die Gästeanzahl an diesem Abend nicht mehr als 50 betrug, hatten sie alle Aufmerksamkeit für sich gepachtet.

»Na ja, wer's braucht«, sagte ich zu Dirk und den anderen und verabschiedete mich. Ich hatte keine Lust mehr und mein Bett schien mir nun doch sehr verlockend – im Vergleich zu einer Tussishow im leeren Klub.

Ich setzte mich in meinen Wagen und fuhr durch die laue Sommernacht. Am Potsdamer Platz tobte das Leben, Leute aller

Sprachen und Kulturen waren auf den Straßen unterwegs. Ich erwischte eine längere Ampelphase und neben mir hielt ein Taxi. Hinten ging ein Fenster runter, und darin saß eine Dame, die mich mit einem Schlafzimmerblick ansah. Ich war überrascht und stellte mit einem Rundumblick sicher, dass der Blick auch wirklich mir galt. Und das tat er offensichtlich.

Sie war hübsch. Ihr hellbraunes Haar trug sie offen, es fiel in Wellen über ihre Schulter. Ihrem niedlichen Gesicht war ein russisches Temperament anzusehen. Unmissverständlich gab sie mir zu verstehen, dass ich ihr meine Nummer geben sollte.

An der nächsten roten Ampel mühte ich mich, ihr mit schnellen Fingern die richtigen Zahlen zu zeigen. Sofort klingelte mein Handy. Ich konnte mein Glück kaum fassen, mit dieser Wendung des Abends hätte ich nun gar nicht gerechnet.

Ich ging ran und sagte: »Hallo …« Ich konnte ihr Lächeln spüren und sie ließ sich mit ihrer Begrüßung Zeit. Das Taxi fuhr inzwischen versetzt vor mir und ich konnte sie nicht sehen. Ein laszives Schnurren drang durch den Hörer: »Was machst du jetzt?« Ihr süßer Akzent war nur ganz leicht rauszuhören. Er passte zu ihr. »Ich bin eigentlich auf dem Weg nach Hause.« Wieder ließ sie sich Zeit und sagte betont lässig: »Das stimmt, du bist auf dem Weg nach Hause. Aber nicht zu dir.« Sie holte tief Luft und ließ mich spüren, dass sie keine Antwort von mir erwartete. »Fahr mir einfach hinterher.« Sie legte auf.

Ich bekam eine Gänsehaut. Und ich grübelte. War sie etwa eine von den schrecklich lauten Weibern gewesen? Ich hatte sie gar nicht gesehen. Aber es musste so sein, sie wird ja nicht irgendeinen Typen an der Ampel abschleppen. Oder doch? Im Endeffekt war es mir egal, denn die Tatsache, dass mich gerade eine Frau aufgefordert hatte, ihr nachzufahren, war sensationell.

Wir landeten in Schöneberg. Ich parkte meinen Wagen genau vor der Tür, vor der das Taxi gehalten hatte. Ein Parkplatz auf Anhieb? Das war mein Glücksabend!

Sie zahlte das Taxi und stieg elegant aus. Ich hatte Zeit, mir ihren Körper genauer anzusehen, alles oberhalb des Halses hatte mich schon mehr als überzeugt. Sie hatte eine tolle Größe für eine Frau, ich schätzte sie auf etwa 1,70 Meter. Sie war sehr schlank und hatte schöne Brüste, die zu ihrem Körper passten. Nichts finde ich schlimmer als riesige Doppel-D-Körbchen an einer Size Zero. Ihre schätzte ich spontan auf ein handliches B.

Wir erreichten den zweiten Stock. Dabei fiel kein Wort. Es hätte diese einmalige verruchte Stimmung vielleicht zunichte gemacht.

Sie stand vor der großen, massiven Wohnungstür und schloss auf. Ich hatte einen genüsslichen Ausblick auf ihren schönen Rücken und ihren Po, der sich straff unter ihrem engen Kleid abzeichnete. Sie ging durch die Tür und drehte sich gleich hinter der Schwelle um. Ich hatte gar keine andere Chance, als sie auf dem Weg in die Wohnung zu berühren. Sie griff meinen Arm und zog mich in ihr Schlafzimmer. Ich genoss es, dass sich eine Frau ohne zu fragen nahm, was sie wollte. Und dass sie keinen Kaffee trinken wollte, war klar.

Vor ihrem Bett stehend zog sie mich zu sich heran. Unsere Lippen fanden sich und ich schmeckte förmlich ihr Verlangen. Ihr Kleid war schnell ausgezogen und ihres BHs entledigte sie sich selbst. Ihre Nippel standen aufrecht und wollten liebkost werden. Ich leckte und knabberte abwechselnd an ihnen, sie schlang ein Bein um meine Hüfte und drückte ihre Scham fordernd gegen meinen Schritt.

Ich konnte die ganze Situation noch gar nicht ganz fassen, da lagen wir schon zusammen auf dem Bett. Meine Hände wanderten forschend über ihren Körper, ihre Hände wechselten von ihrer Scham, die noch von einem zarten Höschen verdeckt wurde, zu meinem Körper. Mir wurde ganz heiß und ich hätte mich am liebsten vergessen vor Lust. Ich zog ihr ihren Slip aus, entledigte mich meiner Hose und kniete mich zwischen ihre Schenkel, die sie vorfreudig spreizte. Sie schmeckte nach mehr und ließ ihrer Stimme freien Lauf. Als meine Zunge ihre bereits pralle Perle fand, bog sie ihren Rücken durch, griff mir mit den Fingern in die Haare …

Vier Stunden später – es war bereits hell – verabschiedeten wir uns mit einem langen Kuss. Auf dem Weg zum Auto fiel mir auf, dass wir seit dem Telefonat im Auto kein Wort gewechselt hatten. Wenn man lustvolles Stöhnen mal ausschließt. Allein unsere Blicke und Körper hatten kommuniziert. Es war das perfekte Abenteuer.

DER 11. ONE-NIGHT-STAND

TSCHULDIGUNG, FICKEN?

Bodo (29), Abteilungsleiter, Köln,
über
Gloria (21), Studentin, Freiburg

Guten Morgen, mein Superman«, diese Worte einer mir unbekannten weiblichen Stimme holten mich langsam, aber sicher aus meinem komaähnlichen Tiefschlaf. Ich spürte Kopfschmerzen, wobei dieses Wort ziemlich harmlos klang für das, was sich in meinem Schädel abspielte. *Stepptanzende Gehirnzellen* hätte es besser getroffen.

Ich versuchte, meine Augen zu öffnen, doch die eindringende Helligkeit ließ mich annehmen, dass Flutlicht auf mich gerichtet war. Wobei, ein mögliches Verhör durch FBI oder Scotland Yard hätte wohl nicht so höflich begonnen. Und überhaupt, wo war ich eigentlich? Diese ganzen Gedanken schlurften nur sehr langsam vor sich hin, zu schnellen Schlussfolgerungen schien ich noch nicht in der Lage zu sein. Ich beschloss, einfach noch eine Mütze voll Schlaf zu nehmen. Zuvor musste ich aber noch etwas antworten, alles andere wäre unhöflich, dachte ich.

Ein einfaches »Guten Morgen« schien fürs Erste die einfachste Antwort zu sein. Sie kicherte über meine Stimme, die sich genauso anhörte, wie ich mich fühlte. »Du bist ja noch ganz zerwühlt. Dabei ist es schon um drei und längst Zeit zum Aufstehen. Ich gehe schnell ins Bad und du müsstest auch in etwa zehn Minuten fertig sein. Ich muss los, zu meinem Zug.« Sie kramte hörbar ihre Klamotten zusammen. Es bestand kein Zweifel: An Schlaf war nicht mehr zu denken.

Ich grübelte vor mich hin, während ich versuchte, meine Gliedmaßen und mein Gehirn zum Aufrappeln zu motivieren. Ich verstand nur Bahnhof, wobei Bahnhof gar nicht so falsch war. Irgendeine Frau, die mich gerade Superman genannt hatte, musste also zum Bahnhof, um ihren Zug zu bekommen. Wo, verdammte Axt, bin ich eigentlich?, fragte ich mich immer wieder. In diesem Zustand von mir zu erwarten, dass ich aufstehen oder gar irgendwohin gehen sollte, grenzte an Körperverletzung.

»Ach, dein Erbrochenes habe ich letzte Nacht übrigens noch aus deiner Lederhose gewaschen. Dazu warst du wohl selbst nicht mehr in der Lage gewesen. Die müsstest du also heute wieder tragen können.« Dann fiel eine Tür zu. Sie war rausgegangen. Und plötzlich fiel mir alles wieder ein. Ich riss meine Augen auf und konnte der Bilderflut, die vor meinem inneren Auge aufstieg, gar nicht so schnell folgen. Szenen vom Oktoberfest am Tag zuvor, viele, viel zu viele Maß Bier, Lederhosen und Dindl um mich herum. Dekolletés, hübsche Frauen mit schöner Taille und sexy Beinen – alles im Überfluss! Inklusive Menschenmassen, Haxen und ein volles Zelt.

Doch an eine Frau im Einzelnen erinnerte ich mich nicht. Wer war also die Dame, die sich gerade ins Bad verabschiedet hatte? Ich richtete mich auf und mein Kreislauf fuhr heftig Karussell. Dann fiel mir wieder alles ein.

Ich war mit meinen Kumpels zum Oktoberfest gefahren. Und zwar aus einem ganz besonderen Grund: mein eigener Junggesellenabschied. Verdammt. Ich wollte doch nur feiern und mit meinen Jungs die Sau rauslassen. Das letzte Mal, bevor ich eine Woche später heiraten sollte. Und zwar nicht irgendjemanden, sondern meine Traumfrau, nach mehr als sechs Jahren Beziehung. Und Treue! Auweia.

Ich sprang aus dem Bett, meine Beine machten mir jedoch einen Strich durch die Rechnung. Ich fiel wieder zurück, mir war schwindelig und mein Kopf drohte zu zerspringen. Ich roch wie eine Kneipe und schmeckte vergammelte Eier in meinem Mund. Das Zimmer war klein, völlig überladen mit Kleinkram und es war vor allem eins: pink! Es wäre wirklich besser gewesen, die Augen zuzulassen. Aber ich kam nicht drum herum, ich musste mich der Situation stellen.

Ich suchte – langsam, versteht sich – meine Klamotten zusammen, wobei mein Hemd in zwei Teilen vor mir lag. Meine Lederhose hing über einem fellbezogenen Stuhl. Ebenfalls pink. Dieser Stuhl stand vor einem Schreibtisch. Und darauf standen Bilder. Viele Bilder. Vielleicht würden sie mir und meiner Erinnerung auf die Sprünge helfen, was die Frau im Bad anbelangte. Doch bereits nach einem kurzen Blick bereute ich es. Denn das Einzige, was alle Bilder gemeinsam hatten, war eine unattraktive, pickelige, fahle Frau mit einer hohen Stirn und fusseligem Haar. Ich bekam Gänsehaut. Und in meinem Kopf begann es wieder zu pochen.

Hatte ich allen Ernstes meine zukünftige Ehefrau mit dieser Schabracke betrogen? Warum hatten mich meine Jungs nicht abgehalten? Apropos: Wo waren eigentlich meine Freunde? Wir waren doch alle sechs die ganze Zeit zusammen gewesen. Mein Handy, ich muss mein Handy finden! Und sie anrufen, meine Kumpels.

Da fiel mir ein, dass sie gesagt hatte, dass es schon um drei sei. Demnach müssten sie gar nicht mehr in München sein, denn unser Zug fuhr bereits vor 90 Minuten Richtung Köln ab.

Als mir diese Gedanken durch den Kopf schossen, wurde ich mit jedem einzigen davon nüchterner. Und schockierter. Um es beim Namen zu nennen: Ich bekam Panik. Und als wenn ich nicht schon genug mit mir und meinen Gedanken zu tun gehabt hätte, wurde mir auch noch schlecht. Ich spürte, dass ich mich übergeben musste.

Eine Minute später kam jemand ins Zimmer. Wahrscheinlich die Frau auf den Fotos, mir graute schon vor den Tatsachen der letzten Nacht. Sie sah mich vor ihrem gepunkteten Blumentopf knien. Ich hatte ihn aufgefüllt. Peinlichkeit machte sich in mir breit.

»Auch das noch!«, war das Einzige, was ihr zu diesem Anblick einfiel. Zudem war ich nach wie vor nackt, ich hatte ganz vergessen, meine gefundenen Klamotten anzuziehen. Sie tat mir leid, diesen Anblick hatte selbst eine minderschöne Frau nicht verdient. Ob ich ihr zur Entschädigung einen Jahresvorrat an Clearasil schenken sollte?

Ich blickte auf und war schockiert. Da stand nicht die Frau von den Fotos, sondern ihr genaues Gegenteil. Lange, rote Haare (ich liebe rote Haare, ihre Trägerinnen sind immer rassig und wild, wie meine zukünftige Frau auch) und sie hatte eine tolle, weibliche und dennoch sportliche Figur.

Ich saß wie ein Hund vor seinem Fressnapf, so sah der Inhalt des Topfes auch aus, und glotzte sie an. »Oh mein Gott, es tut mir wirklich leid. Alles!«

Sie lächelte und das verwirrte mich. Und als sie meinen verwirrten Blick sah, fing sie an zu lachen. Zu lachen! Nicht zu fluchen! Und ich musste auch lachen. Es war alles so grotesk an diesem Morgen. Mein Lachen drohte in Heulen umzuschlagen, ich war völlig fertig mit den Nerven. Ich hätte schon längst mit meinen Jungs im Zug sitzen müssen, meine Verlobte wollte uns später am Bahnhof in Köln abholen. Was würde sie wohl sagen, wenn meine Kumpels ohne mich zurückkämen?

Mein Handy hatte mittlerweile bestimmt Dutzende Anrufe und Nachrichten. Mein schlechtes Gewissen plagte mich. Und trotzdem musste ich weiterhin lachen.

»Komm, zieh dich an. Ich muss aus dem WG-Zimmer genau jetzt raus sein, meine Freundin kommt heute wieder. Ich hatte mich hier nur für eine Nacht eingemietet. Also, los! Und auf dem Weg nach unten erzähle ich dir alles. Du weißt sicherlich nicht mehr viel, oder?«

Ich schüttelte nur den Kopf und stand auf. Beim Anziehen konnte ich nur mein Unterhemd und die Lederhose gebrauchen, das Hemd war einzig noch zum Putzen geeignet.

»Tut mir leid, es wohnt kein Mann in dieser WG. Du musst wohl mit deinen restlichen Sachen vorliebnehmen«, sagte sie und zeigte sichtlich belustigt auf meinen eigenwilligen Dresscode, den ich nun endlich wieder am Leib trug.

»Was soll's, heute ist mir eh alles egal. Hast du zufällig mein Handy gesehen?«

Sie runzelte die Stirn und sagte: »Du hast es gestern deinen Freunden gegeben. Sie sollten dich später damit anrufen, hast du gesagt. Und dann hast du die Tür des Taxis, in dem wir saßen, zugeknallt.«

»Hä? Wie sollen sie mich anrufen, wenn ich ihnen mein Handy gegeben hatte?«

»Diese Logik war wohl dem Bier geschuldet ...«, sagte sie und fing schon wieder an zu lachen. Ich verkniff mir jeden Kommentar dazu und hatte Mühe, die ganzen Gedanken, wie es jetzt weitergehen sollte, zu ordnen.

Wir gingen in den Flur. Muss ich erwähnen, dass wieder alles pink war? Mir ist klar, warum es in dieser WG keinen Mann gibt, dachte ich mir. Dem müssten sie wahrscheinlich noch Schmerzensgeld zahlen, wenn er täglich diesen Pinkwahn ertragen musste. Beim Anziehen meiner Schuhe drehte sich wieder alles um mich herum.

»Du brauchst wohl erst mal einen Kaffee, oder? Gleich unten ist ein kleiner Coffeeshop.«

Ich nickte nur. Obwohl mich natürlich meine Neugier, was letzte Nacht passiert war, wurmte, traute ich mich doch nicht nachzuhaken.

Als sie die Tür hinter uns zuzog – ich hatte zum Glück noch meine Jacke im Flur gefunden –, fragte sie: »Und? Was fehlt dir alles von letzter Nacht? Du hast mich vorhin angesehen, als hättest du mich noch nie gesehen. Oder war das nur der Entschuldige-dass-ich-in-den-Blumentopf-gekotzt-habe-Blick?« Sie brachte mich öfter als nötig zum Lachen. Aber das machte die ganze unangenehme Situation nicht weniger schlimm für mich. Könnte dieser Vorfall doch sogar meine bevorstehende Hochzeit platzen lassen! Doch daran wollte ich gar nicht erst denken.

»Um ehrlich zu sein, weiß ich von dir gar nichts mehr.«

Sie nahm dieses Geständnis sichtlich locker.

»Dann kaufen wir uns einen Latte und gehen zusammen zur Bahn? Du musst ja sicherlich auch irgendwie nach Köln kommen, oder?«

Sie wusste also sogar, woher ich kam.

»Guter Plan!«, schließlich musste ich irgendwie nach Köln kommen. Auch wenn dort die wohl schwerste Erklärung meines Lebens fällig sein würde.

Mit einem Latte in der Hand gingen wir beide nebeneinander zur Straßenbahn, die direkt zum Hauptbahnhof fuhr. Sie sagte, dass die Fahrt 40 Minuten dauern würde, wir also genug Zeit hätten, Gedächtnislücken zu füllen. Als wir drei, also Gloria, mit ihrem Namen hatte sie mir mittlerweile auch wieder auf die Sprünge geholfen, mein Brummschädel und ich, uns in die gerade kommende Bahn setzten, fing sie an zu erzählen.

»Also, Bodo, ich fang mal ganz von vorn an.«

»Gute Idee«, sagte ich voller Reue in der Stimme.

»Du warst mit einigen Kerlen im Bierzelt am Nachbartisch, ihr habt ganz schönen gebechert. Ich meine, das tun dort alle, aber du hast sie alle übertroffen.«

»Oje …«

»Und da ich mit meinen Mädels auch gut gefeiert hatte, kamen wir alle schnell ins Gespräch.«

»Hier hört meine Erinnerung auch schon auf. Ans Bestellen der dritten Maß kann ich mich noch erinnern, aber dann …« Mehr brauchte ich nicht mehr zu sagen.

»Dabei warst du da noch ganz vernünftig«, sagte sie lächelnd.

Ein älterer Mann, der in der Bahn ganz in der Nähe saß, musste schmunzeln. Sie bemerkte das auch, rückte näher zu mir heran und fuhr etwas leiser als zuvor fort.

»Wir sind dann alle zusammen weitergezogen und fuhren ein paar Runden Karussell. Wir zwei haben uns ziemlich gut verstanden. Auf die Andeutungen deiner Freunde, mehr Abstand von mir zu nehmen, bist du überhaupt nicht eingegangen. Ganz im Gegenteil.« Ich wurde rot.

»Es tut mir ehrlich leid, wenn ich dir zu sehr auf die Pelle gerückt bin.«

»Das war es weniger …«

»Sondern?«

»Du bist zu einem Süßigkeitenstand gegangen und hast mir ein Lebkuchenherz gekauft. Darauf stand groß und breit: *Tschuldigung, ficken?* Und dann bist du mit genau denselben Worten auf mich zugekommen und hast es mir geschenkt.«

»Und dann?«

»Habe ich ›Na klar‹ gesagt.«

»Oh Gott, das ist gar nicht meine Art«, flüsterte ich. Was eine Lüge war, denn immer, wenn ich betrunken bin, kommen meine wahren Gedanken zum Vorschein. Ich filtere sie dann nicht mehr durch meinen Verstand. Sie erzählte weiter.

»Du hast mich dann an der Hand genommen und bist mit mir zum Ausgang, ja, fast gerannt, könnte man sagen. Hast erzählt, dass es jetzt die letzte Gelegenheit für dich sei und wir nicht warten sollten. Deine Freunde sind hinter uns her und wollten dich überreden, lieber mit ihnen mitzukommen. Doch am Taxi hast du ihnen nur dein Handy überreicht und gesagt: ›Ein Mann muss tun, was ein Mann tun muss.‹ Dann war das Gespräch für dich beendet und wir sind in die WG meiner Freundin gefahren, denn in dem Hostel, in dem ihr euch ein Zimmer gemietet hattet, hätten wir deine Kumpels als Zuschauer gehabt.«

»Scheiße«, mehr brachte ich nicht heraus. Denn mit einigen ihrer Erzählungen kamen auch ganz kleine Erinnerungsbrocken zurück. Bis hierher jedenfalls.

»Ich fand das alles irgendwie lustig.«

»Besten Dank«, sagte ich und wir mussten schon wieder lachen. Obwohl ich nun wirklich keinen Grund zum Lachen hatte. Mir stand noch einiges bevor an diesem Tag. Meine Jungs würden mir wohl gern eine Linke verpassen, dachte ich mir. Und meine Freundin einen verbalen Tritt in die Eier, im besten Fall. Im schlechtesten würde sie das wortwörtlich tun.

»Es kam dann ja doch etwas anders, als du geplant hattest«, sagte sie ernst.

»Ja? Vertrage ich das heute noch? Ich bin schon ziemlich voll mit Infos.«

»Du schaffst das schon.« Da grinste sie wieder.

»Also, wir sind dann hoch in die Wohnung, und als ich gerade die Tür hinter uns schloss, hast du dir das Hemd aufgerissen, mit den Worten: ›Ich werde dich vögeln, wie Superman es nicht besser könnte.‹«

Ich legte meine Hände vors Gesicht und vernahm ein lautes Grinsen auf dem Sitz hinter mir. Der ältere Mann. Toll. An diese Szene konnte ich mich nicht erinnern, auch nicht mit ihren Erzählungen. Selbstschutz?

»Bitte verschone mich, Gloria.«

»Nein, da musst du jetzt durch. Wer das eine will … Den Spruch kennst du ja. Du standest also mit aufgerissenem Hemd vor mir und wolltest mich gerade küssen, da hast du komisch geguckt und dich am Bauch gehalten. Der Weg ins Bad war zu lang für dich gewesen. Der erste Schwapp landete auf deiner Lederhose, der Rest zum Glück im Klo.« Ich wurde wieder rot.

Das alles war mir sehr peinlich. Sie fuhr fort: »Als du aus dem Bad kamst, war ich schon im Zimmer. Du hattest Tränen in den Augen und mit lallenden Worten von deiner Verlobten erzählt. Du wüsstest gar nicht, wie du so blöd sein konntest, Sex mit einer anderen Frau haben zu wollen. Es würde wirklich nicht an mir liegen und und und.« Mein Blick hellte auf, und ich begriff, was sie gerade erzählt hatte. Ich hatte also gar nichts mir ihr gehabt? Echt jetzt?

»Und dann hast du mich zu deiner Hochzeit eingeladen und bist auf dem Bett eingeschlafen, nachdem du dich vollkommen nackt ausgezogen hattest.«

»Ich schlafe zu Hause immer nackt …«

»So was dachte ich mir schon. Ich habe dann deine Hose sauber gemacht und dich schlafen lassen, in diesem Zustand konnte ich dich unmöglich vor die Tür setzen. Und wenn ich ehrlich bin, fand ich das alles total süß. Auch wenn du es mir etwas schwer gemacht hast, splitterfasernackt mit deinem Waschbrettbauch auf dem Bett zu liegen. Aber dein Geruch hat alle sexuellen Gedanken meinerseits wieder neutralisiert.«

Sie war wirklich süß. Und so ehrlich. Wirklich eine tolle Frau, dachte ich mir. Die meisten anderen Frauen hätten das alles nicht so locker genommen.

»Ich weiß gar nicht, was ich sagen soll. Danke, dass du mich nicht vor die Tür gesetzt hast.«

»Gern geschehen. Und irgendwie bin ich auch ganz froh darüber, dass ich nicht für eine abgeblasene Hochzeit verantwortlich bin.«

Den Rest der Fahrt quatschten wir noch über ihr Sportstudium und meine Hochzeit, die bevorstand. Es war, als würden wir alte Freunde sein, die sich nach Jahren wiedergetroffen hätten. Dass dieser Tag bis hierhin so entspannt war, machte mich mehr als glücklich. Meine Kopfschmerzen wurden von Minute zu Minute besser. Genauso wie mein erleichtertes Gefühl darüber, dass ich meiner Verlobten nicht fremdgegangen war.

Am Bahnhof angekommen, verabschiedeten wir uns herzlich, aber platonisch voneinander. Ich dankte ihr noch mal für alles und nahm mir vor, mich irgendwie erkenntlich zu zeigen. Wie, wusste ich zwar noch nicht, aber wir hatten unsere Facebook-Namen getauscht. Auch für den Fall, dass ihre Freundin die Blume ersetzt haben wollte.

Als ich auf den Bahnsteig lief, um den nächsten Zug nach Hause zu nehmen, traute ich meinen Augen nicht. Da saßen meine Freunde. Allesamt. Einer zog sich frustriert ein Menü von McDonald's rein, ein anderer schlief mit offenem Mund, zwei lasen Zeitung und einer telefonierte wild gestikulierend. Alle fünf wie die Hühner auf der Stange, aufgereiht auf einer Wartebank. Als sie mich entdeckten, zog in allen Gesichtern ein Gewitter auf. Marc, der telefonierte, sprach zornig ins Telefon: »Jetzt haben wir ihn, er kommt gerade … Ja, er lebt noch … Nein, er hat kein Tattoo im Gesicht, wie Stu in *Hangover* … aber gleich ein blaues Auge … ja, ja, ich weiß, ist ja schon gut … bis dann.«

Mir schwante Übles. Sie waren sauer. Total sauer. Alle. Und ich konnte es nur zu gut verstehen. Alle redeten durcheinander: »Wo warst du?« – »Hat man dir eigentlich ins Gehirn geschissen?« – »Bist du noch bei Trost?« – »Hast du wenigstens ein Kondom benutzt oder wirst du in neun Monaten Vater?«

Das ging etwa zwei Minuten so und dann, ohne Vorwarnung, umarmte mich Marc und sagte: »Mann, Bodo, mach so was nie wieder. Wir saßen über sechs Stunden hier auf dem Bahnhof und haben darauf gewartet, dass du auftauchst. Sämtliche Krankenhäuser und Polizeistationen haben wir abtelefoniert. Zwei von uns haben keinen Akku mehr deswegen. Wir wären in den nächsten Zug gestiegen. Und was, meinst du, hätten wir deiner Süßen erzählen sollen?«

»Dein Handy steht übrigens seit Stunden nicht mehr still …«, fügte Sven noch dazu.

Ich war überwältigt und plötzlich, ganz unerwartet, kamen mir die Tränen. Ich hatte seit meiner Kindheit nicht mehr vor einer dritten Person geweint gehabt, und schon lange nicht vor fünf meiner Kumpels, aber die vergangenen Stunden waren einfach zu viel für mich gewesen.

Die Zugfahrt über erzählte ich ihnen alles haarklein, und ihre Gesichter wechselten von Ekel über Gelächter bis hin zu purer Erleichterung, dass ich schlussendlich meine Liebste nicht wirklich betrogen hatte. Nicht mal mit einem Kuss. Zum Glück.

Eine Woche später heiratete ich. Ich hatte ihr nach meiner Rückkehr erzählt, dass ich die Jungs in der Menge verloren hatte und betrunken auf einer Parkbank eingeschlafen wäre. Notlügen sind manchmal notwendig!

Heute, drei Jahre danach, beschert uns die Story bei unseren allmonatlichen Männerabenden Tränen vor Lachen in den Augen.

Ich erzählte ihnen lieber nicht, dass ich zwei Jahre nach der Junggesellenpanne eine Nachricht von Gloria über Facebook bekommen hatte: *Lieber Bodo, es ist schon so viel Zeit vergangen und ich muss es jetzt endlich loswerden, denn du konntest ja – dank meiner Flunkerei und deinem Gedächtnisverlust – die Hochzeit ohne schlechtes Gewissen genießen …*

DER 12. ONE-NIGHT-STAND

»THERE IS NO UNDERWEAR!«

Marco (25), Pizzabäcker/Musiker, Berlin,
über
Frances (oder so …, 25), Erotikdarstellerin,
irgendwo aus England

Stellen Sie sich vor Ihrem geistigen Auge einen Schwiegersohntyp vor: Seitenscheitel, brav gekleidet, weiches Gesicht, zurückhaltende Art, Beamter oder Banker und immer mit Blumen in der Hand. Haben Sie diesen Typ Mann vor Augen? So, und jetzt denken Sie bitte genau an das Gegenteil. Dann haben sie mich!

Ich war schon immer, nennen wir es, besonders. Jahrelang trug ich voller Stolz einen Irokesen, und bis heute liebe ich es, einen Schottenrock zu tragen. Ich bin für jeden Spaß zu haben. Egal, wie verrückt er auch sein mag.

Ich glaube, dass es bei mir nur zwei Meinungen gibt: geil oder fürchterlich. Da gibt es irgendwie nicht so viel dazwischen. Wie hat es ein Freund mal treffend formuliert? Wer Marco kennengelernt hat, wird ihn so schnell nicht wieder vergessen. Daran liegt es wahrscheinlich auch, dass ich so einen schrecklich großen Freundeskreis habe. Überall, wo ich hingehe, kenne ich jemanden. Oder viel mehr noch, sie (er-)kennen mich. Und auch genau so ein guter Kontakt unter Freunden verhalf mir 2008 zu einem Nebenjob als Kaffee-Promoter.

Der Job war ganz in Ordnung, bis zum Tag, an dem ich es morgens nicht erwarten konnte, dass der Wecker endlich klingelte. Es war Venus-Zeit! Ich sollte einen Kaffeestand auf der Venus – Berlins größter Erotikmesse – betreuen. Das ließ ich mir nicht zweimal sagen. Mit meinen 20 Jahren ging für mich ein Traum in Erfüllung. Nackte Haut, Brüste und Popos würde ich den ganzen Tag – gratis – zu sehen bekommen. Und dafür sogar noch bezahlt werden. Ich war am Abend zuvor vor lauter Aufregung gar nicht in den Schlaf gekommen. Und wenn mir einer erzählt hätte, wie der Tag für mich enden würde, hätte ich ihm schon mal eine Zwangsjacke besorgt.

Um Punkt neun baute ich meinen Stand auf. Mein Job war denkbar simpel. Kaffee mit einer speziellen Maschine kochen, mal viel, mal wenig Milch drauf, fertig! Einige Snacks hatte ich auch noch im Angebot. Wobei ich mir sicher war, dass die süßen Speisen nicht so gut über die Theke gehen würden. Man achtet ja hier auf seine Linie, dachte ich mir.

Ehe ich mich versah, fing der Tumult auch schon an. Die ganze Zeit wurde um meinen Stand herum gevögelt, gestöhnt, geblasen, geschluckt, geschlagen, gepeitscht, geröchelt, geschmatzt und geflirtet. Und da soll mal einer von einem jungen Mann in der sexuellen Findungsphase erwarten, dass er ganz gelassen bleibt. Doch wie das mit den Reizen so ist, gewöhnt sich der Homo sapiens an alles. Auf Dauer eben auch an Gevögel und Gestöhne. Doch an den Anblick hübscher Damen in Kleidung, die man eigentlich nicht so nennen konnte, eher nicht so schnell. Im Gegenteil. Ich hatte immer mehr und mehr mit meiner Libido zu kämpfen. Die meldete sich zunehmend bei mir, und ich wurde immer wieder in Versuchung geführt, ein wenig zu flirten. Denn das taten die Damen sehr gern mit mir. Und ich genoss es. Ich führte den ganzen Tag interessante und schlüpfrige Gespräche, bediente fleißig vor mich hin und war einfach nur begeistert.

Der krasse Kontrast zu all dem waren die vielen bierbauchtragenden Gaffer alias Besucher der Venus. Viele Männer, die mit Hornbrille auf der Nase und Kamera in der Hand alles fotografierten, was Brüste und zwei Beine hatte. Ganz besonders bei den Liveshows standen sie in der ersten Reihe und zoomten auch dann noch den Intimbereich besonders nah heran. Wahrscheinlich konnten die beim Anblick der Fotos zu Hause eine rasierte Scham kaum von der Auslage einer Wursttheke unterscheiden. Aber gut, jedem das Seine.

Ich kam wegen der vielen Eindrücke aus dem Staunen nicht heraus. Einer der knackigen Darstellerinnen schaute ich so lange hinterher, dass ich das Filmteam, welches an meinen Stand gekommen war, fast nicht bemerkt hätte. Sie waren nur wenig älter als ich und sahen irgendwie geschafft aus. Sie erzählten, dass sie seit Stunden Aufnahmen und Interviews gemacht hätten und ihr Catering versagt hätte. Sie hätten nur ein paar Euro eingesteckt und bräuchten dringend einen Kaffee, um die letzten Stunden noch konzentriert arbeiten zu können. Da ich – wie befürchtet – auf den Snacks sitzen geblieben war und sie unmöglich bis zum Feierabend verkauft bekommen würde, war ich so sozial und lud sie auf Kaffee, Snack, Süßigkeit und Plausch ein.

Es stellte sich heraus, dass die beiden Studenten waren und sich im Medienbereich mit diesem Job schon die nötige Praxis aneigneten. Wir waren sofort auf einer Wellenlänge und tauschten uns über unsere Eindrücke aus, die wir über den Tag bis dahin schon gesammelt hatten.

Als sich die zwei wieder an die Arbeit stürzten, waren sie voller Tatendrang und Dankbarkeit. Und ich war ebenso glücklich. Die restlichen Stunden vergingen wie im Flug. Gerade, als ich zur Feierabendzeit die letzten Reste zusammengepackt und die Kasse abgerechnet hatte, sah ich zwei bekannte Gesichter wieder. Das Filmteam. Sie wollten sich noch einmal bedanken und fragten mich, ob ich sie auf eine After-Show-Party der Venus begleiten wollte. Sie würden dort noch einige Einstellungen drehen wollen, und ich könnte mitkommen, wenn ich für diesen Tag noch nicht die Nase voll von nackter Haut hätte. Entschuldigung bitte? Fragen Sie mal einen jungen Mann von 20 Jahren, ob er kein nacktes Fleisch mehr sehen will.

Zwei Stunden und einen Döner später stieg ich im tiefsten Westen von Berlin aus dem TV-Van. Mir war bewusst, dass ich mit meinem roten Schottenrock und meinem Irokesen weder optimal gekleidet noch gut riechend die Party betreten würde. Aber meine Vorfreude war so überschwänglich, dass ich Angst hatte, der ersten Pornodarstellerin, die mir über den Weg laufen würde, vor Freude um den Hals zu fallen.

Kaum war ich durch die Tür gekommen, hatte ich auch schon eine Whiskey-Cola in der Hand, serviert von einer heißen Blondine mit weniger als nichts am Körper. Als ich mich umsah, wich meine Vorfreude und wandelte sich in pure Ernüchterung. Außer den hübschen Bedienungen, die wegen des Freigetränkestresses keine Zeit für ein Burn-out hatten, war kaum etwas Weibliches zu sehen. Jedenfalls nichts, was toll ausgesehen und mich zum Schwärmen gebracht hätte. Leider. Die beiden stürmten los und drehten einige Interviews mit Männern, die nach Geldgebern aussahen. Ich setzte mich mit meinem Drink in einen Sessel und schaute mir das Spektakel in Ruhe an.

Direkt gegenüber saß ein Mann, der mich stark an Danny DeVito erinnerte. Nur mit noch weniger Haaren. Dafür aber mit etwas mehr Bauch. Direkt neben ihm saß eine offensichtliche Shemale. Blöder Kehlkopf aber auch … Sie schien sich an seiner Seite sichtlich zu langweilen. Sie lächelte ihn an, wenn er gerade zu ihr sah. Guckte er woandershin, guckte sie auf ihre Uhr, gähnte oder kratzte sich am Sack. Tja, dass ich sie beobachtete, hatte sie wohl noch nicht bemerkt.

An einem Stehtisch einige Meter weiter standen zwei Männer, die offensichtlich das Spiel *Mein Haus, mein Auto, mein Boot* spielten. Langweilig.

Enttäuschung machte sich in mir breit. War's das etwa für heute?, fragte ich mich. Sollte dieser so vielversprechende Abend wirklich so enden?

Als ich gerade beschlossen hatte, meine Enttäuschung mit einem Whiskey herunterzuspülen, kam das Zwei-Mann-Filmteam wieder zu mir. Es schien, als könnten sie die Worte Sex, Porno, Titten und Sperma nicht mehr hören. Ich wollte ihnen gerade mitleidig ein Glas reichen, da sagte einer von ihnen: »Ich habe gerade einen Anruf bekommen, wir müssen noch eine letzte Einstellung auf einer anderen Feier drehen.« Im Aufstehen zwinkerte ich der Shemale zu und kratzte mich kurz an den Eiern. Sie fand das irgendwie gar nicht lustig. Ups.

In der neuen Location angekommen, bot sich mir der reale Männertraum. Selbst den beiden Jungs vom Drehteam stand der Mund offen. Ein Buffet, welches man sonst wohl nur auf Staatsempfängen serviert bekommt. Champagner, den ich eigentlich gar nicht mag, gab es im Überfluss. Frauen in sexy Kleidern, endlich mal nicht nackt. Das ich so was auch nur denken könnte, hätte ich selbst bis dahin nicht geglaubt. Aber süße Kleidchen und enge Hotpants waren so viel verführerischer als die nackten Tatsachen der letzten zwölf Stunden. Dies war meine persönliche Erkenntnis des Tages.

Da wir alle im Energiesparmodus waren, weil wir so schrecklichen Hunger hatten, machten wir uns als Erstes über das Buffet her. Es war köstlich. Was dann einsetzte, war die Fressnarkose. Ich vegetierte an der Bar herum und half meiner Verdauung mit einem Espresso auf die Sprünge. Ich kam schnell mit einer Gruppe von Leuten ins Gespräch, die eigens für die Erotikmesse aus Tschechien angereist waren. Und Tatsache, als ich eine der Damen mit einem Mann rumknutschen sah, erinnerte ich mich an sie. Ich hatte sie heute auf einer der Bühnen gesehen. Sie hatte eine Lesbenshow mit einer anderen Darstellerin und Sextoys auf Herz und Nieren geprüft. Als ich daran zurückdachte, wurde mir ganz warm unter meinem Schottenrock. Anscheinend ging es nicht nur mir so, denn alle um mich herum schmiegten sich aneinander, dass es nur so schmatzte und flutschte.

Die Aufforderung von einem der Männer »Hey, mach doch einfach mit« lehnte ich dankend ab. Das war mir dann doch eine Nummer zu groß. Gangbang wollte ich zwar schon immer mal ausprobieren, aber möglichst nicht mit Profis um mich herum. Und damit sind nicht die Frauen gemeint.

Der Liebeshaufen bewegte sich geschlossen Richtung Liegewiese, welche ich vorhin auf dem Weg zu den Toiletten entdeckt hatte. Überhaupt erinnerte diese Location ziemlich an die Playboy Mansion, jedenfalls so, wie ich sie mir vorstellen würde. Im Hintergrund lief laszive Musik und nahezu jede Frau wackelte mit ihrem hübschen Po im Takt mit. In einer Ecke stand ein großer Whirlpool für bestimmt zwölf Personen, je nach Dichtegrad auch mehr. Die

Bar erstreckte sich fast komplett über den ganzen Raum, riesige Sofas rundeten das Ambiente ab. Mehrere Poledance-Stangen und rotes Licht verstanden sich von selbst.

Ich überlegte, ob wir auf dem Weg in diese Location vielleicht verunglückt waren und dies das Paradies war, als ich Frauenstimmen um mich herum hörte. Ich wurde regelrecht umzingelt. Von drei Frauen, allesamt extrem sexy und anziehend. Sie waren kaum älter als ich, strahlten aber sexuelle Mammuterfahrung aus. Oder machten nur ihre Outfits diesen Eindruck?

Zwei waren brünett, eine hellblond. Sie sprachen ausnahmslos englisch und fragten nicht nach meinem Namen oder sagten mir ihre, sondern kamen gleich mit einer Frage heraus. »What do you wear under the kilt?« Durch die drei Frauen um mich herum war ich mutig genug, den frechen Marco rauszulassen. »Have a look«, war alles, was ich dazu zu sagen hatte. Wir mussten alle lachen. »Later, honey«, sagte eine von ihnen. Wie hätte ich wissen können, dass diese Worte ernster gemeint waren, als ich es in diesem Moment zu träumen gewagt hätte?

Wir tranken zusammen und lachten und flirteten, wobei ich schnell ein Auge auf eins der drei Mädels geworfen hatte. Unsere Blicke schienen eindeutig gewesen zu sein, denn die anderen zwei verabschiedeten sich von uns. Natürlich nicht, ohne mich vorher ordentlich zu drücken, mit ihren Brüsten allem voran.

Frances und ich blieben zurück, was jedoch unserer Stimmung keinen Abbruch tat. Im Gegenteil. Unsere Gespräche wurden mehr und mehr zweideutig, ich musste ihr ständig auf ihre vollen Lippen sehen, weil sie langsam und sinnlich von Stellungen und Lippenspielen sprach. Ihre hübschen kleinen Brüste zeichneten sich unter ihrem Kleidchen ab, sie trug keinen BH.

Und dann nahm sie an Fahrt auf: Plötzlich griff sie mir unter meinen Schottenrock. Ohne kurzfristige verbale Ankündigung. Sie schaute mit ihren rehbraunen Augen zu mir auf und sagte sichtlich schockiert: »There is no underwear!« Ich konnte nichts mehr erwidern, denn sie packte mich am Arm, zog mich in eins der Zimmer, die extra für diesen Abend schön hergerichtet waren, und verschwand unter meinem Rock.

Ihre vollen Lippen fühlten sich noch besser an, als ich es mir zuvor ausgemalt hatte. Von den akrobatischen Künsten ihrer Zunge ganz zu schweigen.

Blöd war nur, dass ich so überwältigt und geladen vom ganzen Tag war, dass ich nach wenigen Sekunden drauflosschoss. Frances verzieh mir diesen und weitere Patzer, die ich in den Runden zwei, drei und vier zustande brachte.

Wir verbrachten die gesamte Nacht in diesem Zimmer, lachten in den kurzen Pausen und tranken Champagner. Dieser schmeckte mir nur in dieser einen Nacht mit ihrem Schweiß an meinem Körper.

Als wir die komplette Palette der gängigsten Praktiken zweimal durchprobiert hatten, verabschiedeten wir uns voneinander.

Es war schon hell draußen, als ich aus der Location auf die Straße trat. Die Männer vom Dreh waren schon längst mit einem Zwinkern abgehauen, als sie mich zusammen mit den drei Mädels gesehen hatten. Ob ich sie noch mal wiedersehen würde?, fragte ich mich. Die waren echt cool.

Ein Blick auf meine Uhr verriet, dass die Messe in weniger als einer Stunde erneut ihre Tore öffnen würde. Und ich stand zersext und wundgevögelt mit meinem Schottenrock irgendwo in Berlin. In solchen Momenten kommt einem Berlin noch viel größer vor als so schon.

Pünktlich eröffnete ich meinen Stand. Ich hatte noch immer rote Wangen, war völlig übermüdet und trank meinen halben Kaffeevorrat allein aus. Bei meinen ersten Kunden hatte ich das Gefühl, dass mir die Erlebnisse der letzten Nacht auf die Stirn geschrieben standen. Sprüche wie »Sie strahlen aber« und »Mit so viel Spaß bei der Arbeit, toll!« ließen mich das jedenfalls glauben. Nur eins konnte ich an diesem Tag tatsächlich nicht mehr sehen: nackte Haut.

DER 13. ONE-NIGHT-STAND

KAPITÄN NIVEAU SCHRIE: »WIR SINKEN!«

Marc (24), Boxer, Dortmund,
über
Marion (42), Hausfrau, Frankfurt

Ich war in der Findungsphase meiner Sexualität, als ich mich auf einer Flirtseite im Internet angemeldet hatte. Ich war auf der Suche nach neuen, verrückten und aufregenden Abenteuern. Viel ausprobieren und testen, was mir im Bett Spaß machte, stand ganz oben auf meiner Liste. Da ich als Mann aber nicht darauf warten konnte, von heißen Frauen angeschrieben und nach Sexdates gefragt zu werden, nahm ich es selbst in die Hand. Frauen wollen eben gejagt werden und wir Männer wollen erobern. So ist es, so war es und so wird es wohl immer sein. Eines der wenigen und spannendsten Dinge in unserer schnelllebigen Welt, die sich wohl nie ändern werden.

Nachdem ich einige belanglose Chats mit Mädels geführt hatte, die entweder auf Komplimente-Haschen oder einen Millionär aus waren, bekam ich Post von einer Frau, die meine Aufmerksamkeit sofort für sich allein hatte. Sie nahm kein Blatt vor den Mund und ließ mich schnell wissen, dass sie in ihrem Leben einige Jahre – sexuell gesehen – aufzuholen hatte. Wir schrieben einander in den Tagen darauf viele Nachrichten, und ich erfuhr, dass sie gerade ihre Scheidung hinter sich hatte. Ihr Mann hatte sie nach 20 Jahren für eine Jüngere verlassen. Der Klassiker. Wobei ich ihren Mann überhaupt nicht verstehen konnte, denn ihre professionellen Profil-Fotos waren sexy und verführerisch. Sie hatte kurze, freche braue Haare. Ihre Figur war genau die Mischung aus schlank und weiblich. Sie spielte mit der Kamera, das konnte man auf jedem ihrer Bilder erkennen. Doch eins fiel ebenfalls auf allen Bildern geschlossen auf: ihr üppiger Busen. Brüste, wie sie sich ein Mann nur erträumen kann. Um es auf einen Punkt zu bringen: Sie war eine reife, erotische Frau mit vielen Vorzügen. Dies versprach schon allein ihr Profil, in der Realität könnte sie mich noch viel mehr überraschen, malte ich mir aus. Denn bald nach unserem ersten Kontakt einigten wir uns auf ein Date in Siegen, welches genau zwischen unseren Wohnorten lag. Sie suchte ein Hotel aus, ich buchte und bezahlte vorab. Meine Vorfreude stieg in den Tagen vor unserem Date ins Unermessliche, denn unsere Fantasien und Erwartungen schrieben wir uns sehr offen. Sie wollte mich ausführlich mit ihren Lippen verwöhnen, hatte sie geschrieben. Sie wollte nicht lange warten, wenn wir im Hotelzimmer ankämen, wollte mir zeigen, was sie alles mit mir anstellen möchte und wie sie es gern hätte. Ich war mir sicher: Von dieser reifen Frau konnte ich einiges lernen. Und dafür würden wir die ganze Nacht Zeit haben, denn erst am folgenden Mittag – nach einem Frühstück, welches wir beide brauchen würden – müssten wir wieder aus dem Zimmer raus sein. Und wir hatten beide nicht vor, ausgeschlafen beim Frühstück zu erscheinen. So viel war sicher.

Ich parkte mein Auto am Bahnhof Siegen. Frisch geduscht, gepudert, gestylt und duftend wartete ich auf dem Bahnhofsvorplatz auf die Meute des Zuges, in dem sie gesessen hatte. Und dann war es so weit. Ich erkannte sie sofort. Sie kam – allen voran – aus der Tür. Sie war nicht zu übersehen. Eindeutig nicht. Trotz Dunkelheit, denn es war schon 22 Uhr. Ich musterte sie von oben bis unten, während sie freudestrahlend auf mich zukam.

Sie trug Overknee-Stiefel, allerdings aus einer längst vergangenen Zeit. In den 80ern waren die mal ganz hip gewesen, genauso wie ihr Jeansrock. Ihre Lederjacke erinnerte mich an die von David Hasselhoff, nur abgenutzter. Darunter blitzte ein neongrünes Top hervor, welches das Outfit noch lächerlicher erscheinen ließ. Dann sah ich ihr Gesicht, welches ich aus der Nähe immer besser erkennen konnte. Plötzlich war ich mir nicht sicher, ob sie mit ihrer Altersangabe nicht etwas geschummelt hatte. In diesem Moment verfluchte ich Photoshops Möglichkeiten und gepimpte Onlineprofile.

Ob nun 42, 44 oder 46 Jahre alt, ich konnte ihr sofort ansehen, dass sie in schon viel erlebt hatte. Ihre Haut wirkte unter den Schichten von Make-up faltiger als der Arsch meiner eigenen Oma.

Während ich das alles zusehends belustigt dachte, hätte ich fast vergessen, warum ich eigentlich an diesem Abend am Bahnhof stand. Als es mir einfiel, zuckte ich kurz zusammen. Flüchten war keine Option mehr, denn in wenigen Schritten würde sie schon bei mir sein, ihre Arme öffneten sich schon. Von dem grellgrünen Shirt geblendet, grübelte ich, wie ich sie nur dazu bringen könnte, mich nicht wie geplant zu umarmen. Das Problem schrumpfte aber binnen Nanosekunden, als sie auch noch ihre Lippen spitzte. Ich sah mich um und erblickte viel zu viele Menschen. Scham erfüllte mich. Zum Glück war ich nicht auf ihr Angebot, bis zu mir nach Dortmund zu kommen, eingegangen. Sonst hätte ich mich auf jahrelangen Spott vorbereiten können, wenn dieses elende Schauspiel einer meiner Bekannten gesehen hätte.

Sie schloss mich überglücklich in ihre Lederjackenarme, als wären wir ein Liebespaar, welches sich wochenlang sehnlichst vermisst hatte. Mir kroch der Schreck über die Wendung dieser Verabredung die Wirbelsäule hoch. Ich verfluchte meine Eltern, die mich so anständig erzogen hatten, dass ich nicht laut lachend mit dem Finger auf sie zeigte. Danach war mir nämlich zumute. Stattdessen gingen wir zusammen zu meinem Auto, ich wollte schnell weg von diesem öffentlichen Platz.

»Du glaubst gar nicht, wie sehr ich mich auf die Nacht mit dir gefreut habe«, sagte sie geschwollen lasziv und krabbelte mich am Hinterkopf. Ich grinste nur gezwungen zurück und grübelte indes heftig, wie ich aus dieser Nummer wieder rauskommen könnte.

Wir hatten uns beide für die ganze Nacht Zeit genommen, also ein spontaner Einfall, plötzlich doch noch ins Fitnessstudio oder zu einem Freund zu müssen, schied aus. Leider. Vielleicht konnte ich einfach spontane Übelkeit vortäuschen? Ich meine, es war gar nicht so abwegig. Denn als wir einige Kilometer gefahren waren, schob sie ihren Rock ein wenig hoch und zeigte mir, zum Anheizen, ihre gewellte Käsehaut. Bei der Entdeckung war ich von Magenproblemen in der Tat nicht mehr weit entfernt.

Doch dann kam mir eine andere, etwas galantere Idee: Ich würde meinen Kumpel Johann per SMS darum bitten, mir aus dieser misslichen Lage zu helfen. Ich hatte ihm im Vorfeld von meinem Date erzählt und er war vor Neid geplatzt. Seit einiger Zeit befand er sich in einer festen Partnerschaft und sehnte sich nach Abenteuern. Welch Ironie, wie sich jetzt herausstellte.

Gleich, wenn wir im Zimmer wären, würde ich ihm vom Badezimmer aus schreiben, beschloss ich. Und gleich wurde meine Laune heller und ich lächelte sie sogar kurz an bei dem Gedanken, heute keines meiner Glieder in ihr versenken zu müssen.

Im Hotel angekommen, traf mich erneut der Schlag. Eine billige Absteige, alt und abgenutzt, genau wie sie selbst. Kaum war die Tür geschlossen, fiel mir ein, was sie mir geschrieben hatte: *Sobald wir allein sind, werde ich dich bis auf die Boxershorts ausziehen.*

Um Himmels willen, nein! Ich sprang förmlich mit den Worten »Bin gleich wieder da« ins Badezimmer. Gerettet, fürs Erste jedenfalls, dachte ich. Ich kramte wild in meiner Hosentasche und schrieb meinem Kumpel eine SMS: *Johann, Hilfe! Alarm! Katastrophe! Meine Oma ist knackiger als diese Olle. Und sie riecht nach Schweiß. Rette mich! Bitte ruf mich gleich an und ich spiele einen Notfall vor, um zu fliehen …* Der Plan war gut, dachte ich erleichtert. Und eleganter, als ihr ins Gesicht zu sagen, dass sie verbrauchter aussah als der Käfer, den meine Eltern zwölf Jahre runtergegurkt hatten.

Ich spülte, um keinen Verdachte zu erregen, und ging zurück ins Zimmer. Ich spürte beim folgenden Anblick schon den Herpes in meiner Lippe sprießen. Sie lag mit hochgeschobenem Jeansrock und giftgrünem Top ohne BH darunter auf dem Bett und bedeutete mir, dass ich zu ihr kommen sollte. Ich legte mein Handy zur Seite auf den Beistelltisch und tat, was unvermeidbar war. Ich kam ihr näher, als ich es gewollte hatte. Sie wollte mich küssen, doch zum Glück konnte ich dem irgendwie ausweichen. Sie drückte sich an mich und stöhnte, als würde ich schon in ihr stecken. Es holte mich ein Gedanke ein, der mich erschütterte. Johann hat Humor. Manchmal auch schwarzen. Könnte es sein, dass er sich nach dem Lesen der SMS kaputtlacht und mich mit Absicht zappeln lässt? Ich selbst hätte so was nämlich drauf. Und das wusste er. Oder hatte er diese SMS vielleicht gar nicht gelesen, weil er auf seiner sexy Knackarschfreundin liegt? Ich bekam Bedenken.

Marion schöpfte langsam Verdacht. Nichts von meinen Vorankündigungen in den Mails setzte ich in die Tat um. Mein Feuer, welchem ich in den Onlinegesprächen freien Lauf gelassen hatte, war kaum mehr ein Flämmchen. Auch sie spürte das. Ihren offensichtlichen Ehrgeiz, mich von sich zu überzeugen und mich zu besteigen, spornte meine ablehnende Haltung zusätzlich an. Sie zog sich selbst bis aufs Höschen aus, weil ich es nicht tat. Den Slip gab es bestimmt vor zehn Jahren bei Woolworth. Oder bei KiK auf den Wühltischen. Weiß muss er damals gewesen sein, dachte ich.

Gerade, als sie sich an meiner Hose zu schaffen machen wollte, klingelte mein Handy. Endlich. Ich sprang auf, griff es und nahm das Telefonat an, noch bevor sie meine Abwesenheit unter sich bemerkt hatte. Was jetzt folgte, war eine schauspielerische Glanzleistung. Finde ich jedenfalls. »Was? … echt? … Oh nein! Ist es schlimm? … Geht's dir gut? … Verdammt! … Ja, klar! Ich komme … Wozu sind denn Freunde sonst da? … Ja … Bis gleich!«

Marions Miene hatte sich mit jedem meiner Worte verdunkelt. Sie hatte den Braten gerochen. Was mir in diesem Moment vollkommen egal war. Ich sprang in meine Schuhe, griff meine Jacke und erklärte nur kurz: »Unfall … mein bester Freund … verletzt … Panne … Sorry!« und rannte förmlich aus dem Zimmer. Marion konnte gar nicht reagieren, auch wenn sie diese Masche längst durchschaut hatte. Worte wie »Ich glaube dir kein Wort« und »Frechheit« vernahm ich nur beiläufig.

Ich rannte zu meinem Auto, sprang rein und fuhr mit quietschenden Reifen los. Erst als ich an der ersten Ampel stand, atmete ich durch. Den Rest der Heimfahrt konnte ich nur von Glück reden, dass nirgends eine Radarfalle aufgestellt war. Ich war viel zu schnell unterwegs aus Angst, sie könnte in ihrer vergilbten Unterwäsche hinter meinem Auto herrennen.

In den Tagen darauf erreichten mich viele Anrufe, die ich nicht annahm. SMS klangen so oder so ähnlich: *Ich dachte, ich wäre etwas Besonderes für dich* Und: *Du bist auch nur wie alle anderen, ein Schlappschwanz*. Ob ich ihr raten sollte, im Internet lieber mal mit der Wahrheit zu glänzen? Wer weiß, wie oft ihr so etwas schon wiederfahren war …

DER 14. ONE-NIGHT-STAND

NEBENWIRKUNGEN

Matheo (31), Immobilienmakler, Leipzig,
über
Paula (26), Model, Marburg

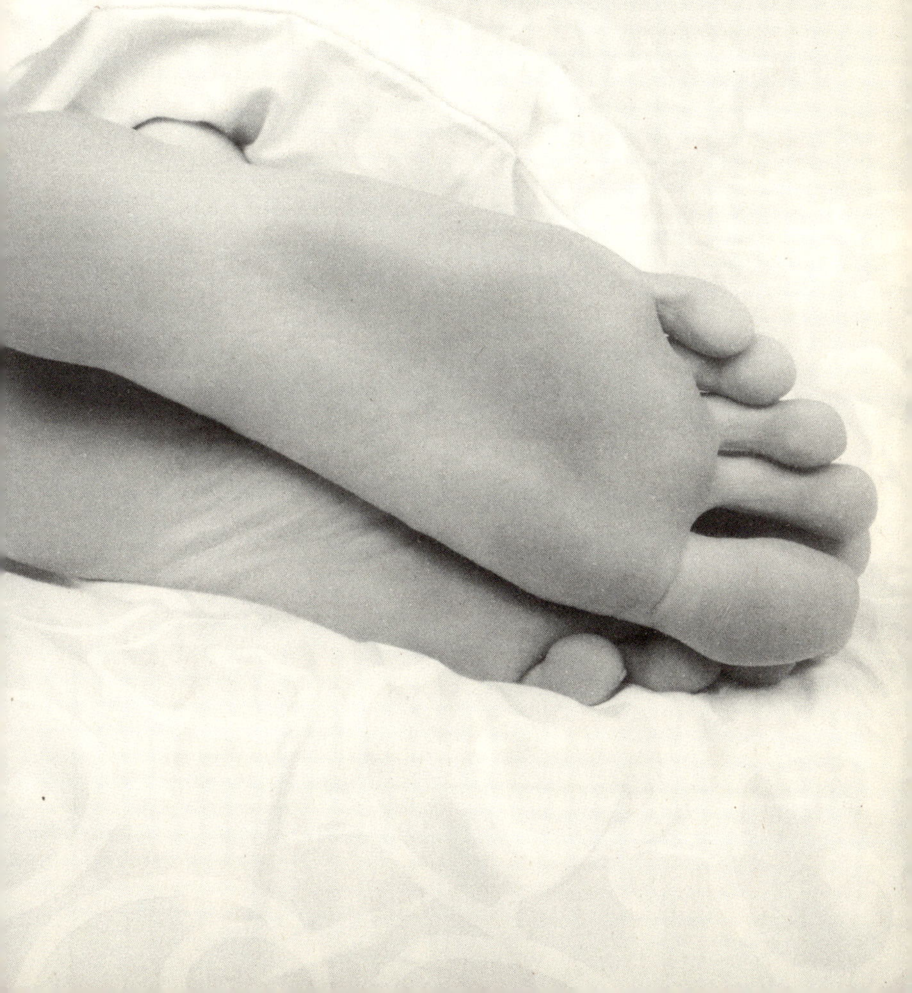

Gibt es so etwas wie eine Traumfrau? Oder einen Traummann? Ein perfekter Körper, traumhafter Charakter, makellose Haut. Oder ist der perfekte Mensch nur in den Träumen, also in der eigenen Fantasie, zu Hause und wir werden ihm im realen Leben nie begegnen?

Bei meiner ersten Freundin hatte es mich irritiert, wenn sie mich als Traummann bezeichnet hatte. Ich fühlte mich zwar schon immer wohl in meiner Haut, doch ich bin alles andere als fehlerfrei. Wie jeder, denke ich. Ich persönlich finde es jedenfalls sehr spannend, Ecken und Kanten bei meiner Freundin zu entdecken. Makel können sehr spannend sein und einen Menschen erst so richtig interessant machen.

Doch allen Einwänden zum Trotz ließ sich meine Exfreundin keines Besseren belehren, ich war ihr Traummann. Bis zum Tag unserer Trennung, da war laut ihrer Aussage aus dem Traummann ein Arschloch geworden. So schnell wendet sich manchmal das Blatt.

Doch wie unfassbar überraschend und reizvoll es sein kann, tatsächlich einer makellosen Traumfrau zu begegnen, erfuhr ich im Winter 2009. Es war mein erster richtiger Winterurlaub und ich war mit einigen Freunden nach Österreich gefahren. In kürzester Zeit lernte ich Snowboarden und raste die Pisten nur so runter. Ich hatte den Spaß meines Lebens.

Ich hatte kurz zuvor eine Affäre beendet und war langsam, aber sicher bereit, eine neue Liebe einzugehen. Immerhin war ich um die 30 und der Gedanken an eine feste, dauerhaft und erfüllte Partnerschaft ließ mich nicht mehr würgen. Nein, ganz im Gegenteil. Ich wünschte es mir. Ich war endlich bereit für etwas Spießiges.

Einen Abend bevor unser fantastischer Urlaub zu Ende war, kehrten wir nach einem ausführlichen Snowboard-Tag in die gemütliche Hütte *Berggaudi* ein.

Kaum hatten wir die Tür hinter uns geschlossen, fühlten wir fünf Männer uns wie in einem Paradies. Eine Gruppe hübscher, rassiger

Frauen feierte ausgelassen und alle sangen laut mit: »Lebt denn der alte Holzmichel noch …« Wir stimmten gleich mit ein und sahen uns singend nach einem Platz für unsere durstigen Kehlen um. Auch der Rest der Hütte war voll von gut gelaunten Ski-, Snowboard- und Schlittenfahrern. Als wir bemerkten, dass genau der Tisch neben den Mädels frei wurde, triumphierten wir über den glücklichen Zufall. Auch die Mädels schienen sich über ihre neuen Nachbarn zu freuen, denn sie prosteten uns vielsagend zu.

Wir hatten uns mühsam aus unseren dicken Wintersachen gepellt, da stand auch schon das erste Bier auf dem Tisch. Jubelnd stießen wir an und schon kam Micha, unser Frauenjoker, wie wir ihn immer nannten, mit der ersten Blondine ins Gespräch. Als nächste Amtshandlung trieb mich jedoch meine gefüllte Blase auf Toilettensuche. Axel tat es mir gleich und die rustikalen Toiletten waren schnell gefunden. Als wir beide danach am Waschbecken standen – ja, wir Männer waschen uns öfter die Hände, als unser Ruf es behauptet –, grinsten wir uns voller Freude auf den Abend an.

»Guck mal, ein Kondomautomat«, sagte Axel und zeigte auf den bunt beklebten Kasten an der Wand neben den Papierhandtüchern. Er bot außerdem noch Wegwerfzahnbürsten, Mini-Deos und Tampons an, deren Sinn auf einer Männertoilette mir nicht so ganz einfallen wollte. Ich trocknete mir gerade mit einem stirnrunzelnden Blick auf den Automaten die Hände ab, da kam plötzlich eine Dame herein und war sichtbar belustigt: »Na, schon Schwierigkeiten, die Toilettenzeichen auseinanderzuhalten?« Ich stutzte. Schlagartig war mir klar, warum ich kein Pissoir, aber dafür Tamponautomaten vorgefunden hatte. »Hoppla«, sagte Axel und war verschwunden.

»Jetzt erklärt sich mir auch, warum diese Toiletten so sauber waren«, sagte ich.

»Mal sehen, ob sich das mit dem Besuch zweier Männer geändert hat«, sagte sie zwinkernd und blieb vor einer Kabine stehen. Dies gab mir die Möglichkeit, sie mir genauer anzusehen. Und mit jedem Zentimeter, den ich mit meinen Augen erkundete, war ich faszinierter. Sie trug eine enge Jeans, die ihr frech auf der zarten Hüfte saß. Ihr Pulli war eng, umschmeichelte ihre kleinen Brüste und ließ einen Blick auf ihren sexy Unterbauch gewähren. Ihre braunen langen Haare rahmten ihr hübsches Gesicht ein. Ein freches Lächeln, herrlich weiche Gesichtszüge und leicht gerötete Wangen ließen sie einfach nur perfekt aussehen.

Perfekt, das war das Wort, das sie in diesem Moment am besten beschrieb. Eine Traumfrau. Oh mein Gott. Ich stand da und muss sie förmlich angestarrt haben. Doch sie schien das nicht zu stören: »Die einzigen Männertoiletten, die ich mal gesehen habe, waren nur an einer Stelle sauber und unberührt: an den Waschbecken. Ich bin erleichtert, dass ihr zwei nicht zu der Gattung ›Klebepfoten‹ gehört.«

»Wer weiß, was ich heute noch alles anfassen werde«, sagte ich augenzwinkernd, »da wasche ich mir ausnahmsweise mal die Hände.«

»Ja, wer weiß«, sagte sie und warf mir einen derart lasziven Blick zu, dass es augenblicklich eng in meiner Hose zu werden drohte.

»Und wie lange wollen wir hier noch stehen und uns unterhalten?«, fragte sie grinsend.

»So lange, bis du zusagst, mit mir etwas zu trinken.«

»Bestell mir schon mal einen heißen Apfelwein«, sagte sie und drehte sich um, um in die Kabine zu gehen. Dabei gab sie mir den Blick auf ihren atemberaubenden Hintern frei, der knackig und schön rund daherkam.

»Willst du etwa hier auf mich warten?«, fragte sie über die Kabinenwände hinweg und ich konnte ihr lächelndes Kopfschütteln heraushören. Sie hatte recht, ich stand ja immer noch da.

»Bin schon weg.«

»Was hast du denn so lange noch gemacht?«, fragte mich Axel, der grinsend mit unseren beiden Bieren dastand und mit mir anstoßen wollte. »Mit der Sexbombe gequatscht. Und das werde ich gleich weiter tun, wenn ich mit ihr etwas trinke.« Axel klopfte mir anerkennend auf die Schulter und wir stießen an. Ich kippte das Bier mit einem Mal herunter.

Eine Stunde später fand ich mich mit Paula grölend zum »Roten Pferd« auf der Bank stehend wieder. Die Drinks, die wir uns in der Zwischenzeit genehmigt hatten, zeigten nach und nach ihre Wirkung. Wir flirteten, tanzten immer enger zusammen und es dauerte nicht lange, da lagen meine Lippen auf ihren. Ich konnte kaum fassen, wie gut sie sich in meinen Armen anfühlte. Mit jedem weiteren Kuss war klar, dass eine gemeinsame Nacht unumgänglich war. Ihre Modelkolleginnen und Paula – es stellte sich heraus, dass sie an diesem Tag hochwertige Dessous im Schnee geshootet hatten – waren in einem Hotel ganz in der Nähe untergebracht. Sie schlug vor, dass wir noch einen gemeinsamen Drink nehmen und uns dann zu ihrem Hotel aufmachen. Der Frauenjoker Micha gab mir unauffällig ein Kondom, welches er immer griffbereit in der Hosentasche hatte. Normalerweise habe ich auch immer eins dabei, aber beim Snowboarden hatte ich nur bedingt mit einem sexy Schneehasen gerechnet. Paula und ich küssten uns draußen vor dem *Berggaudi* noch einmal ausgiebig. Mein ständiger Begleiter und ich platzten fast vor Vorfreude, und Paulas genussvolles Stöhnen verriet, dass sie in diesem Moment auch schon gern die Tür im Hotelzimmer hinter uns geschlossen hätte. Doch so weit waren wir noch nicht, vor uns lag ein etwa zehnminütiger Weg. Wie lang so einer werden kann, wenn man voller Verlangen ist, können Sie sich nicht vorstellen! Dagegen ist der Jakobsweg ein Spaziergang.

»Darf ich mir etwas wünschen?«, flüsterte mir Paula beim Laufen ins Ohr. Ich nickte und biss ihr leicht in die Unterlippe, als ich ihr einen Kuss aufdrückte. »Ich hätte gern ein langes und intensives Vorspiel. Inklusive Orgasmus. Beiderseits.« Ich hätte sie nach diesen Worten direkt in den Schnee werfen und ihr die Sachen vom Leib reißen können, was aber bei -10°C eher kontraproduktiv gewesen wäre.

»Du hast auch einen Wunsch frei«, flüsterte sie zwinkernd.

Ich wägte ab: Harter Sex von hinten? Blowjob bis zum Schluss? Sex mit ihr bis einschließlich übermorgen? Sex mit zwei weiteren der anderen Mädels?

Ich entschied mich für die Antwort eines Gentlemans: »Ich würde dich gern in sexy Strapsen sehen.«

»Ich habe zufällig welche dabei.«

Ich grinste und dachte: Traumfrau. Mehr fiel mir in diesem Moment nicht ein. Sie war in dieser Nacht meine Traumfrau, besser hätte ich es mir nie in meinen Solosexfantasien vorstellen können.

Wir kamen in ihr Zimmer, und als ich sie direkt an der Tür küssen wollte, weil ich es nicht mehr aushielt, sagte sie: »Leg dich schon mal ins Bett. Ich ziehe mich im Bad um und erfülle dir sehr gern deinen Wunsch ...«

»... bevor wir dann zu deinem kommen!«, ergänzte ich.

Sie ging zu dem für ein gewöhnliches Hotelzimmer ungewöhnlich großen Schrank. Aber wir befanden uns in den Bergen, in denen man eine ungewöhnlich dicke Klamottenschicht benötigt. Da ist eben auch der Schrank XXL.

Des Weiteren gab es da noch etwas, was Übergröße hatte: meine Beule in der Hose. Ich konnte mich nicht daran erinnern, mich schon mal so sehr nach einer Frau verzehrt zu haben. Ich zog mich bis auf die Boxershorts aus und legte mich – wie befohlen – aufs Bett. Ich klappte die Bettdecke zurück, doch sie wollte nicht in dem aufgeschlagenen Zustand halten. Das lag vor allem daran, dass die Bettdecke dick und aufgeplustert war. Ob da nun einer darunter lag oder nicht, konnte man nicht erkennen, so sehr verschluckte einen diese Monsterkuschelbettdecke.

In diesem Moment hörte ich, wie im Bad die Dusche anging. Wollte sie jetzt ehrlich noch duschen?, fragte ich mich. Beim zweiten Gedanken verstand ich, denn sie war – wie ich – seit den Morgenstunden auf den Beinen gewesen.

Ich legte mich hin und konnte das tolle Gefühl des gemütlichen Bettes und der Sexbombe im Bad kaum fassen. Hätte mir das einige Stunden zuvor jemand erzählt, hätte ich 500 Euro dagegen gewettet.

Ich wartete und dachte an den Tag, der bis dahin hinter mir lag. Ich hatte morgens mit meinen Jungs gefrühstückt und das leckerste Rührei seit Monaten gegessen. Voller Elan waren wir zu den Lifts aufgebrochen und hatten viele Abfahrten genossen, bevor wir – zwischendurch gestärkt von einem leckeren Mittagessen – in den Abendstunden zum Drink ins *Berggaudi* eingekehrt waren.

Es war ein perfekter Tag gewesen und er sollte mit ausgelassenem Sex enden. »Ich schwinge nur noch kurz den Rasierer, dann bin ich auch schon bei dir«, hörte ich Paula aus dem Badezimmer rufen.

»Ich wärme das Bett schon mal vor …«, antwortete ich. Die Zeit würden Molli – so hatte ich die Bettdecke kurzerhand getauft – und ich gut zusammen überbrücken.

Ich dachte über die letzten Abfahrten nach und plötzlich fühlte sich der Tag ziemlich lang an. Ich war geschafft von der frischen Luft, den sportlichen Abfahrten und dem Bier, welches ich in den Stunden zuvor inhaliert hatte.

Das waren die letzten Gedanken, die ich dachte, bevor ich – warm umarmt von Molli – einschlief …

Paula und ich hatten keine Möglichkeit mehr, uns körperlich zu vereinen. Sie war stinksauer. Verständlich.

Und ich könnte mich heute noch geißeln, wenn ich an diesen Abend und meine verpatzte Chance zurückdenke.

DER 15. ONE-NIGHT-STAND

ONANIERGURKE

Lars (26), Mechatroniker, Hildesheim,
über
Mathilda (25), Übersetzerin, Athen/Hannover

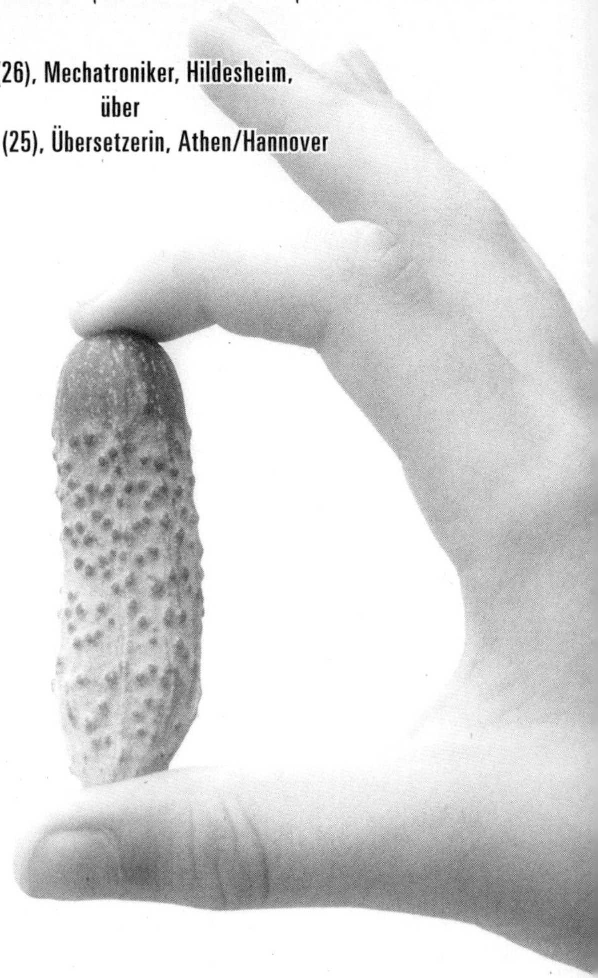

»Tüten.«
»Hupen.«
»Titten.«
»Knautschmänner.«
»Euter.«
»Möpse.«
»Quarktaschen.«
»Airbags.«
»Boobs.«
Wir lachten uns mit jeder unserer abwechselnden Aufzählungen immer mehr kaputt. Mathilda und ich sind seit ungefähr zehn Jahren gute Freunde. Wir hatten mit 15 zusammen Musik gemacht und eine kleine Schulband gegründet, um nur zwei Jahre später wegen pubertärer Streitereien mit den anderen wieder aufzuhören. Band-Aus mit 16. Frühreif?

Heute pendelt Mathilda zwischen Griechenland und Deutschland, wobei Athen mehr denn je als ihre Heimatstadt zu bezeichnen ist. Sie lebt, liebt und arbeitet mittlerweile dort. Sie kommt einige Male im Jahr an Familiengeburtstagen und Weihnachten zu ihrer »Brutstätte« zurück, wie sie es gern nennt. Zum Glück hat sie dann auch immer einige Stunden für mich – ihren guten alten Schulband-Lästerfreund – übrig. Genauso wie an einem herrlichen Sommertag 2012, als wir auf der Terrasse in meinen Lounge-Möbeln lagen und fleißig an der zweiten Flasche Prosecco arbeiteten.

»Schläuche«, fiel mir noch ein.

»Boah, jetzt wirst du aber fies.« Sie schlug mir mit der Faust spielerisch auf den Oberarm und ich verschüttete mein halbes Glas. Anstatt aufzuspringen und einen Lappen zu holen, gerieten wir in einen richtigen Lachrausch, bei dem nur noch Bruchteile von Betitelungen für die zwei weiblichsten Argumente in die Nacht hinausgelacht wurden.

»Milch … bar«, kicherte sie. Aber so langsam gingen uns die Einfälle aus.

»Okay, jetzt bist du dran«, sagte ich und lehnte mich zurück, weil ich auf einen guten Einfall von ihr hoffte.

»Na gut, du hast es so gewollt. Nachdem wir uns über die Frauen ausgelassen haben, suchen wir jetzt Spitznamen für das beste Stück der Männer. Du fängst an.«

»Pimmel.«

»Fleischpeitsche.«

»Mr. Long.«

Sie lachte laut auf: »Hättest du wohl gern? Ähm, ich sage Stachel.«

»Puller.«

»Penis.«

»Langweilig! Nudel.«

»Kronjuwel.«

»Schwengel.«

»Rohr.«

»Gemächt.«

»Latte.«

»Onaniergurke.«

Wo habe ich denn diesen Begriff gerade in meinen Gedanken ausgegraben?, fragte ich mich. Aber das tat nichts mehr zur Sache, denn Mathilda fiel vor lauter Lachen in diesem Moment von der Couch herunter, auf der wir es uns gemütlich gemacht hatten. Sie hielt sich den Bauch und brabbelte immer wieder »Onaniergurke« vor sich hin. Dieses Bild von ihr war herrlich schön, ich hätte gern eine Kamera zur Hand gehabt und es für die Zukunft festgehalten.

Mathilda ist schon immer ein besonderes Mädchen gewesen. Keine Zweite lacht so herzlich und frei von Scham. Was andere Leute von ihr denken, ist ihr völlig egal, Hauptsache, sie hat Spaß bei dem, was sie tut. Sie ist so herrlich natürlich. Etwas, was die meisten Mädchen in der Pubertät zu verlernen scheinen. Sie denken dann plötzlich, dass künstliche Fingernägel – obwohl Krallen es eher treffen würde – unabdingbar seien und ein Kilo Make-up sie verschönern würden. Irrtum, junge Damen. Ich kann euch versprechen, dass Männer Frauen vor allem dann sexy finden, wenn sie am Morgen danach noch als diese zu erkennen sind. Auch ohne vorher für eine Stunde zum Spachteln im Badezimmer zu verschwinden.

Eine Frau wie Mathilda ist schwer zu finden, dachte ich mir schon immer. Doch einen Gedanken an eine gemeinsame Liebe gab es nie. Warum weiß ich auch nicht so genau. Es war einfach nie ein Thema zwischen uns. Ich war immer gern Single und hatte meine Freizeit lieber mit Mathilda und einigen Jungs aus unserer Clique verbracht.

Irgendwann später hatte ich eine feste Freundin und Mathilda ging gleich nach dem Abitur nach Griechenland, weil sie sich im Urlaub unsterblich in Linos, einen griechischen Kellner, verliebt hatte. Anfangs freute ich mich sehr für sie, gerade weil sie lange nach einem passenden Gegenstück gesucht hatte. Doch einige Wochen nach ihrer Auswanderung hatte sie mir sehr gefehlt, und ich spürte, dass ein wichtiger Teil in meinem Leben nicht mehr da war. Ohne ihre schiefe Lache und ihre schrägen Ideen – wie dieses Ratespiel zum Beispiel – war mein Leben irgendwie langweilig.

Deshalb freue ich mich immer ganz besonders auf ihre Besuche. Ich kann die Nächte davor vor lauter Aufregung kaum schlafen, und selbst wenn der Papst um eine Audienz bitten würde, hätte ich keine Zeit für ihn. Mathilda freut sich auch immer sehr, mich zu sehen, und wir überlegen uns vorher beim Skypen verrückte Spiele, die wir zusammen bei ihrem Besuch spielen würden. Spiele waren immer eine gemeinsame Leidenschaft gewesen.

Eine Runde Kniffel hatten wir an diesem Abend schon hinter uns gebracht. Und das Ratespiel, bei dem wir uns befanden, wurde immer verfänglicher. Anfangs hatten wir abwechselnd Hauptstädte nennen müssen, dann schwule Prominente gefolgt von Tieren, die mit einem E beginnen. Über Bezeichnungen für Brüste war der Weg zu den Penissen nicht sehr weit. Die Onaniergurke ließ sie auch Minuten später immer wieder auflachen. Ihre kurzen Haare waren ganz zerzaust. Sie ist eine der wenigen Frauen, die kurze Haare super tragen können. Ihre ganze restliche Art ist dermaßen weiblich, dass die kurzen Haare ihre Frechheit zusätzlich unterstreichen. In diesem Moment erkannte ich mehr denn je, wie sehr sie mir in meinem Leben als Freundin fehlte. Ich wollte ihr das zum ersten Mal sagen, ich hatte es bis dahin noch nie ausgesprochen.

»Mathilda, du fehlst mir. Wirklich.«

»Ach Lars, du mir auch. Ich habe in Athen noch niemanden gefunden, mit dem ich eine ähnliche Freundschaft haben kann. Auch die anderen fehlen mir oft, wenn Linos arbeiten muss und ich allein zu Hause bin.«

»Ist es vielleicht eine Option, irgendwann wieder hierherzukommen?«

»Ich denke nicht. Jedenfalls in den nächsten Jahren nicht.«

»Wirklich schade. Wir hätten uns wieder viel öfter sehen können.«

»Damit du wieder öfter beim Spielen verlierst? Meinst du, das würde deinem Ego guttun?«

»Bitte? Von wegen. Ich habe von uns beiden die letzte Runde gewonnen. So viel dazu, werte Dame.«

»Ist ja gut. Ich gebe mich geschlagen. Die Onaniergurke ist nicht zu toppen. Vorschläge für das Thema der nächsten Runde?«

»Stellungen«, platzte es so aus mir heraus.

»Hündchen.«

»Reiterstellung.«

»Von hinten.«

»Löffelchen.«

»Missionarsstellung.«

»69.«

»Hey, wir reden hier von Stellungen. 69 gehört für mich zum Vorspiel, der Punkt gilt nicht«, frotzelte sie.

»Okay, ist ja gut. Dann eben den Schaukelstuhl.«

»Willst du mich verarschen? Die gibt's doch gar nicht.«

»Natürlich. Aus dem Kamasutra. Du hast mir doch damals selbst das Buch zum Geburtstag geschenkt.«

»Ja, ich weiß. Aber ich hätte doch nie gedacht, dass du da reingucken würdest. Dass du überhaupt Sex hast. Und was bitte soll das für eine Stellung sein?«

»Also, ich erkläre es dir«, sagte ich und nahm noch einen großen Schluck Sekt. Der Gedanke, dass ich ihr in Sachen Sex etwas Neues erzählen kann, gefiel mir.

»Man sitzt sich gegenüber und schlingt die Beine umeinander, bis man mit den Gesichtern ganz nah beieinander ist.«

»Gesichter beieinander? Und was ist mit dem Schlitz und der Onaniergurke?«, fragte sie und fing schon wieder leise an zu lachen.

»Immer mit der Ruhe. Also wichtig ist, dass man ganz dicht zusammensitzt und die Arme in den Beinen des anderen verhakt.«

»Arme und Beine verhaken?«, fragte sie voller Belustigung und nahm mir mein Glas aus der Hand. »Du hattest anscheinend schon genug Alkohol. Ich übernehme das mal für dich«, fügte sie beiläufig an und trank meinen letzten Schluck aus.

»Unerhörtheit«, gab ich mich pikiert, »Schluckspecht. Komm her, ich zeig's dir!« Hatte ich den Gedanken nur für den Bruchteil einer Sekunden im Kopf, spülte meine Zunge ihn ohne die Erlaubnis meines Gehirns einfach heraus. Verdammt.

»Alles klar«, sagte sie spontan und sprang auf. »Was soll ich jetzt machen? Mich verhaken?«

Ich setzte mich mit angewinkelten Beinen hin, zog sie genau dazwischen und stellte ihre Beine neben meine Hüften auf. Dann zog ich sie dicht an mich heran und war selbst erstaunt, wie normal mir ihre Nähe vorkam. Unsere Gesichter unmittelbar voreinander, saßen wir da. Sie sagte: »Oh Gott, diese Stellung scheint wirklich kompliziert zu sein.«

»Aber sie ist ziemlich geil.«

»Machst du die oft?«

»In letzter Zeit nicht.«

»Weil?«

»… ich momentan lieber Sex von hinten mag.«

»Danke für diese Information«, lachte sie und beugte sich nach hinten. Unsere Mitte war nach wie vor dicht beieinander. Sie dachte über etwas nach, das konnte ich ihr ansehen.

»Grübest du?«

»Ja. Ich dachte gerade, dass es keinen einzigen Grund gibt, mit meinem besten Freund nicht über Sex zu reden.«

»Stimmt.«

»Schade eigentlich.«

»Hast du denn guten Sex mit Linos?«, fragte ich sie ganz offen. Es hatte mich bisher eigentlich nicht interessiert, doch in diesem Moment tat es das. Der Prosecco trug mindestens eine Teilschuld. Sie überlegte, was kein gutes Zeichen war, fand ich.

»Um ehrlich zu sein, ja. Wir haben eigentlich guten Sex«, sagte sie und fügte noch hinzu, »wenn wir welchen haben.«

Wenn sie welchen haben? Wenn?

»Habt ihr etwa unregelmäßig Sex?«

»Wir haben für meinen Geschmack zu wenig Sex, ja.«

Wenig, wenig ist ziemlich allgemein.

»Geht es genauer?«

»Vielleicht alle zwei Wochen mal.«

Was? Ich war schockiert. Sie ist doch noch keine 50, dachte ich. Und selbst die haben sicherlich mehr Sex, als wir Mittzwanziger es denken.

»Echt jetzt? Und warum? Habt ihr darüber schon mal gesprochen?«

»Ja, ich habe es mal angesprochen. Aber er sagte nur, dass er es nicht so oft bräuchte, sonst würde es zu schnell langweilig werden. So war es wohl mit seiner Ex gewesen.«

»Aber dafür ist man doch selbst verantwortlich, dass es nicht langweilig wird, oder?«

»Habe ich ihm auch gesagt. Aber er ist darauf nicht eingegangen. Ich fürchte, er braucht es einfach nicht so oft, wie ich es mir wünschen würde.«

»Und was machst du in der Zwischenzeit?«

Sie grinste bei der Frage in den Sternenhimmel hinein. Sie lag nach wie vor auf dem Rücken, die Beine um meine Hüfte geschlungen und die Arme hinter dem Kopf. Eine sehr interessante Perspektive, die ich so noch nie auf sie gehabt hatte.

»Was ich mache? Die Zeit mit mir selbst nutzen, wenn Linos abends arbeitet und ich keine Freunde habe, mit denen ich Unsinn machen kann.«

Sie guckte mich kurz frech an und legte dann wieder ihren Kopf auf die Arme. Dann sagte ich etwas, was ich eigentlich gar nicht sagen wollte: »Vielleicht sollten wir unsere Freundschaft erweitern, wenn du auf Heimatbesuch bist.« Ihr Körper versteifte sich. Und ich verpasste mir innerlich eine Ohrfeige. Wie konnte ich unser Verhältnis nur so aufs Spiel setzen?

Schnell schob ich hinterher: »Sorry, das ist mir nur so rausgerutscht. War nicht so gemeint.« Dann war es still. Mindestens zehn Sekunden. Zehn lange Sekunden. Dann holte sie Luft. »Darüber habe ich eben auch schon nachgedacht«, sagte sie, und in mir kribbelte es, als ihre Worte in meinem Gehirn ankamen. Oder sollte ich besser sagen: als ihre Worte bei meiner Gurke ankamen? Diese reagierte nämlich sofort und machte die Blutdämme auf.

Mir fiel nichts ein, was ich Sinnvolles sagen konnte. Ihr anscheinend auch nicht. Sie setzte sich wieder auf, ihr Gesicht dicht vor meinem, und hauchte: »Aber es soll sich nichts an unserem Verhältnis ändern. Okay?« Ich nickte und im selben Moment lagen ihre Lippen auf meinen. Ich konnte das alles noch gar nicht richtig fassen, da zog sie mir schon mein Shirt über den Kopf. Sie warf es hinter uns auf den Boden und ich zog sie ganz nah an mich heran. Sie musste meine Vorfreude spüren, so offensichtlich war meine Beule an ihrer Scham …

Am nächsten Morgen wurde ich wach, Mathilda lag nicht mehr neben mir. Mir fiel auf einen Schlag alles wieder ein. Unser offenes Gespräch, der Prosecco und alles, was danach noch kam. Ich fühlte mich komisch. Komisch, weil ich nicht wusste, wie es zwischen uns weitergehen würde. Ich hoffte, dass sie noch irgendwo in der Wohnung war. Denn wenn nicht, würde es ohne Zweifel kompliziert werden. Ich wollte unbedingt mit ihr reden. Das hatten wir nämlich letzte Nacht nicht mehr gemacht. Nachdem wir die halbe Nacht auf der Terrasse die Couch zerwühlt hatten, waren wir erschöpft darauf eingeschlafen. Erst in den Morgenstunden, als es hell wurde, sind wir schlaftrunken in mein Bett getaumelt.

Nun verriet mir ein Blick auf meinen Wecker: 11:21 Uhr. Und ich wusste, dass Mathilda zur Mittagszeit bei ihrer Oma eingeladen war.

Ich stand auf und spürte einen leichten Kater. Ich zog mir Shorts über und schlich aus meinem Schlafzimmer in den Flur. Mathildas Schuhe standen noch da. Ich war erleichtert.

Ich kam in die Küche und sah sie mit einem Kaffee am Fensterbrett lehnen. Sie grinste mich an und trug nur Unterwäsche. Ich hatte in all den Jahren nie vermutet, wie hinreißend ihr Körper sein könnte. Nun stand sie da. In meiner Küche. Halb nackt. Ich wusste nicht, was ich sagen sollte. Ich ging quer durch die Küche und traute mich kaum, sie anzusehen. Irgendwie schämte ich mich. Warum, wusste ich auch nicht so genau. Ich nahm mir einen Kaffee und hörte, wie sie hinter mir zu kichern begann. Sie lacht? Jetzt?, fragte ich mich. Und so wie es immer war, musste ich mit einstimmen. Es war unmöglich, in ihrer Gegenwart nicht mitzulachen.

Ich drehte mich um, sah sie an und schüttelte nur den Kopf. Unser Lachen erfüllte den Raum. Sie hatte es schon immer draufgehabt, einem ein ungutes Gefühl zu nehmen und eine Situation aufzulockern. Sie lehnte sich neben mich und fing an zu reden: »Ich habe mir vorhin beim Duschen überlegt, was ich sagen würde. Ich rede einfach mal drauflos.« Sie holte kurz Luft, und ich wartete, was sie sagen wollte.

»Lars, für den Anfang möchte ich gern loswerden, dass die letzte Nacht wirklich schön war. Ich würde lügen, wenn ich sagen würde, dass ich es nicht genossen habe. Bis gestern habe ich nie daran gedacht, dass du mehr als mein engster Freund sein könntest. Nicht, weil du nicht attraktiv bist, sondern weil ich dich schon so lange kenne. Trotzdem denke ich, dass wir die Geschehnisse der letzten Nacht einfach auf den Alkohol schieben sollten. Du bist ein fester Bestandteil in meinem Herzen und daran soll sich nichts ändern. Und das hat die letzte Nacht auch nicht. Doch wir sollten das Verhältnis nicht unnötig strapazieren und alles so belassen, wie es war.« Sie atmete tief durch, denn die Worte sind viel schneller als sonst aus ihr gesprudelt und haben ihr den Atem geraubt. In meinem Magen machte sich Erleichterung breit. »Diese Rede gerade hätte auch von mir sein können, Liebes. Komm her«, sagte ich, breitete die Arme aus und schloss sie darin ein. Ich fügte noch hinzu: »Ab morgen reden wir kein Wort mehr darüber. Aber unsere Sexualleben werden wir ab jetzt mit auf unsere Gesprächsagenda packen, ja?«

»Gern! Ich denke, wir können über solche Themen wirklich gut reden. Ein Tabu sollte das spätestens jetzt wohl nicht mehr sein.« Wir lösten unsere Umarmung und sie fing schon wieder zu stänkern an: »Jetzt, wo ich deine Gurke kenne, fällt mir noch ein Wort für unser Spiel ein.« Sie machte sich schon mal zur Flucht bereit, dabei konnte ja nichts Gutes rauskommen. »Made«, sagte sie und rannte los, wohl wissend, dass ich das nicht auf mir sitzen lassen würde.

Zwei Stunden später saßen wir bei ihrer Oma am Mittagstisch – ich kenne sie auch schon viele Jahre und sie lädt mich immer mit zum Essen ein – und genossen einen Braten. Im Sommer! Omas eben.

Das Ganze ist mittlerweile mehr als ein Jahr her, und zum Glück ist alles so geblieben, wie es vorher war. Außer ihre Liebe zu Linos, die wird gerade auf eine harte Probe gestellt. Zum Glück habe ich mit der Krise nichts zu tun, das hätte ich nicht gewollt.

Doch wenn sie nach Deutschland zurückkommen sollte, werden die Karten neu gemischt.

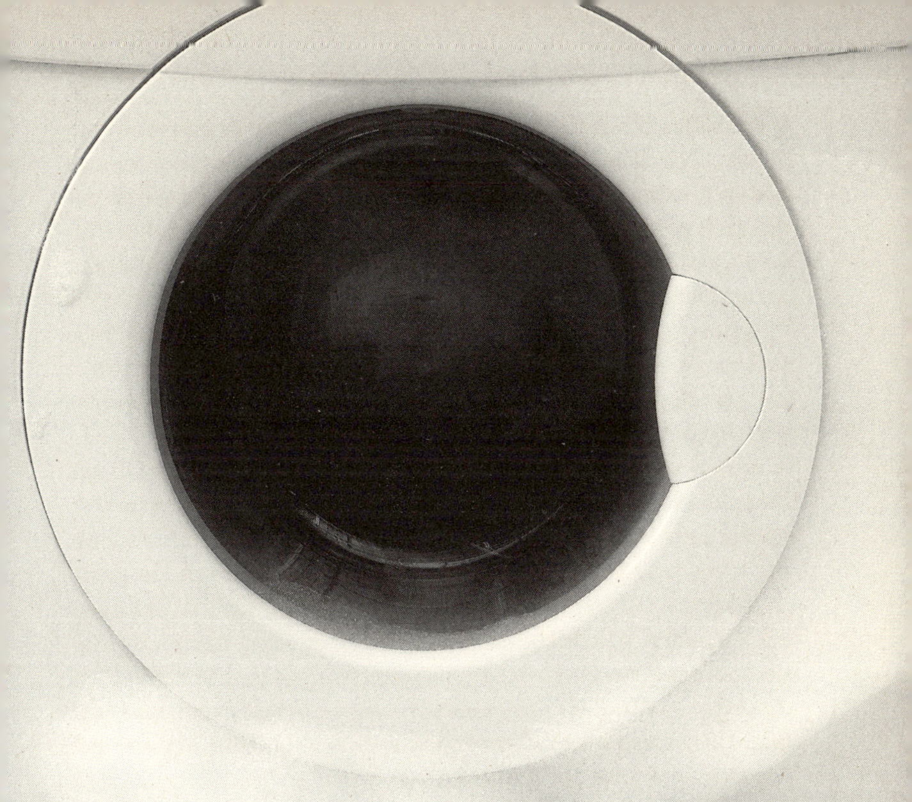

DER 16. ONE-NIGHT-STAND

NACHBARSCHAFTSHILFE

Tim (38), Disponent, Flensburg,
über
Katja (29), Assistentin der Geschäftsleitung, Flensburg

Fußball, ich liebe Fußball. Ich habe eine Dauerkarte im Stadion, kenne jeden Spieler und blöke alle Fanlieder fleißig bis zur letzten Minute mit. Ich bin fest der Meinung, dass Fußball ein Männersport ist und auch bleiben sollte. Fußball ist das Einzige, wo wir noch ungestraft grölen, fluchen, schreien, pöbeln und jubeln dürfen. Und das alles biertrinkend. Jawohl. In diesem Punkt bin ich kaum zu halten und ein typischer Mann. Dachte ich jedenfalls. Bis mir im Herbst 2010 etwas sehr Unerwartetes passierte. Davon möchte ich gern erzählen, auch wenn es sonst niemand in meinem Umfeld weiß.

Ein Samstagnachmittag mit knurrendem Magen: Ich ging aus der Tür in den Hausflur, um bei meiner neuen Nachbarin zu klopfen. Sie war eine Woche zuvor in die Wohnung gegenüber eingezogen, was ich zwar nicht gesehen, aber dafür ausgiebig gehört hatte. Ich brauchte zwei Eier, damit ich mir noch zügig ein Bauernfrühstück machen konnte, bevor ich das Auswärtsspiel meiner Mannschaft auf Sky ansehen würde. Es waren nur noch 15 Minuten bis zum Anpfiff. Und ich war eierlos. Wofür sind Nachbarn da? Ganz klar: Für Notfälle! Und die zweite Fliege schlug ich gleich mit der Tatsache, mich als freundlichen Nachbarn vorzustellen. Meinen schnorrenden ersten Eindruck nahm ich in Kauf.

Klopf, klopf. »Ich komme gleich …«, antwortete eine freundliche Stimme durch die geschlossene Tür. Wenig später war sie dann auch schon da und die Wohnungstür öffnete sich. Und ich erstarrte auf den ersten Blick. Meine neue Nachbarin sah aus wie ein Gemälde. Nicht nur ihre vielen Tattoos, die ich sofort erkennen konnte, beeindruckten mich, sondern ihre ganze Erscheinung lud zum Entdecken und Bestaunen ein. Ich brachte erst mal kein Wort heraus, ich glotzte sie an wie ein Kunstliebhaber die Mona Lisa.

Meine Sprache wiedergefunden, stotterte ich: »Ähm, entschuldigen Sie, ich bin Ihr Nachbar von gegenüber. Ich, ich …«, schämte mich, weil ich keinen ordentlichen, coolen Satz zustande brachte, »… brauche zwei Eier. Für mein Bauernfrühstück.« Puh, geschafft, Anliegen übermittelt. Aber ich war mir sicher, dass sie meine Sprachlosigkeit bei ihrem Anblick bemerkt haben musste. Doch sie ließ sich vorerst nichts anmerkten und sagte: »Ach, verstehe. Sehr gern. Moment.« Und schon drehte sie sich um und ging in die Wohnung, um mir meine Eier zu holen. Und ich stand allein mit meiner Perplexität vor der Tür und hätte mich zeitgleich in Grund und Boden schämen und vor Freude in die Luft springen können.

Wenige Sekunden später kam sie mit einer Sechserpackung zurück. »Nehmen Sie ruhig die ganze Packung mit. Ich bin heute zum Abendessen verabredet und brauche sie nicht.«

»Vielen Dank, ich revanchiere mich gern bei Gelegenheit.«

»Sagen Sie das bloß nicht zu laut, ich komme vielleicht schneller darauf zurück, als Sie denken«, sagte sie neckisch. Oder bildete ich mir das nur ein? Wie auch immer, ich stand kurze Zeit später grinsend und voller Freude über die neue Nachbarin an meinem Herd und machte mir mein Essen.

Anpfiff meiner Mannschaft, ich saß mit meinem Teller auf der Couch, aß und freute mich auf das Spiel. Mein Team würde es schwer haben an diesem Tag, die gegnerische Mannschaft hatte oft zu Hause gewonnen.

Plötzlich klingelte es. Ich öffnete die Tür und war sichtlich irritiert. Da stand meine Nachbarin. »Das war wohl ein Eigentor«, sagte sie, passend zu meinem TV-Programm, welches lautstark im Hintergrund lief. »Ich hoffe, ich störe nicht?«

»Nein, nein. Ich gucke nur Fußball.« Ich liebe Fußball, ja, aber diese Frau zog mich noch mehr in ihren Bann, als es das WM-Endspiel tun könnte. Und das soll schon was heißen.

»Was gibt es denn?«, fragte ich lockerer als ich mich fühlte, bei ihrem atemberaubenden Anblick. Sie guckte an sich hinab und als ich ihrem Blick folgte, fiel mir auf, dass sie ganz nass war. Ich lächelte wohl wissend, dass bei ihr in der Wohnung etwas schiefgelaufen war. »Tja, wie Sie sehen können, stelle ich mich bei der Installation meiner Waschmaschine komplett blöd an.«

»Ich gucke gern mal drüber«, sagte ich, zog mir meine Schuhe an und griff meinen Schlüssel. »Das wäre toll, vielen Dank.« Als wir durch ihre Tür gingen, erzählte sie: »Ich habe nämlich eine Wette laufen, ob ich es schaffe, all meine Geräte selbst anzuschließen.«

»Na ganz tolle Idee … Wer hatte die denn?«

»Ich.«

»Hoppla, ich habe nichts gesagt«, ruderte ich zurück und wir musste beide lachen. In ihrem Bad angekommen, sah ich die Sauerei, alles war nass. »Ja, der Einsatz war das Abendessen heute. Wenn ich es schaffe, werde ich eingeladen. Und da sie ja jetzt meine Eier haben, kann ich mir im Falle meines Versagens gar kein Essen selbst machen«, zwinkerte sie. »Na wenn das so ist, bezahle ich natürlich meine Eier auf diesem Wege. Ich bin übrigens Tim.«

»Ich bin Katja. Und danke!«, hauchte sie in meine Richtung, was mir die Gänsehaut auf die Arme schickte.

Ich fummelte den Schlauch an die richtigen Anschlüsse, da zog sie sich offensichtlich im Nachbarzimmer um. Ich konnte durch einen Spalt rübersehen und sah sie in BH und Jeans vor dem Kleiderschrank stehen, der als Einziges schon komplett eingeräumt zu sein schien. Ich konnte meinen Blick nicht von ihr abwenden. Sie hatte am ganzen Körper zarte, farbige Tattoos. Schmetterlinge auf dem ganzen Rücken, eine Blumenranke an der Taille und Schwalben auf dem Dekolleté. Ich schaute mir – vermeintlich unbeobachtet – ihren hübschen, runden Po an, als mir ihr Blick zu mir auffiel. Und der war keineswegs beschämt, weil ich sie beim Umziehen beobachtete, nein, ihr Blick schien förmlich zu sagen: »Na, gefällt dir, was du siehst?« Ihre Augen sprachen Bände und mein Körper auch, ich war komplett auf Hochspannung. Sie ließ meinen Blick nicht los, ging ganz langsam auf die Tür, die uns trennte, zu und öffnete sie komplett. Noch immer fokussierte sie mich und in meinem Körper fing es an zu kribbeln. Uns beiden war klar, dass sich diese ganze Situation binnen einer Minute geändert hatte. Die Waschmaschine war zweitrangig, unabhängig davon, dass ich sie schon fertig angeschlossen hatte. Eine eigenartige Spannung war ohne offensichtliche Anzeichen zwischen uns entstanden, keiner sagte etwas.

Dann stand sie, den Oberkörper nur noch mit einem schwarzen BH bekleidet, vor mir. Ich kniete noch immer vor der Maschine. Dann nahm ich meinen ganzen Mut zusammen, stand auf und stellte mich ganz dicht vor Katja. Einen kurzen Moment harrten wir aus, keiner tat etwas. Der Moment war so unwirklich, dass ich ihn bis heute kaum in Worte fassen kann. Mir wurde klar, dass sie auf den nächsten Schritt wartete. In diesem Moment waren wir über den Punkt, alles zu überspielen und so zu tun, als ob nichts wäre, längst hinweg.

Ich nahm ihr Gesicht in meine Hände und kam ihr ganz langsam mit meinen Lippen näher. Wenn sie das alles nicht will, könnte sie noch abbrechen, dachte ich mir. Aber sie tat das Gegenteil: Sie machte ihre Augen zu. Noch nie hatte ich eine Frau so sexy die Augen schließen sehen. Mich übermannte das Gefühl, dass sie sich diesem Moment, und damit mir, hingab. In meiner Hose wurde es zunehmend eng und mir kribbelte es im ganzen Körper. Diese ganze Szene hätte ich nicht besser träumen können. Dann küsste ich sie. Ihre Lippen waren voll, weich und sinnlich. Ihre Zunge war zart, und als sich unsere Zungen das erste Mal trafen, stöhnte sie leise. Ich zog sie an mich, ihre Hände griffen fordernd meinen Rücken. Ihr kleiner, fester Busen drückte sich gegen meinen Bauch, meine Hände glitten an ihrer Taille hinab zu ihren Hüften, dann an den Po. In diesem Moment fiel auch mein letzter Fetzen Beherrschung von mir ab. Ich drückte sie an die Wand hinter ihr, zog ein Bein von ihr bis zu meiner Hüfte hoch und drängte mich zwischen ihre Beine. Sie stöhnte, genoss wie ich diese skurrile Situation und zog mir mein Shirt aus. Unsere nackten Oberkörper aneinander zu spüren, ihr kehliges Stöhnen zu hören und meine Geilheit kaum im Zaum halten zu können, war ein so wunderbares Gefühl, dass ich mich in diesen Moment verliebte.

Eine Stunde später lagen wir gemeinsam auf dem Boden in ihrem Badezimmer. Wir hatten beide zerwühlte Haare, Handtücher und andere Utensilien runtergerissen und atmeten von unserem abebbenden Orgasmus noch schwer nach. Dann lachte sie. Sie lachte so herzlich, dass sie mich damit erneut in ihren Bann zog. Wir lagen da, stellenweise ganz nass von dem Wasser, das bei ihrem Waschmaschinenversuch herumgespritzt war, am Rest des Körpers vom vermischten Schweiß ganz feucht. Sie sagte, noch immer niedlich lachend: »Das ist ganz anders gelaufen, als ich es gedacht hatte.«

»Gib's schon zu, du hattest das alles geplant.«

»Ich wollte dir einzig vorschlagen, irgendwann mal auf eine gemeinsame Nachbarschaft anzustoßen.«

»Das haben wir ja hiermit getan«, sagte ich und küsste sie ein letztes Mal, bevor ich mich wieder anzog.

Als ich zu mir ins Wohnzimmer zurückkam, musste ich grinsen. Mein Essen stand kalt auf dem Tisch und die zweite Halbzeit lief nur noch 20 Minuten. Als der Abpfiff einen Spielstand von 1:3 zeigte, war der Tag perfekt.

DER 17. ONE-NIGHT-STAND

DOROTHEE

Felix (23), Bürokaufmann, Cuxhaven,
über
Bettie (25), Bürokauffrau, Cuxhaven

Ich hatte schon seit Monaten einen Blick auf Bettie geworfen. Sie hatte die schönsten Beine, die ich je gesehen habe. Und diese Beine stolzierten jeden verdammten Tag Dutzende Male an meinem Schreibtisch vorbei. Einen passenden Schlafzimmerblick gab es gratis dazu.

Eines Tages war es so weit, sie verkündete beim Mittagessen, dass sie sich in eine andere Stadt versetzen ließ. Sie wollte Großstadtluft schnuppern und etwas erleben, bevor sie irgendwann mal heiraten würde. Ich war traurig, dass sie unsere Abteilung verließ. Aber andererseits war so die Chance da, diese tollen Beine mal über meine Schulter zu legen, wenn ich in sie eindringen würde. Dieses Bild hatte mich schon wochenlang verfolgt.

Als ihre letzte Woche angebrochen war, führte uns ein letzter gemeinsamer Fall an einen Tisch. Wir betrachteten die Unterlagen und rückten dichter zusammen, als es für normale Arbeitskollegen üblich ist. Sie roch nach Rosen, und ich atmete tief ein, um mir ihren Duft einzuprägen. Es war kurz vor 16 Uhr, der Feierabend stand vor der Tür. In der gesamten Etage war große Aufbruchstimmung und alle Kollegen machten sich auf die Socken. Bettie guckte mich mit ihren rehbraunen Augen an und sagte: »Pass auf, ich würde das gern noch heute abarbeiten. Was sagst du?«

»Ich habe Zeit. Ich hole Kaffee und dann treffen wir uns gleich hier wieder.« Das war meine Chance, dachte ich mir. Meine Chance herauszufinden, ob sie genauso Lust auf mich wie ich auf sie hatte. Eine Viertelstunde später saßen wir wieder am Tisch und nippten an unserem Kaffee. Die Abteilung war leer gefegt und ich hatte die Räume noch nie so verlassen gesehen. Es hatte fast etwas Gespenstisches.

Ich würdigte die Dokumente mit keinem Blick und sie hatte das anscheinend auch nicht im Sinn. Sie stand auf, setzte sich auf den Tisch und – ja! – spreizte ihre Beine. Ihr Rock rutschte hoch und sie gab mir freien Blick auf ihren roten String.

»Ich habe doch die Lust auf das hier die ganze Zeit in deinen Augen gesehen«, sagte sie. Sie zog mich an meinem Hemd zwischen ihre Beine und der Tisch hatte eine gute Höhe, unsere Hüften trafen sich.

»Du kleines Luder willst es also hart?«, presste ich laut hervor und stieß meine Lenden gegen ihre Scham.

»Du doch auch!«, erwiderte sie und krallte sich mit einer Hand in meinen Nacken. Mit der anderen machte sie sich an meiner Hose zu schaffen. »Du bist ja eine ganz Schnelle«, sagte ich und half ihr.

»Ich musste darauf ja auch eine Ewigkeit warten.«

»Ach ja? Ist das so?« Ich griff ihr mit der ganzen Hand zwischen die Beine und sie stöhnte laut auf.

»Meinst du, ich habe nicht gesehen, dass du mit einem Ständer am Schreibtisch sitzt, wenn ich an dir vorbeilaufe?«

»Du Miststück. Du wusstest es ganz genau.« Ich presste ihr meine Lippen auf und knetete ihre Brüste durch die Bluse. Meine Hose war mir zwischen die Beine gefallen.

»Leg dich auf den Boden!«, forderte sie mich forsch auf. Sie holte aus ihrem BH ein Kondom hervor. »Ich reite dich jetzt, bis du bettelst, dass ich aufhören soll.« Sie streifte es mir mit geübten Handbewegungen über, und eh ich mich versah, saß sie schon auf mir. Sie hatte sich mit einem Ruck auf mich fallen lassen und laut aufgestöhnt, als ich mit meiner ganzen Länge in ihr war. Sie fing sofort an, auf mir zu reiten. Ihre Pobacken klatschten auf meine Leisten.

»Also jetzt ist aber gut!« Ich schreckte auf und sie erstarrte zu einer Salzsäule. »Wer macht denn die Sauerei hier sauber, wenn Sie fertig sind?«, fragte Dorothee, unsere adipöse Putzfrau des Hauses, schnippisch. »Mist. Wie lange stehen Sie schon da?«, fragte Bettie erbost. Sie stand gerade mal vier oder fünf Meter von uns entfernt an der Tür zu den Toiletten. »Irgendwas ab ›Luder‹ und ›Du willst es also hart‹, würde ich sagen.«

Sex innerhalb der Geschäftsräume ist natürlich ein Kündigungsgrund. Ich betone das, damit sie folgenden Satz von Dorothee verstehen: »Felix, ich liebe Pralinen und frischen Kaffee von Jacobs.« Ich grummelte. »Und mein Verbrauch ist nicht ohne. Einmal die Woche ist mein Vorrat irgendwie immer erschöpft …«

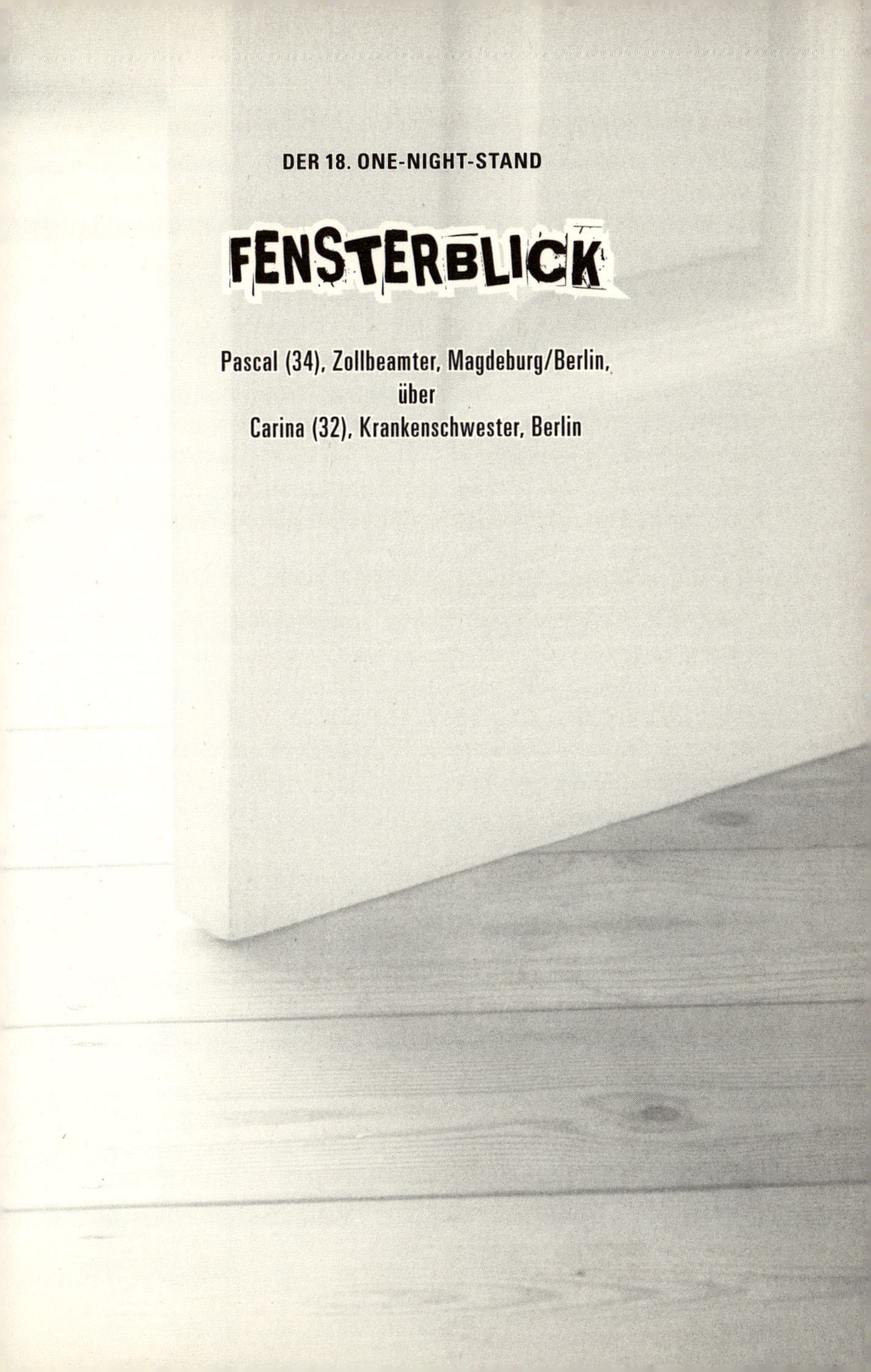

DER 18. ONE-NIGHT-STAND

FENSTERBLICK

Pascal (34), Zollbeamter, Magdeburg/Berlin,
über
Carina (32), Krankenschwester, Berlin

Ein Blick auf die Uhr verriet: Kurz vor elf. Ich war nervös, frisch rasiert und vorfreudig, weil Carina gleich kommen würde. Hoffentlich in zweierlei Hinsicht. Ich hatte sie über einen Sportfreund von mir kennengelernt, und uns beiden war schnell klar gewesen, dass wir Lust aufeinander hatten. Ohne große Umwege war ein Termin für ein einmaliges Abenteuer gefunden.

Im nächsten Moment klopfte es an der Tür und Carina begrüßte mich gleich mit einem intensiven Kuss. Das hier ist der Traum eines jeden Mannes, dachte ich mir. Heutzutage eine attraktive Frau mit sexuell offener Einstellung kennenzulernen, passiert so häufig wie Badewetter im November.

Zehn Minuten später lagen wir halb nackt auf meinem Bett und hatten uns schon vollkommen in unserer Ekstase verloren. Weitere zehn Minuten und zwei Orgasmen ihrerseits später näherte ich mich rasant meinem Höhepunkt.

Ich stellte schnell fest, dass Carina eine Frau ist, die ihrer Leidenschaft freien Lauf lässt. Ich liebe das. Und da sie auf mir saß, konnte ich mich einfach nicht mehr zurückhalten. Ich kam schnell und intensiv. Mein ganzer Körper kribbelte, und ich konnte kaum fassen, wie toll es im Bett zwischen uns klappte. Nach einer kleinen Verschnaufpause und einem Besuch im Bad stand sie nackt im Raum und telefonierte. Ich hatte genügend Zeit, sie mir vom Bett aus anzusehen.

Sie ist eine außergewöhnliche Frau, das hatte ich einige Tage zuvor bei unserem ersten Zusammentreffen schon bemerkt. Sie hatte den Raum betreten, und man konnte nicht anders, als sie anzusehen. Ihre roten Lippen sind ihr Markenzeichen, sie stehen ihr so gut wie keiner Zweiten. Mit ihren roten Haaren und ihrem eleganten Kleidungsstil hatte sie mich sofort in ihren Bann gezogen.

Ihr Po war atemberaubend schön, ihr Bauch gefiel mir extrem gut und ihre Brüste waren wirklich hübsch und hatten schöne Rundungen. Fest. Knackig. Sexy.

Als sie aufgelegt hatte, sah sie mich lasziv an und kam langsam auf mich zu. Eine zweite Runde stand an.

Es war kurz vor zwölf, und ich hatte leider nicht mehr so viel Zeit, bis ich zur Arbeit aufbrechen musste. Deshalb ließ ich nichts anbrennen und schnappte sie mir, um sie nach allen Regeln der Kunst erneut zu verwöhnen. Ich ließ genussvoll meine Hände über ihren Körper gleiten, erkundete ihre empfindlichsten Stellen und Carina ließ ihrer Lust wieder freien Lauf. Auch akustisch.

Zum Glück waren meine Nachbarn tagsüber arbeiten, sonst würde ich mir von den Männern neidvolle und von den Frauen abschätzige Blicke gefallen lassen müssen.

Dann setzte sie sich wieder auf mich, und ich genoss die Aussicht, die mehr als anregend für mich war. Ich hatte Mühe, meine Emotionen im Zaum zu halten und nicht überzuschäumen. Wer möchte schon gern zu früh kommen?

Als sie gerade vor ihrem vierten Orgasmus stand, wurde es bei uns beiden noch mal besonders laut. Wir hatten so viel Spaß zusammen, dass ich mein Glück an diesem Tag kaum fassen konnte.

Doch plötzlich klopfte es heftig an meiner Tür. Wir hielten sofort inne, denn mein Bett steht nur drei Meter von der Wohnungstür entfernt. Dann klopfte es erneut. Carina stieg widerwillig und heftig atmend von mir runter und guckte mich fragend an. Ich ging zum Fenster und prüfte den Parkplatz, welcher meiner Nachbarn anscheinend doch zu Hause sein musste oder ob vielleicht der Postbote da war.

Mein Blick überflog den Parkplatz und im selben Moment traf mich der Schlag. Kein Postbote, kein Nachbar, nein, das Auto meiner Freundin stand dort.

Es klopfte wieder laut. Mir kroch es kalt den Rücken hoch und meine Gedanken überschlugen sich.

»Carina, das Auto meiner Freundin steht da.« Carina schluckte, sagte nur kurz »Oje« und griff sich umgehend ihre Klamotten. Ich schlüpfte in meine Shorts und ging Richtung Tür. Was bleibt mir auch anderes übrig?, dachte ich mir. Ich kann ja unmöglich alles leugnen. Dank unseres Geräuschpegels dürfte sie uns schon in der Grundstücksauffahrt gehört haben. Zudem würde sie wahrscheinlich eh gleich aufschließen, denn sie hatte schon von Anfang an einen Schlüssel zu meiner Wohnung gehabt.

Meine Hände kribbelten, ich hatte überhaupt keine Lust auf das, was kommen würde. Ein letzter Blick zu Carina verriet, dass sie sich noch schneller anziehen als ausziehen kann. Respekt.

Sie saß auf dem Bett und guckte mich fragend an, was sie nun tun sollte. Ich bedeutete ihr, dass sie einfach da sitzen bleiben sollte, meine Freundin würde sie von der Tür aus nicht sehen können, ich würde ihr im Weg stehen. Bei meiner antrainierten Bankdrückerstatur und einer Größe von 1,90 Meter ist es immer Nacht im Raum, wenn ich am Fenster stehe.

Zurück zu dem Moment, in dem meine Freundin mich gleich auf frischer Tat mit einer anderen Frau in meiner Wohnung ertappen würde. Der allseits gehasste Konfrontationsmoment stand mir bevor. Herzlichen Glückwunsch.

Ich öffnete und tatsächlich, es stand Diana vor mir. Meine letzte Hoffnung, dass ein Nachbar sich rein zufällig dasselbe Auto wie sie angeschafft hatte, war verpufft.

Sie hatte die Arme vor sich verschränkt, schnaufte und entgegen meiner Vermutung flippte sie nicht sofort aus.

»Was – soll – das?«, fragte sie deutlich und lang gezogen.

»Was soll ich jetzt groß drum herumreden?«, erwiderte ich. Ihre Augen glühten.

»Wer ist sie?«, fragte sie forsch und versuchte, an mir vorbeizugucken. Ich ließ es nicht zu, denn ein direktes Zusammentreffen der beiden wollte ich um jeden Preis verhindern. »Pass auf, Diana, so reden wir jetzt nicht. Das hat jetzt keinen Sinn«, sagte ich und versuchte, die Kuh so schnell wie möglich vom Eis zu bekommen. Ich wollte nur eins: dass Diana wieder in unsere 200 Kilometer entfernte Wohnung fährt, in der wir wohnen, wenn ich beruflich nicht in Berlin bin. Und dass wir es dort in Ruhe besprechen, wenn ich am Wochenende wieder zu Hause wäre. Wunschgedanke, ich weiß.

»Carina hat damit nichts zu tun«, sagte ich und meine Gedanken überschlugen sich. Ich wollte, dass Carina so schnell wie möglich zu ihrem Auto gehen konnte und dieses ganze Szenario nicht mit ansehen musste. Da hatte ich die Rechnung aber ohne sie selbst gemacht, denn hinter mir hörte ich sie sagen: »Lass sie rein, wir können das auch in Ruhe klären.«

Bitte wie? Meine Augen musste ich wie ein 18-Jähriger beim ersten Bordellbesuch aufgerissen haben, so sehr überraschte mich diese Aussage von Carina. Denn genau das war es, was ich um jeden Preis verhindern wollte. Ich meine, welcher Mann möchte gern eine direkte Gegenüberstellung der Geliebten und der Langzeitfreundin haben?

Ich machte einen Schritt zur Seite und Diana den Weg in die Wohnung frei. Carina stand neben dem Bett und ihre Klamotten saßen wieder so perfekt wie vorher. Selbiges konnte man von ihren Haaren leider nicht behaupten.

Nun stand ich da, zur linken meine Freundin, auf der rechten Seite Carina, das heiße Abenteuer, auf welches ich mich schon seit Tagen gefreut hatte. Zu Recht. Obwohl es sich nicht schickte, dachte ich genau das in diesem Moment.

»Hat sie einen Freund?«

»Ja«, sagte ich kurz, knapp und wahrheitsgemäß.

»Weiß er davon?«

»Ja«, sagte jetzt Carina, kurz, knapp und ebenfalls wahrheitsgemäß.

Dann war es still. Damit hätte Diana nicht gerechnet. Im selben Augenblick war ich einfach nur froh, dass Diana keine Szene mit Geschrei und Gefuchtel veranstaltete. Und ein Blick zu Carina verriet, dass sie ziemlich relaxt dreinschaute und mit der Situation von uns dreien wohl am besten umgehen konnte. Was bestimmt daran lag, dass sie eine Frau ist, die mit ihrem eigenen Mann solche

Momente nicht durchmachen würde. Warum, fragen Sie sich? Weil sie eine offene Ehe führen. Eine Ehe, in der sie sich mit ihrem Partner alle sexuellen Freiheiten gewährt.

Als mir Carina bei unserem Kennenlernen davon erzählt hatte, schwankte ich zwischen Unverständnis und Bewunderung. Natürlich hatte man schon mal von dieser Beziehungsform gehört und selbst darüber nachgedacht. Aber eine langfristig funktionierende Beziehung auf dieser Basis hatte ich noch nie gesehen. Doch alle Argumente, die sie mir zur Untermauerung ihrer Partnerschaftsführung brachte, machten Sinn.

Einer davon war, dass jeder Mensch mal Lust auf fremdes und unbekanntes Fleisch hat, gerade in langjährigen Partnerschaften. Wer das abstreitet, lügt. Vielleicht lügt er sich damit sogar selbst an, wenn er so was behauptet. Und sie erklärte mir, dass fremdgehen, zwangsläufig lügen und etwas vorgaukeln eine Beziehung viel mehr belasten würde, als sich gegenseitig einige Abenteuer zu erlauben.

Und genau vor dieser Frage stand ich nun: Wie würde es weitergehen? Würde Diana mich verlassen? Was wird Carina sagen?

Die wenigen Worte, die zwischen uns dreien dann folgten, waren unnütz und brachten uns nicht wirklich weiter.

Ich wollte, dass Diana wieder nach Hause fuhr und wir beide nach einigen überschlafenen Nächten alles klären würden. Doch Diana versuchte zu erklären, dass sie mich nicht kontrollieren wollte. Sie sei nur gekommen, um mir einen Brief aufs Bett zu legen, um sich für einen Streit am Morgen zu entschuldigen. Ich hatte ihr erzählt gehabt, dass ich zum Sport und dann gleich zur Arbeit fahren würde, wenn ich in Berlin ankäme. Demnach hatte sie nicht mit mir in der Wohnung gerechnet. Als mein Auto dann doch vor dem Haus stand, wollte sie ihn mir nur vor die Wohnungstür legen, doch dann seien die Geräusche eindeutig gewesen. Nun fing sie an zu weinen und ich fühlte mich in diesem Moment so unwohl wie Uli Hoeneß im Dortmund-Fanblock.

Ich war überfordert mit der Situation und grübelte, was als nächster Schritt am sinnvollsten wäre. Gerade, als ich etwas bemerken wollte, hörte ich Carina zu Diana sagen: »Komm, Diana, wir gehen jetzt einen Kaffee trinken.« Erneut mimte ich den 18-Jährigen.

Hatte sie gerade tatsächlich meine Freundin auf einen Kaffee eingeladen? Diana schien ebenso überrascht gewesen zu sein wie ich und unterbrach ihr Schluchzen. Im nächsten Moment nickte sie und sagte: »Vielleicht ist das sogar eine gute Idee.«

Ich war perplex. Mehr noch, ich war platt. Verdattert. Erstaunt. Baff. Und noch während ich mir etwas anzog, um nicht mehr nur mit einem Fetzen bekleidet dazustehen, gingen die zwei zusammen aus der Tür hinaus. Ich guckte aus dem Fenster, welches noch wenige Minuten zuvor das Unheil angekündigt hatte, und sah, wie meine Freundin weinend bei meinem rattenscharfen Sexabenteuer ins Auto stieg. Dieser Moment war so skurril, dass ich auf die Idee kam, ihn geträumt zu haben. So unglaublich gut wie der Sex mit Carina gewesen war, hätte das durchaus hinkommen können. Doch dem war nicht so.

Also fuhr ich zur Arbeit und schüttelte immer wieder den Kopf über das, was geschehen war. Verrückte Welt.

DER 19. ONE-NIGHT-STAND

DIE ACHTE MASSAGE

Steffen (38), IT-Spezialist, Berlin,
über
Ramires (31), Masseur, Berlin

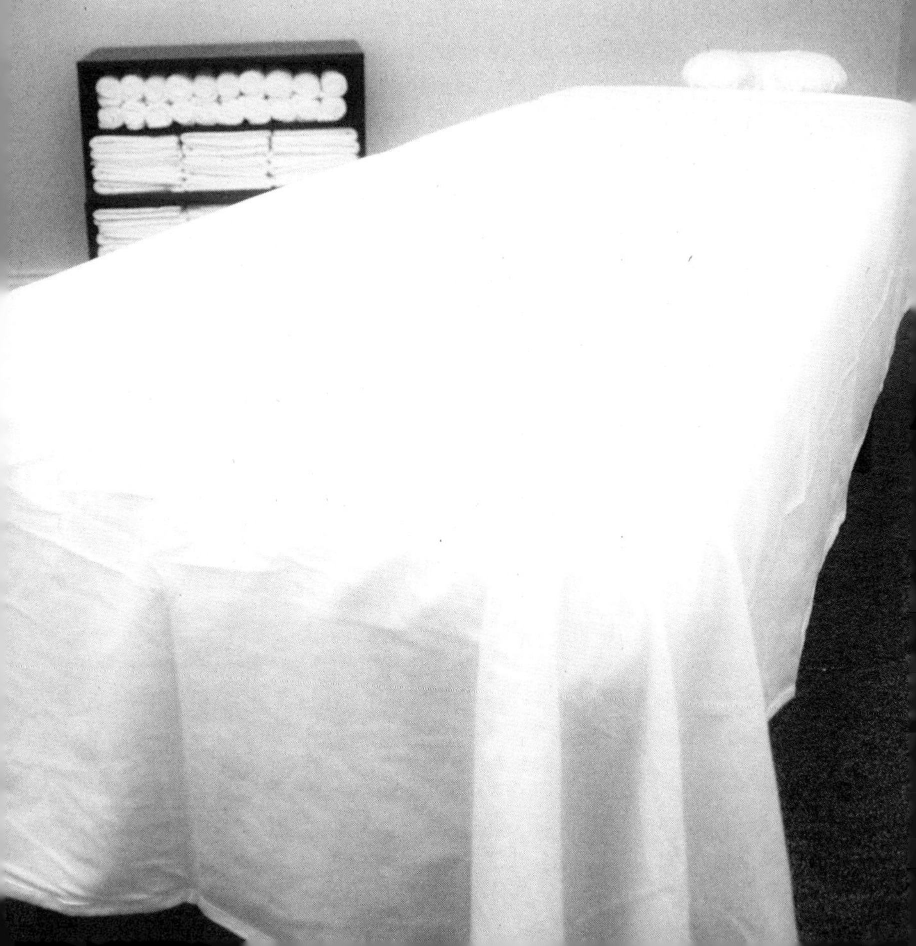

Ich hatte einen mobilen Masseur beauftragt, bei mir zu Hause in mehreren Sitzungen meine arbeitsbedingten Verspannungen zu lösen. Mit einer Massage von 20 Minuten war es nicht getan, hatte mir ein befreundeter Physiotherapeut gesagt. Ständig dafür in eine Praxis rennen zu müssen ließ mich so viel Vorfreude wie auf eine Grippe empfinden.

Tag eins. Ramires kam mit viel Equipment. Er hatte eine große, klappbare Liege dabei, viel Zeit für ein Vorgespräch und er sprühte vor Lebensenergie. »Wenn ich danach genauso fit wie sie bin, dann hat sich das gelohnt.« Er lächelte und sagte: »Herausforderung angenommen.« Nach einem ausführlichen Gespräch und einem genauen Plan für die insgesamt acht geplanten einstündigen Massagen machte er sich zum ersten Mal ans Werk.

Er knetete ohne Gnade die Knoten bis ins Innere meiner Eingeweide, so fühlte es sich jedenfalls an. »Ich sage nie wieder … au … dass ich nicht sehr … ahhh … schmerzempfindlich bin … aua!«

Tag zwei bis sechs. Er knetete und massierte, arbeitete mit Hitze und angenehmen Düften und verwöhnte meinen Rücken wie einst die Diener ihre Cleopatra.

Unsere Gespräche wurden von Termin zu Termin persönlicher. Er kam aus Griechenland, war aber schon seit dem Kindergarten in Deutschland. Ich beneidete ihn um seine unkomplizierte und stets entspannte Art. Er war wie ich verheiratet und wir hatten denselben Humor. Ich war fast traurig, dass wir mit der Behandlung bald abgeschlossen hatten.

Tag sieben. Er massierte mein Kreuzbein mit, weil es sich gut anfühlte und ich ihn darum gebeten hatte. Ich mochte seine Hände auf meiner Haut immer mehr und unser Verhältnis war inniger geworden.

Tag acht und damit unsere letzte Sitzung. Er massierte ausgiebig, wir erzählten und erzählten. Wir prahlten beide mit unseren Frauenerfahrungen und glaubten – zu Recht – nur die Hälfte der Storys des anderen.

Der Raum wurde allmählich dunkler, es war schon viel zu spät. Unsere Sitzung wäre eigentlich schon längst vorbei gewesen, da sagte er: »Ach, ich bin gerade so schön dabei. Ich mache einfach weiter. Wir quatschen so angenehm.« Ich war dankbar dafür und freute mich, dass meine Frau erst in einer Stunde kommen würde und ich bis dahin noch ein wenig länger entspannen könnte.

An meinem Kreuzbein hatte sich seit dem letzten Mal eine neue kleine Verhärtung gebildet. Er massierte und massierte, aber es half diesmal irgendwie nicht. Er drehte meine Hüfte, presste mal hier und mal da einen bestimmten Punkt und sogar mit kleinen Schüttelbewegungen versuchte er es. »Jetzt bleibt uns nur noch eine Möglichkeit«, sagte er und zeigte mir, dass ich mich auf die Seite legen sollte. Mein oberes Bein sollte angewinkelt und ohne Spannung hängen. Er beugte sich über mich, griff mit seinem Arm durch meine Beine durch und wandte einen speziellen Griff an meiner Hüfte an. »Hältst du das fünf Minuten aus?«, fragte er besorgt. »Ja, klar. Kein Thema.« Ich hatte aber auch nichts gelernt.

Er sah witzig aus, wie er da so verrenkt im Schwitzkasten meiner Beine stand. Völlig unerwartet passierte etwas, was mich selbst erschaudern ließ. Sein Unterarm war an meinen Schritt gepresst und mein kleiner Freund reagierte. Er schwoll an. Mit jedem Tropfen Blut mehr in meinem Penis wurde ich verlegener und fühlte mich unwohl. Er jedoch tat so, als würde er es nicht bemerken. »Noch zwei Minuten«, sagte er. Ich erschrak. »Zwei noch?«

Ich wusste nicht, ob er meinen Ständer, zudem er mittlerweile geworden war, ignorierte oder es wirklich nicht bemerkte. Ich nannte das Kind beim Namen: »Ich bin aber nicht schwul oder so, ja?«

»Warum solltest du das sein?«

»Na ja … weil ich gerade in meinem Schritt nicht an Blutarmut leide. Das musst du doch merken.«

»Ach, das. Ja. Dass passiert öfter.«

Er rieb mir seinem Arm genau an der Stelle, die im direkten Kontakt mit meinem Phallus stand. Er schloss die Augen. Ich tat es auch. Was man nicht sieht, passiert nicht, stimmt's?, sagte ich zu mir selbst. Seine Hand löste den Griff, doch sie entfernte sich nicht sehr weit von meinem Schwanz. Ich bewegte mich auch nicht und flüchtete komischerweise nicht aus der Situation. Ich erkannte mich gar nicht wieder, denn normalerweise wäre ich schon längst aufgesprungen und hätte ihn verabschiedet. Stattdessen lag ich da und wartete nur ab. Spannung stieg zwischen uns auf. Auch er rührte sich nicht. Bestimmt drei Minuten lang ruhten seine Hand und sein Unterarm auf meinem Ständer, der einfach nicht abschwellen wollte. Dann wurde sein Griff fester und er drückte über der Hose gegen ihn. Das fühlte sich viel besser an, als ich es mir eingestehen wollte. Und konnte, denn immerhin hatte ich eine Frau. Und er ja auch.

Langsam bewegte sich seine Hand und massierte ihn. Ich behielt die Augen konsequent geschlossen, denn ich wollte nichts sehen. Ich wollte fühlen. Und das tat ich, viel zu intensiv für meinen Geschmack. Dann tat er es doch, ich erschrak und war gleichzeitig dankbar, weil ich es mir insgeheim gewünscht hatte. Er umfasste meinen Schwanz komplett und hielt wieder inner. Ich pulsierte auf der ganzen Länge und hätte gern ein ganz klein wenig zugestoßen, damit ich mir damit Erleichterung verschaffen konnte. Bis ich nicht mehr anders konnte. Ich drückte mich in seine Faust – einzig getrennt durch meine dünne Freizeithose. Ich hätte am liebsten vor Erleichterung aufgestöhnt, doch ich traute mich nicht. Ich zog mich aus seiner Faust fast komplett zurück. Aber nur, um dann erneut zuzustoßen. Ich knurrte fast vor Erleichterung. Dass er ein Mann war, spürte ich eindeutig. Er hatte genau den richtigen Druck in seiner Faust. Ich schämte mich nicht mehr, denn er tat es auch nicht. Ich stieß heftiger zu, er passte sich meinem Rhythmus an.

»Steffen … Steeeeeffen!« Ich schreckte hoch. Ich war eingeschlafen. Es war ein Traum. Nur ein Traum. Sollte ich mich freuen? Ja. Oder? Ich tat es nicht. Denn das Gefühl war noch nicht weg. Erst bei dem Gedanken spürte ich, dass ich meine Hand an meinem Ständer hatte, obwohl ich noch immer auf dem Bauch lag. Ramires guckte mich fragend an und ein leichtes Grinsen trat auf seine Lippen. »Hast du etwa geträumt? Erzähl!«

DER 20. ONE-NIGHT-STAND

EXTRASCHARF

Martin (21), Bundeswehr, Berlin,
über
Jessi (22), Kellnerin, Berlin

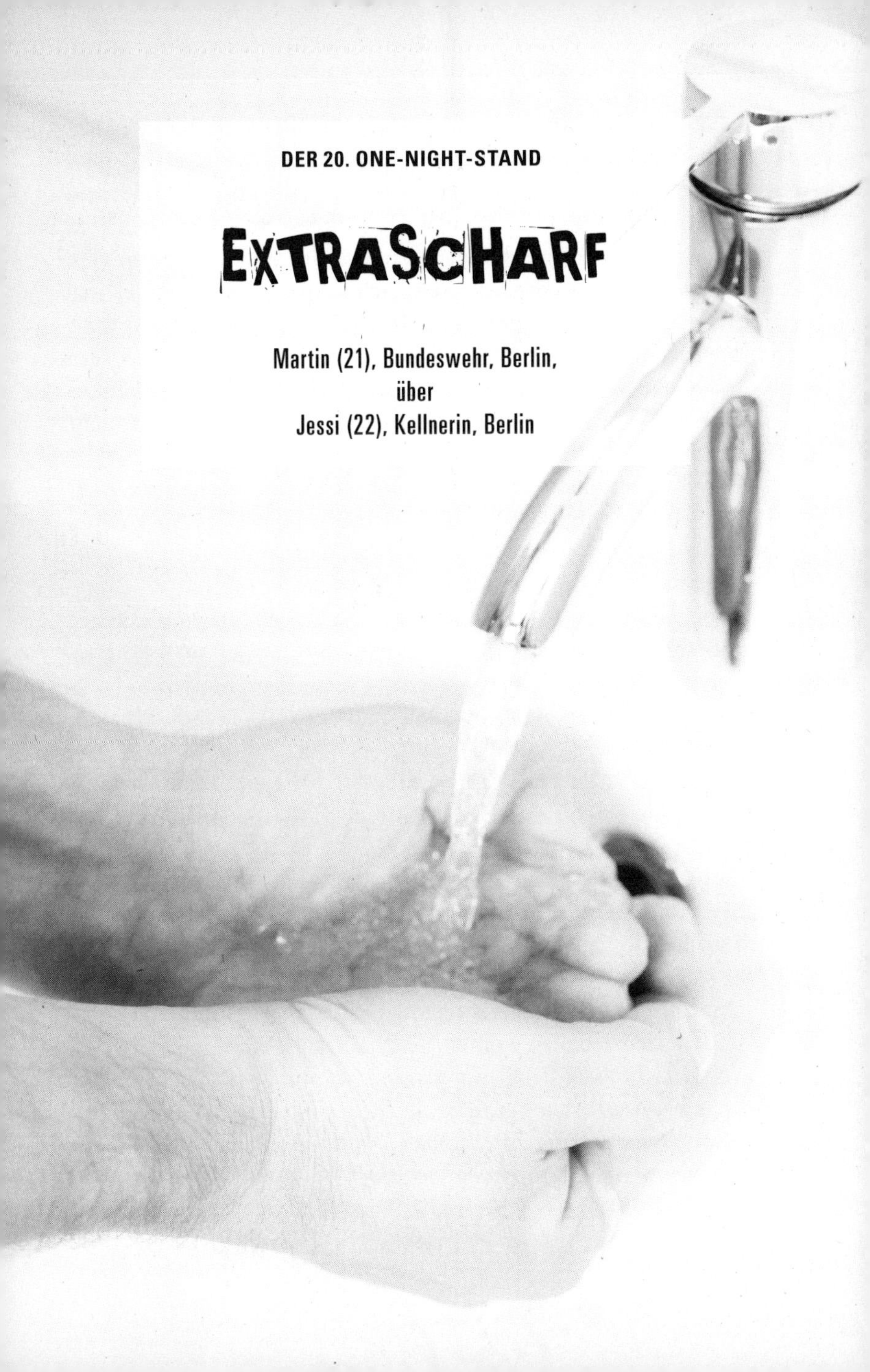

Warum wollen Frauen eigentlich immer umworben werden, bis einem irgendwann die Komplimente ausgehen? Und wenn es so weit ist, dass man jedes ihrer Körperteile, inklusive die des Hundes und der Familie des Hundes, gelobt hat, möchten die Damen zum Essen eingeladen und dann den Eltern vorgestellt werden. Und wenn das alles erfolgreich war, darf man eventuell mal gucken, ob es auch körperlich passt. Ich bin ganz ehrlich: Ich finde das anstrengend, langwierig und überflüssig. Meine armen Eltern können die Namen der Frauen schon gar nicht mehr auseinanderhalten und meine Komplimente klingen schon lange nicht mehr innovativ, weil ich sie nur noch runterrattere.

Vor Kurzem hatte ich eine Rothaarige für ihr rassiges Haar gelobt. Und eine von Akne Geplagte für ihre schöne Haut. Sie können sich denken, dass meine Eltern die beiden bis heute nicht kennengelernt haben. Und mein treuer Begleiter auch nicht.

Doch dann kam Jessi. Sie war eine Arbeitskollegin meiner Schwester, die ich oft in der Bar besuchte, in der sie kellnerte. Diese Frau war eine Augenweide. Jessi und ich plauderten hin und wieder, wenn es der Betrieb gerade zuließ. Bei ihr meinte ich jedes Kompliment genau so, wie ich es gesagt hatte. Genau deshalb, weil mir einer ihrer Vorzüge genau in diesem Moment besonders aufgefallen war. Doch sie wollte sie gar nicht hören, sie wurde rot und wich mir in den Minuten danach aus. Sie erwähnte auch mit keiner Silbe meine Eltern, als ich sie – zugegeben aufgeregt wie ein kleiner Junge – nach einem Date gefragte hatte. Mit ihr war alles anders. Ich wollte alles geben, um mich von meiner besten Seite zu zeigen. Eins stand fest: Ich wollte sie. Und zwar nicht nur für ein Abenteuer.

Am Tag vor unserer Verabredung chatteten wir, um uns zu überlegen, was wir machen wollten.

Ich: *Hey hübsche Frau. Auf was hast du morgen Lust? Kino, Bar oder gemeinsam essen gehen?*

Jessi: *Hallo Martin. Essen gehen klingt verlockend. Aber nur ich gehe essen, wenn du mich schon so fragst.*

Ich: *???*

Jessi: *Du bist der Koch. Übrigens: Ich mag es scharf.*

Ich: *;-) Ich auch. :-P*

Jessi: *Apropos … Du erinnerst mich gerade daran, dass ich noch etwas loswerden wollte. Wenn morgen irgendetwas passieren sollte, möchte ich nicht, dass es deine Schwester erfährt. Und sonst auch keiner.*

Ich: *Verstehe. Ich bin ein Gentleman, der genießt und …*

Jessi: *… erzählt, ich weiß. Buschfunk und so.*

Ich: *Wer erzählt denn so was?*

Jessi: *Lassen wir das Thema lieber. Also: Alles, was wir morgen machen, wird einmalig sein.*

Ich: *Check. Also, ich koche was Scharfes und beziehe mein Bett neu. Ich freu mich drauf.*

Jessi: *Ich auch. Besonders aufs Essen.*

Das war ich ja nun gar nicht gewohnt. Eine Frau, die nicht klammert, wenn wir uns näherkommen sollten? Wobei es die erste Frau sein würde, bei der es mir ganz recht wäre. Und dazu war sie auch noch direkt und ehrlich, das faszinierte mich. Welche Frau sagt von sich aus, dass sie nur ein einmaliges Abenteuer will?

Kaum hatte ich mein Handy aus der Hand gelegt, öffnete ich das größte Kochbuch der Welt: Google. Ich gab »Rezept scharf einfach« ein und bekam 23.700.000 Treffer. Da wird sicherlich ein passendes Gericht dabei sein, dachte ich mir und machte mich auf die Suche.

Ich hatte den halben Nachmittag im Supermarkt verbracht und mich wie in einem Irrgarten gefühlt. Zutaten wie Reisnudeln, Morcheln, Ingwer, Kokosmilch und Chilischoten schickten mich quer durch die Gänge der Feinkostabteilung.

Zu Hause angekommen, stellte ich mich, motiviert wie selten zuvor, in meine spartanisch eingerichtete Küche. Ich wollte Jessi ein leckeres Essen kochen und sie selbst zum Nachtisch machen. Voller Motivation würfelte ich Gemüse, schnitt Fleisch und machte mich zu guter Letzt an die Chilis. Drei Stück hatte ich besorgt, obwohl nur eine halbe im Rezept stand. Aber sie mag es scharf, hat sie besonders betont, dachte ich mir und würfelte munter drauflos. Als ich alles vorbereitet hatte, verriet mir ein Blick auf die Uhr, dass ich noch genau eine Stunde hatte. Beim Überlegen, wie ich die Zeit noch sinnvoll nutzen könne, kam mir eine Idee: wichsen. Nichts ist schlimmer, als übergeil in ein vielversprechendes Date zu gehen und zu früh zu kommen. Deswegen kam bei meinen Kumpels und mir schon öfter das Thema auf den Tisch, es sich kurz vor dem Date selbst zu machen. Sich gepflegt einen runterzuholen. Prävention sozusagen.

Ich ging in mein Bad, stellte mich vor das Waschbecken, ließ meine Hose zu Boden fallen und legte Hand an. Nach wenigen Sekunden spürte ich ein Kribbeln und dann ein Brennen an meinem Prügel. Sekunden später kletterten Nadelstiche meine Wirbelsäule bis zum Nacken hoch. Dann schossen mir die Tränen in die Augen und ich schrie auf. Die Chilischoten. Ich hatte sie keine fünf Minuten vorher mit meinen Händen bearbeitet. Meine Pipette brannte, als wenn man mir eine Feuerqualle in den Schritt gesetzt hätte. Schweißausbruch.

Ich machte das Wasser an und rubbelte mir mit Seife an meinem Ding rum. Es half überhaupt nicht. Im Gegenteil, es wurde immer schlimmer. Und nun spürte ich es auch an den Fingern. Warum zum Teufel hatte ich vorher nichts bemerkt? Seife, Wasser und Vaseline (die immer fürs Solovergnügen am Waschbecken steht) halfen nicht. Also suchte ich schnellstmöglich Mr. Google auf, diesmal mit dem Gesuch nach ärztlichem Rat.

»Chili brennt auf Haut« ergab 37.700 Treffer. Verdammt, war das schon so vielen Leuten passiert? Ich musste kurz lachen, was mir aber schnell wieder verging. Mein Penis meldete sich lichterloh brennend zurück. Als Erstes landete ich auf einer Seite, in der eine Chilischote als Foltermittel beim SM benutzt wird. Natürlich absichtlich an der Stelle, die mir in dieser Minute Schweißperlen auf die Stirn trieb. Eine andere Seite verriet: Milch. Ich holte mir in Windeseile ein Glas, wollte die Milch eingießen, als sie nur in Bröckchen aus der Packung kam. Verdorben. Ich griff in den Schrank und war noch nie in meinem Leben so dankbar für Milch.

Zwei Minuten später: Ich saß unten ohne auf der Couch und hielt das Milchglas zwischen meinen Beinen, in dem mein Penis hing. Das Problem war nur, dass es kaum Abhilfe schuf. Ich las, dass Zitrone helfen soll. Besser nicht. Kartoffeln, die wohl ebenfalls Linderung verschaffen sollen, hatte ich nicht. Alkohol wurde ebenfalls erwähnt, aber der Gedanke, dass ich meinen Penis in Whiskey hängen sollte, klang wenig beruhigend. Es half alles nichts. Ich musste die Verabredung absagen: *Jessi, frag bitte nicht nach. Wir müssen unser Essen verschieben. Es sei denn, du hast etwas für SM übrig …*

Es dauerte noch einige Stunden, bis die letzte Schärfe mich endgültig verließ. Meine Eltern kennen Jessi bis heute nicht.

DER 21. ONE-NIGHT-STAND

VON VANILLE UND KOKOS

Josef (45), Außendienstmitarbeiter, Worms,
über
Linda (29), Sekretärin, Passau

Weiterbildungen meiner Firma sind so spannend wie das Ende eines Hollywoodfilms. Genau, langweilig und vorhersehbar. Genauso aufregend war der erste Tag auf einer Weiterbildung im Sommer 2013. Ich war für zwei Tage mit 80 weiteren Kollegen meiner deutschlandweiten Firma in ein Hotel in den Harz gereist. Der Altersdurchschnitt von uns beträgt etwa 60 Jahre, und genauso flippig sind auch immer die Abende an der Bar. Doch dass dieser Abend genau das Gegenteil davon werden würde, ahnte ich beim Bestellen meines ersten Bieres noch nicht.

Ich setzte mich auf einen Barhocker und sah zu, wie Manfred mit zwei Kollegen Billard spielte. Ich finde es immer wieder spannend, die Veränderungen der letzten drei Monate oberhalb seiner Augenbrauen zu begutachten. Seine Stirn war erst eine Hand, dann einen Unterarm und nun einen Oberarm breit. Und damit meine ich nicht meinen eigenen Oberarm, sondern den von Schwarzenegger in seinen erfolgreichsten Pumper-Jahren. Das Witzige ist aber, dass er es mit allen Mitteln zu kaschieren versucht. Er kämmt seine übersichtlichen Nackenhaare nach oben über den Hinterkopf bis zur Stirn und haut sich eine Tonne Gel zum Fixieren rein.

Beim letzten Mal hatte ich im Seminar hinter ihm gesessen und dauernd einen Kokosgeruch in der Nase gehabt. Beim genaueren Hinsehen hatte ich erkannt, dass Manfred Kokosfett in seine Haare geschmiert hatte. Der Menge nach zu urteilen mit einem Spachtel. Zum Glück hatte er meinen Wink mit dem Zaunpfahl verstanden, als ich in der Pause fragte: »Hat jemand eine Piña Colada bestellt?«

Ich weiß, es ist fies von mir, mich über Manfred zu amüsieren. Aber sonst ist er ein feiner Kerl. Wirklich. Dass genau Manfred es sein würde, der mir an diesem Abend alle Karten zuspielte, um mein Ziel zu erreichen, hätte ich niemals gedacht.

Manfred war mit dem Billardspiel fertig und kam zu mir an den Tisch. Wir bestellten uns ein weiteres Bier und wir sprachen darüber, wie toll das Hotel die Bar in der wir saßen umgebaut hatte. Diese befand sich im Keller und war nur durch eine Glasfront von dem großzügigen Schwimmbad getrennt. Tagsüber konnte man also seit Neustem von der Bar aus die Badenixen bestaunen. Wir beide beschlossen, dass wir hier in der Mittagspause des Folgetages unbedingt etwas trinken mussten.

Gerade, als ich mir einen Longdrink bestellen wollte, kam Karl, ein Kollege, mit einer adretten jungen Frau zu uns an den Tisch: »Hey Manfred. Josef.« Er begrüßte uns schulterklopfend und fuhr fort: »Ich bin jetzt erst angekommen, wir standen im Stau. Dafür bin ich mit meiner neuen Sekretärin Linda da. Ich habe sie zusätzlich angemeldet, damit sie sich schneller in die Materie meiner Arbeit einlebt.« Wir begrüßten sie, und als wir uns die Hände gaben, wehte ein leichter Vanilleduft zu mir rüber. Himmel, ich liebe Vanille. Ich war so gar nicht böse, als sie sich direkt neben mich auf den Hocker setzte. Dieser Geruch … Wahnsinn. Und nicht nur deswegen hatte ich nichts gegen ihre Gesellschaft einzuwenden, denn sie war attraktiv, blond und sehr schlank. Genau mein Beuteschema, dachte ich heimlich lächelnd. Und auch ich schien sie zu beeindrucken, denn wir verstanden uns auf Anhieb sehr gut und sie berührte mich hier und da – natürlich unabsichtlich – bei unseren Erzählungen.

Als Karl, ihr Boss, gerade zur Toilette war, ließ Manfred die Bombe platzen.

»Linda, darf ich Sie mal ganz direkt etwas fragen?«

»Natürlich. Direktheit ist mir am liebsten.«

»Perfekt. Sagen Sie, gefällt Ihnen unser Josef hier?«, sagte er und zeigte mit dem Daumen auf mich. Mir blieb die Spucke weg und meine Stirn war selten in meinem Leben so gerunzelt vor Verblüffung wie in diesem Moment. Ich guckte zu Linda. Sie wurde rot und antwortete: »Ja, sehr sogar.« Ich war geschmeichelt.

Von Weitem sah ich Karl von der Toilette zurückkommen und betete für plötzliche Diarrhö, Übelkeit oder eine Blasenschwäche seinerseits. Das Gespräch am Tisch wurde doch gerade erst so richtig interessant! Kurz bevor er den Tisch erreichte, zündete

Manfred flüsternd die größere der beiden Bomben: »Linda, warum schlafen Sie nicht einfach mit Josef?« Das hatte gesessen. Ich war sprachlos. In meinem Bauch überschlug sich mein Magen. Sollte ich mich schämen? Freuen? Lachen, und damit alles ins Lächerliche ziehen?

Doch ich musste mich nicht entscheiden, denn Linda nahm mir meine Reaktion ab und sagte, während ihr Chef bereits auf den Barhocker kletterte: »Ja. Warum eigentlich nicht?« Er hatte natürlich keine Ahnung, worum es bei uns am Tisch gerade ging. Und ich war sprachlos. Und dankbar. Ich hätte Manfred auf seine überkämmte Glatze küssen können. Im nächsten Moment stand sie auf, schenkte mir einen vielsagenden Blick und richtete sich an Karl: »Ich bin müde und gehe ins Bett, ich möchte morgen gern ausgeschlafen sein. Wann fängt die Schulung an?«

Sie stiefelte los, wackelte lasziv mit ihrem Hintern, den nur ich von meinem Platz aus sehen konnte, und nickte über die Uhrzeit, die ihr Chef ihr gerade genannt hatte.

Fünf Minuten später gähnte ich künstlich und verabschiedete mich ebenfalls ins Bett. Manfred schenkte ich beim Abschied noch einen Du-bist-der-Beste-Blick und ging aus der Bar in die Lobby, die sich gleich die Treppe rauf befand. Linda saß auf einem der Sofas und lächelte verschmitzt. Ich fand diesen Moment, als ich auf sie zukam, so spannend, dass ich ihn gern konserviert hätte. Ich setzte mich neben sie.

»Und was machen wir zwei jetzt?«, fragte sie mit einem süßen Lächeln. Ich hatte einen sehr spontanen und deswegen genialen Einfall. »Warte kurz einen Moment, ich bin gleich wieder da«, und machte mich auf den Weg zur Rezeption. Die Rezeptionistin, die an diesem Abend Dienst hatte, war alles andere als eine Augenweide. Und das machte ich mir zunutze und bezirzte sie. Zwei Minuten später kam ich mit einem Ass im Ärmel zu Linda zurück. »Komm«, sagte ich kurz und knapp und lockte sie in Richtung Fahrstuhl. Ich drückte die untere Etage und Linda dachte wohl, dass ich mit ihr wieder in die Bar gehen wollte, wo sich noch fast alle anderen von uns befanden. Doch dem war nicht so. Beim Aussteigen zog ich sie durch eine Tür, die ich mit der Karte von der Rezeption öffnen konnte.

Und schon standen wir im Vorraum der Umkleiden zum Schwimmbad. Doch auf die Umkleiden hatte ich es nicht abgesehen, eher auf feuchteres Gebiet. Linda zog sich schon aus und sagte leise: »Ein ausgiebiges Bad vor dem Schlafengehen soll sehr gesund sein ...«, und schon war sie durch eine der Türen verschwunden. Ich fing ebenfalls an, mich auszuziehen, und folgte ihr.

Schon standen wir uns in Unterwäsche gegenüber. Und obwohl es dunkel war, konnte ich ihre zarte Silhouette erkennen. Endlich war der Moment da, in dem wir uns näherkamen. Wir zogen uns die letzten Sachen aus und hängten sie an einen der Haken, die im Duschraum verteilt waren. Sie drückte einen Knopf und schon standen wir Haut an Haut unter dem Nass der Regendusche.

Ich war bereits jetzt so erregt, dass ich aufpassen musste, mich nicht direkt über den Kachelboden zu ergießen. Deswegen entschied ich mich, sie gegen die Fliesen zu lehnen und mich mit meinen Lippen auf Erkundungstour zu begeben. Linda genoss es sichtlich und revanchierte sich kurz darauf ausgiebig. Mit Happy End.

Nachdem wir uns beide gegenseitig verzehrt hatten, standen wir Arm in Arm unter der Dusche und atmeten auf. Sie hatte wunderschöne Lippen und ihr Po war rund und üppig, so wie ich es an einem zierlichen Körper am liebsten sehe. Sie hatte immer wieder ihre Hände an meinem besten Stück und massierte ihn. Schnell war klar, dass er bereits für eine zweite Runde nachgeladen hatte.

Wir gingen kurz ein Kondom aus ihrer Tasche holen und machten uns vorsichtig auf den Weg in die Schwimmhalle, die um diese Uhrzeit nicht mehr beleuchtet war. Einzig das Licht der Bar schien in die Halle, was ein wunderschön weiches, zartes Schimmern aufs Wasser warf.

Wir stiegen ins Becken und schwammen langsam und vorsichtig in die hinterste Ecke. Dort angekommen, merkten wir, dass auch diese Stelle mehr als gut einzusehen war, wenn einer der Barbesucher einen direkten Blick ins Schwimmbad werfen würde. Unter den vielen Gästen saßen Manfred und Karl noch immer am Tresen. Verheißungsvoll blitzte sie mich an.

Wir küssten uns, ihre Hand hatte schnell meine Härte gefunden. Sie glitt aus dem Wasser und legte sich auf den Beckenrand, die Beine noch im Wasser. Mir war klar, worauf sie hinauswollte. Ich vergrub erneut meinen Kopf zwischen ihren Schenkeln und hatte ein Kribbeln im Bauch, weil jeden Moment jemand aus der Bar unsere Spiele entdecken konnte. Nicht auszumalen, was dann los gewesen wäre. Und Linda wäre sicherlich auch etwas los gewesen.

Es dauerte nur wenige Minuten, da war die Luft um uns herum von heftigem Atmen und unterdrücktem Stöhnen geschwängert. Ich zog sie zurück zu mir ins Wasser und das Kondom über. Dann nahm ich sie von hinten und hatte den geilsten Akt meines Lebens. So fühlte es sich in diesem Moment jedenfalls an.

Die Nacht war für uns beide sehr kurz, und als sie am nächsten Tag im Seminar einige Plätze entfernt saß, zeugten unsere heimlichen Blicke von der Brisanz unseres Geheimnisses.

Beim gemeinsamen Abschied auf dem Parkplatz am Abend inhalierte ich kurz ein letztes Mal ihren herrlichen Vanilleduft, bevor sie zu ihrem Chef ins Auto stieg.

DER 22. ONE-NIGHT-STAND

KÜHLSCHRANK-KALENDER

Jannis (21), Student, Berlin,
über
Olga (22), Studentin, Berlin

Ich zog Olga langsam an mich heran, legte meine Hände zärtlich auf ihre Hüften und genoss den Moment, bevor wir uns zum ersten Mal küssen würden. Ich hatte schon seit Wochen darauf gewartet. Und nun war es endlich so weit, Olga hatte einem einmaligen Abenteuer zugestimmt. Mehr kam für sie nicht infrage, denn sie war mit einem gemeinsamen Freund von uns zusammen.

Sie denken sich, dass ich ein Arschloch bin? Ja, da mögen Sie recht haben. Aber ich stehe klar zu meiner Meinung: Man lebt nur einmal. Basta.

Das Interesse aneinander war seit der ersten Minute beidseitig gewesen. Als unser Freund sie mir vorgestellt hatte, waren sie bereits seit zwei Jahren ein Paar. Sie lebte bis vor Kurzem bei ihren Eltern in Polen, führte mit ihm eine rege Fernbeziehung und sprach dadurch sehr gutes Deutsch. Wenige Wochen später hatten sie mich zu der Einweihung ihrer ersten gemeinsamen Wohnung eingeladen. Wir flirteten unauffällig miteinander und berührten uns im Vorbeigehen zufällig. Diese Frau machte mich ganz nervös. Das passiert mir auch nicht so oft. Unter Einfluss von Sangria hatte ich den Mut gefunden, ihr in einem ungestörten Moment meine einmaligen Absichten »zu verkaufen«. Das hatte sich so oder so ähnlich angehört: »Olga, ich möchte ehrlich sein. Du! Bist! Heiß! Ich muss ständig daran denken, wie sich deine Brüste anfühlen müssen und wie du dich unter mir winden würdest.«

»Jannis, das können wir nicht machen … Ich bin mit Stefan zusammen!«

»Ja, schon. Aber …«

»Ich weiß!«

»Dann habe ich deine Blicke richtig interpretiert?«

»Meine Fantasie spielte schon das ein oder andere Mal verrückt, ja …«

Sie biss sich verlegen auf die Unterlippe, stammelte. In ihrem Zögern und der scheinbar größer werdenden Unsicherheit erkannte ich meine Chance!

»Wir machen jetzt einen Deal. Du kommst nächsten Mittwoch zu mir, gegen Mittag, und wir befriedigen nur ein Mal unsere Lust aufeinander. Danach können wir das Thema abhaken. Wenn die Hürde einmal übersprungen ist, ist sie nicht mehr halb so spannend.«

»... okay.«, gab sie nach. Und diese Reaktion genügte, um mich eine geschlagene Stunde mit einem Ständer in der Hose durch ihre neue gemeinsame Wohnung zu schicken.

Ich hatte mich noch nie in meinem Leben so sehr auf einen Mittwoch gefreut. Und nun war der Moment da, meine Hände auf ihren Hüften und ihre Hände an meinen Oberarmen. Sie stand ganz dicht vor mir, ihre Wangen waren rosa, ihre Lippen voll und sie roch irgendwie nach Sommer. Dann küsste ich sie, und es fühlte sich so an, als würde sich sofort mein ganzes Blut in meiner Körpermitte sammeln. Sie presste ihre Hüfte dagegen, und ich konnte nicht anders, als wild über sie herzufallen. Unser Stöhnen schwängerte den Raum, unsere Klamotten flogen in alle Richtungen.

Ich wohne in einem Industrieloft, welches wir als Wohngemeinschaft nutzen. An diesem Tag waren meine Mitbewohner außer Haus, inklusive Stefan. Wir befanden uns nach wie vor in der Küche, die direkt an der Eingangstür als größerer Aufenthaltsraum lag.

Olga hatte mittlerweile nichts mehr an, ich setzte sie auf den Tresen und vergrub mein Gesicht in ihrem Schoß. Auch ich war nackt und wir lebten unsere angestaute Lust aufeinander lauthals aus. Ihr Körper war einfach perfekt und – was ich persönlich extrem wichtig finde – ihre Vagina auch. Ich mag es, wenn eine Frau »aufgeräumt« untenrum aussieht. Große Lappen oder Ähnliches turnen mich einfach ab.

Ich spürte, dass sie gleich kommen würde. Doch ich wollte sie noch zappeln lassen und ihr später einen intensiveren Orgasmus bescheren. Also hörte ich kurz vorher auf und hob sie vom Tresen runter. Sie ging vor mir in die Knie und rächte sich an mir, indem sie genau dasselbe tat. Ich konnte mich kaum bändigen, ich kannte keine Hemmungen. Wahrscheinlich auch, weil uns beiden klar war, dass dies einmalig sein würde. Und dass es ein riesiges Geheimnis sein würde, welches wir dann teilten. Und es würde ein süßes, heißes und wildes sein.

Ich nahm sie von hinten, direkt an meinem Küchentisch. Sie forderte laut ein, was ich mit meinen Händen tun sollte. Olga war der Hammer. Welche Frau mit 20 Jahren hatte schon solch ein großes Selbstbewusstsein im Bett? Normalerweise hatte ich hemmungslose Abenteuer dieser Art nur mit reiferen Frauen gehabt. Ich war begeistert. Und ich verfluchte es, dass wir es nie wieder tun würden.

Kurz bevor ich ein zweites Mal kam, zog ich ihn heraus, ging hinter ihr in die Knie und wollte eine orale Zwischenpause einlegen.

Da kniete ich also, nackt hinter Olga, mein Gesicht zwischen ihren hübschen Pobacken. Ein Bein hatte sie dekorativ auf einen Stuhl gestellt, sie stöhnte laut. Ich, mit einer Hand langsam meinen Prügel massierend, stöhnte ebenfalls auf, was ich sonst außerhalb des Höhepunktes nicht tat.

Dann überschlugen sich die Ereignisse. Ich hörte einen Schlüssel ins Schloss greifen, die Tür sprang mit einem Ruck auf und ich erstarrte, als ich im Augenwinkel meine Oma und meinen Opa in der Tür stehen sah. Olga bemerkte von all dem zunächst nichts. Sie war die Einzige, die in den folgenden Sekunden akustisch den Raum ausfüllte. Meine Oma ließ ihren Beutel fallen, den Topf in der anderen Hand zum Glück nicht. Während sie um Fassung rang, brach mein Opa in schallendes Gelächter aus: »So muss man das machen, Junge! Genau so! Respekt!«

Olga wollte im Boden versinken. Ich auch. Und Oma wollte nichts mehr, als auf den Hacken kehrtzumachen. Doch mein Opa rettete die Situation mit seiner humorvollen Art. »Wir gehen noch mal eine Runde um den Block, dann könnt ihr eure Sachen aufsammeln …«, bückte sich und warf mir Olgas BH zu, der vor seinen Füßen an der Tür lag, »und dann kommen wir wie geplant zum Mittagessen wieder. Los, Margarete, stell den Topf auf den Tisch, die Klopse müssen wir nicht mehr mitschleppen. Und für eine weitere

Person reicht das Mittagessen ja auch noch. Und so dünn wie das Kindchen ist, scheint sie eh nicht viel zu essen.« Das ist mein Opa. Der fetzt.

Später beim Essen meiner Lieblingsklopse an dem Tisch, auf dem Olga kurz vorher noch lag, sagte er: »Ich bringe dir demnächst mal einen Kalender für den Kühlschrank mit. Dann kannst du beim Bumsen genau nachlesen, wann du mit deinen Großeltern zum Mittagessen verabredet bist.«

DER 23. ONE-NIGHT-STAND

MIEZ, MIEZ ...

Phil (33), Regisseur, Köln,
über
Melinda (27), Verkäuferin, Köln

Ich stehe auf Frauen, die lange Fingernägel haben, sich sexy kleiden und ihre Haare bis zum Po tragen. Auffälliges Make-up mag ich auch. Da gibt es nur ein Problem: Ich stehe so gar nicht auf Tussen. Nur leider schließt mein allgemeiner Frauengeschmack das Tussi-Gen in den meisten Fällen mit ein. Sie sind zickig, besitzergreifend, launisch, kompliziert und verwöhnt. Die Obertussi schleppt noch ein Hündchen in der Handtasche mit sich rum. Doch obwohl ich das alles rational begreife, lande ich immer wieder bei solchen Mädels. Ich habe die Hoffnung einfach noch nicht aufgegeben, dass es ein aufgemöbeltes Weibchen gibt, welches charakterlich entspannt und gleichzeitig intelligent ist. Zu intelligent, um das Tussi-Verhalten auszuleben.

Von einer ganz bestimmten Frau, die ich vor etwa zwei Jahren traf, möchte ich nun gern erzählen. Ich werde es ohnehin nie vergessen … können. Selbst wenn ich es wollte. Von Will Smith »geblitzdingst« zu werden wäre vielleicht eine Lösung.

Ich lernte Melinda auf einer Geburtstagsfeier eines Freundes kennen. Sie war auf den ersten Blick komplett mein Fall: lange blonde Haare, schlank und ihre großen Brüste zeichneten sich unter einem knappen Kleid ab. Mein ausgeprägter Urtrieb ließ mich kurz darüber nachdenken, sie zu packen und an den Haaren bis in meine Höhle hinter mir herzuziehen. Entgegen meines ersten Impulses wählte ich jedoch den moderneren und kultivierteren Weg und fragte sie, ob sie etwas mit mir trinken wollte.

Die folgenden Stunden verliefen wie üblich: vorstellen, Komplimente machen, lachen, witzig sein, weitere Komplimente, Annäherung, offensiveres Flirten, Oberkompliment über ihre Intelligenz und dann der Abschluss: »Zu dir oder zu mir?«

Ihre Wohnung sei ganz in der Nähe, hatte sie gesagt. Und sie hätte ein Wasserbett, was eindeutig Vorteile beim »Bettballett« (sagte sie wirklich wortwörtlich!) haben würde. Ich gebe zu: Ich war gespannt und mächtig angeturnt. Ich ließ mein Auto stehen, das tat ich vor allem für meinen Führerschein. Ich war zwar nicht betrunken, aber definitiv über der Promillegrenze. Und da Melinda sich anbot, machten wir uns auf den Weg zu ihrem Auto.

Der Parkplatz vor dem Haus war riesig und erinnerte an eine Legebatterie. Ich lief neben ihr her und versuchte zu erahnen, welches Auto zu ihr passen würde. Cabrio? Kombi? SUV? Ich tippte auf einen Golf oder Polo. Doch als wir die geräumigen Parkflächen hinter uns ließen und uns den engeren -buchten näherten, überkam mich ein unangenehmes Gefühl in der Herzhälfte, die für Vierräder reserviert ist. Und es kam schlimmer.

Es war nicht der Smart, der mich schockierte. Sondern der grelle Hello-Kitty-Style, in dem das Auto leuchtete: unzählige weiße Katzenköpfe, die aussahen, als wären sie unter der Guillotine gelandet und danach wie Schneebälle auf das Auto geworfen worden.

Ach du Scheiße!, dachte ich mir. Da kann ich doch unmöglich einsteigen.

»Ist mal was anderes, nicht wahr?«, flötete Melinda, und ich musste mich zurückhalten, nicht in Gelächter auszubrechen. Mal im Ernst, Hello Kitty ist ja in Ordnung, wenn an erster Stelle des Alters eine Eins steht. Aber mit 27 Jahren?

Ich verkniff mir jegliche Bemerkung und stieg ein. Nichts wünschte ich mir in diesem Moment mehr als ein Basecap, welches ich mir tief ins Gesicht ziehen hätte können. Das Verlangen danach verdoppelte sich, als wir an der Haustür der Party vorbeifuhren. Einige Freunde standen rauchend draußen und schüttelten sich vor Lachen, als sie mich darin sitzen sahen. Melinda hatte extra noch einmal gehupt, um einer Freundin zu winken. Herzlichen Glückwunsch.

Um den Fokus meiner Gedanken auf etwas Schöneres zu lenken, riss ich ein paar Sexthemen an. Das tat ich bei Frauen sehr gern, denn daraus ließ sich leicht erkennen, mit welcher Beischlafgattung ich es zu tun haben würde. Dabei unterteilte ich die Mädels in die drei geläufigen Kategorien: prüde, nymphoman und sexuell durchschnittlich. Prüde sind die Tussen, die so tun, als wären sie schüchtern, gehemmt und die Heilige Jungfrau in Person – in der

Regel aber den größten Erfahrungsschatz haben. Sie wollen einfach nur nicht als Schlampen angesehen werden und belobhudelt werden, für dieses große Opfer, das sie doch für den Mann bringen. Fehlt nur noch, dass ich eine Ziege schlachten und vor das Bett legen muss.

Nymphomaninnen sind – ganz klar – dauergeil, stehen dazu und haben Spaß an wildem Sex. Diese sind mir die Liebsten. Nur leider ist diese Gattung so häufig wie echte Oasen in der Wüste.

Sexuell durchschnittlich sind die Mädels, die Blümchensex haben wollen und im Bett unter einer spontanen Wirbelsäulenversteifung leiden.

Melanie zählte ich aufgrund ihrer konservativen Ansichten zu den sexuell Durchschnittlichen. Das wird eine arbeitsintensive Nacht, dachte ich mir. Aber diese riesigen Brüste werden es wettmachen. Da war ich mir sicher.

Sie parkte wenige Minuten später ihr Kitty-Car elegant in einer engen Parklücke, die selbst für einen Smart eine Herausforderung war. Ich war mächtig beeindruckt, damit hätte ich nicht gerechnet. Eine Einparkhilfe hätte wohl einen Dauerton von sich gegeben.

In ihrer Wohnung verschwendeten wir keine Zeit. Das Licht blieb aus, unsere Schuhe an. Gleich im Eingang schnappte ich sie mir und presste sie küssend gegen die Wand. Sofort schlang sie ihre Arme um meinen Hals und ein Bein um meine Hüfte. Das fing ja schon gut an.

Ich hob sie hoch und fragte nach dem Schlafzimmer. Ich warf sie aufs Bett, zog sie bis auf ihre Dessous aus und rutschte zu ihr. Das Bett gab angenehm und in Wellen unter meinem Gewicht nach, ich genoss die ersten Sekunden auf neuem Terrain. Dann kletterte Melinda auf mich drauf und zog mein Shirt aus. Sie tastete meinen Bauch ab, auf dem sich ein zartes Sixpack abzeichnet. Darauf bin ich besonders stolz, und ich genoss es, dass sie ihn erkundete. Bis sie mich irritierte. Sie leckte meinen Bauch ab. Ja, meinen Bauch. Und zwar komplett, vom Schlüsselbein bis zum Hosenansatz! Ich fühlte mich wie von einer Dogge überfallen. Aber wenn es sie anheizt, dachte ich, dann soll sie mich eben abschlabbern. Jedem das Seine.

Anschließend erkundete ihre Zunge meinen Hals, was sich eigentlich ganz gut anfühlte. Bis – mich schüttelt es noch heute bei dem Gedanken daran – sie tropfnass über mein rechtes Ohr leckte. Und ich meine so richtig *nass*. Und als wäre das nicht genug, steckte sie mir im nächsten Moment ihren triefenden Lappen bis zum Anschlag ins Ohr. Eine Gänsehaut in ungeahntem Ausmaß breitete sich auf mir aus. Das blieb ihr nicht verborgen und sie fühlte sich bestätigt: »Das gefällt dir, nicht wahr, mein Tiger?«

Tiger? Im Ernst? Sie wechselte die Seite und machte mit dem anderen Ohr weiter. Es war so nass, dass ich fast nach einem Leck im Wasserbett gesucht hätte.

Turnt sie das wirklich an?, fragte ich mich. Vielleicht sollte ich ihr mal meine Achseln hinhalten. Sie machte eine Dusche an diesem Tag echt überflüssig. Wenn sie so weitermachte, würde ich bald ein Handtuch brauchen und selbiges dann endgültig schmeißen.

Ich beschloss, ihr den BH auszuziehen und mir ihre Prachtmänner von Nahem anzusehen. Sie kniete nach wie vor über mir und da war der Verschluss schnell – mit einer Hand, versteht sich – geöffnet. Doch in dem Moment, als ich die Schalen ihres BHs abnahm, fielen zwei eingerollte Schals mit einem »Klatsch« auf meinen nass geleckten Oberkörper. Nichts üppig und prall, schlaff! Meine Lust kühlte langsam, aber sicher von Lava- auf Kühlschranktemperatur ab.

Verstehen Sie mich bitte nicht falsch, für die Form der Brüste kann eine Frau nichts. Doch einen Push-up zu tragen, am besten noch mit Taschentüchern gefüllt, ist ungerecht. Wir Männer stecken uns auch keine Gurke ins Hosenbein. Vor allem ist es doch nur bis zum Schlafzimmer eine Aufwertung, danach wird es nur peinlich.

Ich löste mich von ihr und floh mit dem Satz »Ich muss mal kurz« ins Bad, welches nicht schwer zu finden war. Die Tür hinter mir geschlossen, machte ich das Licht an und lehnte mich gegen sie. Ich sah an meinem glänzenden Oberkörper herunter und schüttelte den Kopf. Als ich mich dann umsah, traf mich der Schlag: Von überall starrten mich die schwarzen Knopfaugen des kleinen weißen Kätzchens an, dessen Kopf bereits mehrfach auf ihrem Auto Platz fand. Sogar die Fliesen waren in diesem Stil. Handtücher, Seifen, Zahnputzbecher, Duschgel, auch vor dem Klodeckel, auf den ich mich gerade verzweifelt gesetzt hatte, machte das Hello-Kitty-Design nicht halt.

Ich fühlte mich bedroht und mein Hahn war wie abgeklemmt. Da ging nichts. Den Toilettengang musste ich erfolglos abbrechen. Und so langsam stieg die Wut in mir auf. Dieses weiße Ding, mit rosa Schleife im Haar, machte mich wahnsinnig. Ich nahm mir ein Handtuch, trocknete alles – inklusive meiner Innenohren – ab und ging ins Zimmer zurück. Ich musste eine Ausrede finden, warum ich sofort gehen musste.

Die Nachttischlampe eingeschaltet, bot sich hier dasselbe Bild wie im Bad: Ich sah rot. Oder eher rosa. Und fühlte mich entmannt. Das war zu viel. Ich sagte ein, zwei fiese Sätze, die mir heute auch ein wenig leidtun. Da kamen Worte wie »Kindergarten«, »Hund«, »unreif« und »krank« drin vor. Dabei schnappte ich mir meine Klamotten und ging. Diese Nacht hat sich in mein Gehirn eingebrannt. Es vergeht keine zufällige Katzen-Konfrontation, ohne dass ich reflexartig zusammenzucke und noch im selben Moment die Bilder mit aller Macht zu verdrängen versuche.

Aber soll ich Ihnen mal etwas sagen? Diese Begegnung hat mich von dem Tussi-Geschmack weitestgehend geheilt. Heute habe ich eine liebe Freundin, die charakterlich ganz toll ist und trotzdem auf ihr Äußeres achtet. Es gibt sie also doch. Von meinen Freunden bekam ich zum nächsten Geburtstag übrigens ein Hello-Kitty-Wandtattoo und einen passenden Kaffeebecher für die Arbeit geschenkt. Diese rosa Tasse benutze ich bis heute, und sie hilft mir in Momenten der Verzweiflung, daran zu denken, dass es schon schlimmere Situationen in meinem Leben gab.

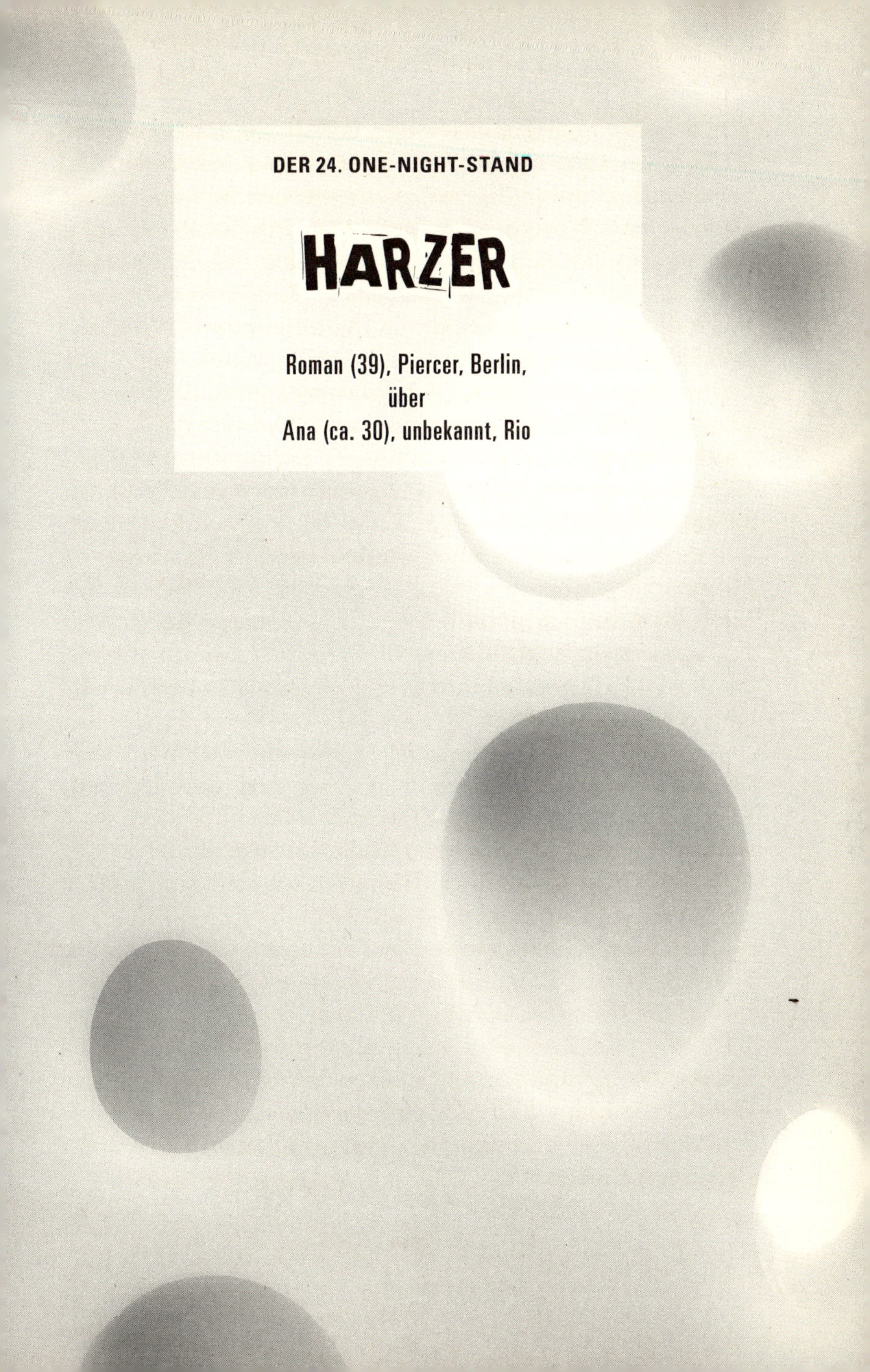

DER 24. ONE-NIGHT-STAND

HARZER

Roman (39), Piercer, Berlin,
über
Ana (ca. 30), unbekannt, Rio

Ich liebe Berlin. Berlin ist verrückt, multikulturell, vielseitig, aufregend, nachtaktiv, geschichtsträchtig, tolerant und modern. Um nur einen Bruchteil der Eigenschaften zu nennen. Genau aus diesen Gründen bin ich Berlin seit meiner Geburt treu. Es gibt allerdings noch einen weiteren Grund, den ich an Berlin liebe: die sexuelle Offenheit. Knutschen zwei Männer auf dem Potsdamer Platz? Wurscht! Laufen zwei Frauen turtelnd Arm in Arm? Egal! Tragen Sie Lack und Leder, weil Sie einen Fetisch haben? Uninteressant! Stellen Sie sich diese Szenen auf einem Wochenmarkt in einer bayrischen Kleinstadt vor. Ich glaube, Sie wissen, worauf ich hinauswill.

Ich habe zehn Jahre in einer Ehe gelebt und alle meine geheimen Wünsche erfolgreich unterdrückt. Ich wollte mit meiner Frau vieles ausprobieren, doch leider verlor die Sexualität für sie immer mehr an Bedeutung. Und für mich wurde sie immer wichtiger. Mit 20 Jahren war ich mit zwei Brüsten überfordert, mit 25 kam ich endlich nicht mehr nach nur drei Stößen, mit 30 hatte ich die gängigen Praktiken zuhauf erlebt und mit 35 langweilten sie mich allesamt. Ich stand vor einer Entscheidung: Frau und sexueller Rentner oder ausbrechen und austoben.

Nennen Sie es Midlife-Crisis oder egoistisch, irgendwann muss man sich eben entscheiden. Für mich war klar, dass ich meine Frau nicht hintergehen würde. Das hatte sie nicht verdient. Auch wenn ich mit meinem tätowierten Körper und den vielen Piercings optisch eher den Draufgänger mime, bin ich meinen Prinzipien schon immer treu geblieben.

Als ich die Trennung von meiner Frau und die ersten schweren Stunden als Single hinter mir hatte, testete ich einige Klubs in Berlin, von denen ich bis dahin nur von Freunden gehört hatte. Die beiden besten Anlaufstellen für das Vermischen von Party und Sex sind der legendäre KitKatClub und das Insomnia. Wenn man einen Abend lang mal so richtig die Sau rauslassen will, ohne dass man dabei auffällt oder schief angeguckt wird, ist man dort an der richtigen Adresse.

Im Herbst 2013 machte ich mich mit drei Freunden auf den Weg. Es stand eine allmonatliche Themenparty an, auf der immer viele attraktive Frauen anzutreffen waren. Wir gaben am Eingang wie üblich unsere Shirts ab und gingen nur mit einer Jeans bekleidet in den Klub. Ein erster Überblick verriet: Volltreffer. Viele Frauen, knapp bekleidet, hüftschwingend und flirtend auf der Tanzfläche.

Wir holten uns eine Runde Wodka Red Bull und schon war eine Dame gefunden, die meine Aufmerksamkeit auf sich zog. Sie schien mich vorher schon entdeckt zu haben, denn sie zwinkerte mir direkt zu, als ich sie genauer betrachtete.

Es stellte sich heraus, dass sie zusammen mit einer Freundin aus Brasilien in Berlin war. Sie hatte schokobraune Haut, ein strahlendes Lächeln, hübsche kleine Brüste und einen ausgestellten Po, wie ihn nur Brasilianerinnen haben können. Was ich besonders beeindruckend fand, war, dass sie in Berlin ausgerechnet in solch einen Klub geht. Normalerweise strömen Touristen ins Berghain, doch die zwei Latino-Schönheiten in eine Sexdisco.

Sie erklärte, dass die zwei – so weit weg von zu Hause – einmal all ihre Fantasien ausleben wollten. Und da bot sich so ein Klub eben an. Ich fragte sie, was genau für Fantasien sie hätte.

»Sex mit einem Unbekannten«, antwortete sie in ihrem portugiesisch akzentuierten Englisch. Das war mal ein Wort. Ich stellte mich dicht vor sie, sagte: »Aber gern doch« und hauchte ihr einen kurzen Kuss auf den Mund, um gleich den Anfang zu machen. Dann nahm ich ihre Hand, zog sie um zwei Ecken, wo wir etwas ungestörter waren, und fackelte nicht lange. Ich zog ihren eh schon kurzen Rock hoch, ihren Slip beiseite, ging vor ihr auf die Knie, vergrub mein Gesicht in ihrem Schritt und … kippte fast nach hinten um. Eine Fabrik für Harzer Käse war nichts dagegen.

Ich hatte als Jugendlicher mal ein Stück Käse ganz tief in die Lüftungsschlitze des Autos meines gehassten Ausbilders gesteckt. Dieser klagte nach einer Woche über üblen Geruch und nach drei Wochen verglich er es mit Buttersäure. »Ich drehe extra meine

Lüftung voll auf, aber es hilft einfach nichts«, hatte er geklagt. Nach einer weiteren Woche sprach er von eventuell toten Tieren in der Verkleidung. Wenige Tage später kam er mit einem neuen Auto zur Arbeit. So ähnlich muss es im Auto gerochen haben, dachte ich mir. Nur dass sie diesen Geruch im Schritt trug.

Zehn Minuten später stand ich an der Bar, bestellte mir einen doppelten Wodka und kippte ihn in einem Zug runter. Zum einen, weil ihn meine Nerven brauchten, und zum anderen, um mir vor dem Runterschlucken gründlich den Mund damit auszuspülen.

Erfahrungen und Abenteuer hatte ich mir sehnlichst gewünscht, als ich meine Frau verließ. Das war eine davon. Rache vom lieben Gott?

DER 25. ONE-NIGHT-STAND

DIRTY TALK

Rocco (20), Koch, Kaiserslautern,
über
Manuela (18), Servicekraft, Bonn

Urlaub auf Ibiza 2012: Ich war frisch getrennt von meiner ersten richtigen Freundin, mit der ich ganze vier Jahre seit meinem 15. Lebensjahr zusammen war. Wir hatten nach einigen Wochen unseren ersten richtigen Kuss miteinander erlebt, uns lange mit Petting zufriedengegeben und nach zwei Jahren das erste Mal miteinander geschlafen. Ich hatte die Zeit mit ihr genossen. Aber wie jeder junge Mann mal durchdreht, wollte auch ich auf einer der vielen Partys flirten, rumknutschen und meinen Marktwert abchecken. Doch leider funktionierte das nicht mit einer eifersüchtigen und anhänglichen Freundin an der Seite.

So passierte, was 100-fach jeden Tag passiert: Ich war in flagranti erwischt worden. Und zwar beim Knutschen mit einem blonden und zugegebenermaßen ziemlich blöden Mädchen. Sie schrie quasi nach Klischee. Und es war so. Ich meine, welches Mädchen isst, laut eigener Aussage, keine Weintrauben, weil da Wein drin ist? Und keinen Meerrettich, weil sie Vegetarierin ist und auch auf Meerestiere verzichtet? Genau! Aber ihre Brüste sahen groß und stramm unter ihrem Shirt aus. Das hatte für mich als Motivation für einen Kuss gereicht.

Nachdem meine Freundin uns entdeckt hatte, spielte sich in etwa folgende Szene ab: Geschrei, Schimpfwörter. Und das endgültige aller Worte fiel: Schluss! Mit diesen Gedanken saß ich am Strand von Ibiza und schaute aufs Meer.

»Rocco, es geht los«, sagte ein Freund und zeigte auf die Jetskis, die endlich für uns bereitstanden. Nach einer Spritztour im wörtlichen Sinn lagen wir völlig erledigt auf dem Handtuch im Sand. Wir entspannten uns, als sich ganz in der Nähe vier Mädels breitmachten. Wir waren auch zu viert. Und ich glaubte nicht an Zufälle.

Eine davon fiel mir sofort ins Auge. Wieder blond (na, erkennen Sie ein Muster?), Haare bis zum Po und eine zarte Bräune. Ihr filigranes Gesicht ließ sie unschuldig wirken, obwohl ihr Körper eine andere Sprache sprach. Sie hatte Sex-Appeal, das war klar. Und sie war sich unserer sabbernden Blicke sehr wohl bewusst.

Wir waren mit ihrer Ankunft von gammelnden Handtuchmuffeln zu Gigolos mutiert und saßen nun mit aufgeplusterter Brust und breiten Armen da.

Ein Freund von mir nahm allen Mut zusammen, ging zu den Mädels rüber und sprach sie an. Über seinen kleinen Besuch schienen alle vier erfreut zu sein. Das deuteten wir schon mal als ersten Erfolg. Nun waren wir drei gespannt, was da besprochen wurde. Ein Kichern war hier und da zu hören. Und jeder weiß: Wenn eine Frau kichert, hat sie angebissen und ist in Paarungsstimmung. Sonst kichern Frauen einfach nicht.

»Wir haben heute Abend alle ein Date. Wir treffen uns im Pacha«, kam er protzend zurück. Zu Recht. Damit hatte er mehrere Freibier bei uns erarbeitet, der Abend würde billig für ihn werden.

Pacha, 23:30 Uhr. Wir zahlten einen Wucher-Eintritt und fanden uns in einer genialen Großraumdiskothek wieder. Überall halb nackte Go-go-Tänzerinnen, Elektromusik und geniale Lichteffekte. Es war das wahrgewordene Nachtklubparadies, und ich verstand, warum dieser Laden so weltbekannt ist. Es war einzigartig. Wunderschön und elegant obendrein.

Nachdem wir uns alle ein Bier zum gefühlten Preis eines Monatslohnes gegönnt hatten, erspähten wir die vier Mädels. Wir begrüßten uns und ich hörte zum ersten Mal ihren Namen: Maren. Maren, die braun gebrannte Strandschönheit von vorhin, schoss es mir durch den Kopf. Es kann nicht lange dauern, dann wird sie jemand für Victoria's Secret verpflichten. Sie würde für diesen Abend mein Objekt der Begierde sein, zweifellos. Im selben Moment stieß sie mit mir an und ich deutete das als Zustimmung, wenn auch ihrerseits unwissend.

Eine Stunde später war klar, dass ich die Rechnung ohne einen meiner Freunde gemacht hatte. Denn er war es, der mit ihr knutschend in der Ecke stand. Mist. Und als Krönung hatte ich Manuela, ihre Freundin, am Hals. Besser als gar nichts, dachte ich mir und fand mich mit der Situation ab. Also trank ich etwas

Härteres als Bier und machte mir das »Schöntrinken« zunutze. Wobei, so schlimm war sie auch wieder nicht. Naturrotes Haar, angemalte Augenbrauen und ein wenig pummelig um die Hüften. Mit jedem Drink wurde daraus mehr und mehr: außergewöhnliche Haarfarbe, extravagantes Make-up und sexy Kurven. Irgendwann war zwischen ihr und Maren für mich kein großer Unterschied mehr zu erkennen.

Auf dem Heimweg vom Klub, es wurde bereits langsam hell, war Manuela nur noch eine wandelnde Vagina für mich. Ich war gequält von Stau. Und damit waren nicht die Straßen gemeint. Ich war gut dabei, wenn auch nicht betrunken. Maximal angetrunken. Mein Kumpel war mit der sexy Maren schon vor Stunden abgehauen und die anderen vier würden wohl alle zusammen in einem Zimmer landen. Für jeden Geschmack ist was dabei, dachte ich mir.

Mit der frechen Manuela beschloss ich, in ihre Ferienwohnung zu gehen. Frech, weil sie sich als schlagfertige Gesprächspartnerin entpuppte. Auf einmal war ich mit meiner Wahl doch nicht mehr so unglücklich, auch wenn sie die einzige der vier Mädels war, die für mich übrig blieb.

Dort angekommen, überfiel ich sie regelrecht, als sie sich auf die Couch setzen wollte. Ich küsste sie ungestüm. Nach den ersten Zungenstößen drückte sie mich von sich: »Hey, suchst du was in meinem Mund? Bei dem Rumgewühle!« Schockiert über diese Worte und vor allem ihre Direktheit, schaute ich ihr sprachlos hinterher, als sie in die Küche ging.

»Autsch«, sagte ich laut und meinte es auch so. »Es hat sich noch keine Frau über einen wilden Kuss von mir beschwert.« »Das ist anscheinend das Problem«, sagte sie selbstbewusst, als sie mit zwei Coladosen aus der Küche zurückkam.

»Kann auch sein«, erwiderte ich und wurde auf der Couch immer kleiner. »Fiasko« war das einzige Wort, welches mir in diesem Moment durch den Kopf ging.

Sie ruderte ein wenig zurück: »Hör mal, ich weiß, dass meine direkte Art nicht immer gut ankommt. Sorry.«

Ich dachte darüber nach und fand, dass ihre Direktheit besser ist, als etwas vorgespielt zu bekommen. »Du brauchst dich nicht zu entschuldigen. Eigentlich finde ich das besser als Heuchelei.«

»Mein Reden. Aber du darfst gern an mir trainieren.« Ich nickte und nahm mir vor, sie etwas zärtlicher und vorsichtiger zu küssen. Und siehe da, es klappte. Meine Zunge spielte vorsichtiger als je zuvor mit der einer Frau und sie schien es zu genießen. »Wow, das war wie Tag und Nacht«, sagte sie und zwinkerte mir zu. Ich wuchs innerlich und breitete wieder meine Schultern aus.

Ich lag auf ihr und zog ihr Top aus. Darunter trug sie nichts außer ihrer Weiblichkeit, auf die die Masse der Frauen neidisch gewesen wäre. Ich knetete ihre Brüste und stellte mir vor, wie mein Prügel sich in rhythmischen Bewegungen dazwischenschieben würde. Ich genoss den Gedanken, knetete und wieder spürte ich völlig unerwartet den Schlag ihrer Direktheit: »Aua. Wenn du Milch haben möchtest: Die steht im Kühlschrank.«

Ich ließ ihre Brüste sofort los und fühlte eine leichte Wut in mir aufkochen, weil ich mich von ihr bewertet fühlte. Erst mein Küssen, jetzt meine Brustmassage. Was denn noch? Würde sie später mit einer Bewertungstafel auf und ab laufen und meine Penislänge und Form benoten? Doch ich sagte nichts und freute mich auf den Moment, in dem ich es ihr heimzahlen konnte.

Eins verwunderte mich trotz allem sehr: Mein kleiner Luigi war nicht abgeturnt. Ganz im Gegenteil. Trotz ihrer harten Worte fiel meine Luststeife nicht ab.

Ich grummelte nur und bedeutete ihr, dass sie sich auf mich setzen sollte. Das ließ sie sich nicht zweimal sagen. Ihre Brüste waren wirklich schön, doch ich konnte mir ein kleines Kontra nicht verkneifen, obwohl es völlig übertrieben war: »Na, unter deinen Brüste kann man auch mindestens einen Bleistift einklemmen.« Das saß. Sie kniff kurz die Augen zusammen und wurde strenger.

Warum hatte ich das Gefühl, dass sie das heiß machte? Sie zog mir in der Schnelligkeit eines ICEs die Hose aus und nahm meinen Luigi in den Mund. Sie lutschte genüsslich an ihm, und ich spürte, dass sie Spaß daran hatte. Meine Exfreundin wollte mir keinen blasen und ich hatte das immer akzeptiert gehabt. Doch in diesem Moment, mit Manuela auf der Couch, bemerkte ich erst, was ich verpasst hatte.

Ich spürte, dass ich nicht mehr lange brauchen würde, bis ich kam. Sie wurde wilder. Und ich platzte mit der nächsten Bemerkung heraus: »Willst du die Pelle etwa mitnehmen?« Sie guckte gespielt grimmig. »Was denn? Wenn du so weitermachst, ist sie bald lose ...« Ich konnte mir ein Grinsen nicht verkneifen. Sie spürte, dass das nur Rachesprüche waren, und ich glaubte, auch auf ihrem Gesicht ein Schmunzeln zu entdecken.

»Du lernst ja schnell«, war das Einzige, was sie dazu zu sagen hatte. Dann stand sie auf. Sie stellte sich neben die Couch und zog den Slip aus. »Dann sehen wir mal, wie du dich mit deinen Fingern anstellst«, kommentierte sie ihre Entblößtheit und spreizte leicht die Beine. Mein Ehrgeiz war geweckt. Ich zog sie wieder in die Waagerechte und griff ihr beherzt in den feuchten Schritt. Sie war mehr als bereit für meine Fingerfertigkeiten. Ich war beeindruckt. Diese ganze Situation war extrem ungewöhnlich und Manuela verblüffte mich mehr als jede Frau zuvor.

»Rote Schamhaare sehen aus wie Rostflecken auf der Haut.«

»Und du solltest deine Finger auf Rheuma testen lassen. Sie fühlen sich an wie ein steifer Rammbock.«

Der Sex, den wir hatten, ging genauso weiter, wie alles auf der Couch begonnen hatte. Er war von gegenseitigen Sticheleien und Maßregelungen geprägt. Doch was soll ich sagen: Es war irgendwie gut. Trotzdem. Oder genau deswegen?

Sie hatte mich damit für die Körpersprache einer Frau sensibilisiert. Und sie hatte sich mit dieser Art in mein Gedächtnis gebrannt.

Am Morgen danach waren wir auf dem Weg zum Frühstück mit den anderen. Sie erzählte mir vom Sex mit einem reifen Mann, der ihr diese Art der offenen, neckischen Kommunikation im Bett beigebracht hatte. Und sie konnte es sich seitdem nicht mehr abtrainieren. Es war ihr ein Bedürfnis geworden, ihre Gefühle jeglicher Art beim Sex laut auszusprechen. Diese Frau war alles andere als eine Traumfrau, aber irgendwie ein Erlebnis wert.

Heute bin ich wieder mit meiner ersten Freundin zusammen. Nachdem wir uns beide die Hörner abgestoßen hatten, fanden wir nach einem stundenlangen und befreiend klärenden Gespräch wieder zueinander. Unser Sex ist besser als je zuvor. Aber ohne Sticheleien. Ende gut, alles gut. Zumindest in meinem Fall.

DER 26. ONE-NIGHT-STAND

BRETTSPIEL

Felix (22), Fußballer, Kaiserslautern,
über
Maren (20), Azubi, Bonn

Ich würde es den Rest des Urlaubs bereuen, wenn ich euch jetzt nicht ansprechen würde«, sagte ich zu den vier hübschen Mädchen, die sich einige Minuten zuvor neben unsere Strandtücher gelegt hatten. Sie lachten und schienen nicht überrascht zu sein, dass einer von uns vier Kerlen Kontakt aufnehmen wollte.

Eins der Mädels war rothaarig, sie war mir wegen ihrer gespielten Schüchternheit sofort aufgefallen. Eins ist ja über diesen Schlag Frau bekannt, Sie wissen schon, stille Wasser und so … Trotzdem war sie nicht mein Geschmack. Zwei der Mädels sahen sich relativ ähnlich. Schwarze Haare, Tunnel in einem Ohr, ein zartes Äußeres und dasselbe Tattoo am Handgelenk. Mein Fazit: beste Freundinnen. Und dann gab es da noch die Vierte und ohne Zweifel die Heißeste der Mädels. Sie hatte hellblonde Haare, strotzte vor Selbstbewusstsein und wusste ihren Körper genau einzusetzen. Sie rekelte sich auf ihrem Handtuch wie eine Cobra zu Flötenklängen.

»Geht ihr heute Abend auf die Piste? Vielleicht sieht man sich da«, fragte sie augenzwinkernd.

Die Story dürfte Ihnen spätestens jetzt bekannt vorkommen. Sie erinnern sich, Rocco und Manuela? Springen wir also direkt zum Zeitpunkt des Klubabends im Pacha: Ich lud Maren auf einen Drink ein. Ich wollte unbedingt mit ihr ins Gespräch kommen und meine Chancen bei ihr ausloten. Rocco hatte ebenfalls ein Auge auf Maren geworfen, das hatte ich schon mitbekommen. Doch bei Frauen bin ich leider ziemlich egoistisch, muss ich gestehen. Nun stand er mit der prüden Rothaarigen da und lächelte gezwungen. Shit happens.

Maren leckte sich genüsslich über ihre Lippen, nachdem sie einen Schluck getrunken hatte. Ich musste mich zusammenreißen, um sie nicht einfach jetzt schon zu küssen. Aber die Zeit war noch nicht gekommen.

Ich war Monate vor unserem Männerurlaub Single geworden und genoss die Zeit in vollen Zügen. Obwohl ich wechselnde Abenteuer suchte, war ich einer Beziehung gegenüber nicht abgeneigt. Doch es war bislang nichts Passendes dabei. Maren war seit längerer Zeit die

Erste, die ich intensiver kennenlernen wollte. Viele sagen zwar, dass aus einem Urlaubsflirt nichts werden kann, aber es würde nicht das erste Mal sein, dass ich andere vom Gegenteil überzeugte.

Ich habe keinen festen Frauengeschmack, die Chemie muss einfach stimmen und der Funke überspringen. Generell haben alle meine Exfreundinnen aber eins gemeinsam: Sex-Appeal. Und auch Maren schien weder schüchtern noch prüde zu sein. Sie war frech und spielte mit ihren Reizen, das gefiel mir.

Nachdem wir bei einem Drink belangloses Zeug über den Urlaub, in dem wir uns gerade befanden, gequatscht hatten, nahm das Gespräch eine unerwartete, aber willkommene Wendung.

»Ich habe dich durchschaut«, sagte sie gespielt empört, »du bist doch nur auf der Suche nach einem süßen Betthupferl …«

»Maren, du siehst aus wie eine Frau, die die Wahrheit vertragen kann.« Sie nickte und aalte sich schon seit Minuten in meinen Komplimenten. Ich genoss das Gefühl, sie damit ein kleines bisschen in der Hand zu haben. Ich fuhr fort: »Wenn der Sex nicht stimmt, stimmt gar nichts.«

»Stimmt. Ohne guten Sex kann keine Beziehung funktionieren.«

»Deswegen teste ich das gern bereits nach kurzer Zeit aus, damit keine Zeit verschwendet wird. Und ich verliebe mich meistens bei gutem Sex in eine Frau.«

»Ich finde, wir sollten das testen. Aber aufgepasst! Der Test wird auf Gegenseitigkeit beruhen.« In meinem Bauch machte sich auf einen Schlag das Kribbeln von Vorfreude breit. Und in meiner Hose war Jubel angesagt. »Dann fahren wir in dein Hotel?«, fragte sie neckisch, stellte sich dicht an mich und drückte ihre Brüste gegen meinen Arm.

Vor meinem Hotelzimmer angekommen, fiel mir ein, dass es darin aussah, als wäre mein Koffer explodiert. »Ähm«, stammelte ich, »ich hatte nicht mit Frauenbesuch gerechnet. Bitte ignoriere das Chaos.« Sie kicherte und sagte: »Wäre es aufgeräumt, würde ich mich auch sehr wundern. Außerdem sieht es danach sicher noch schlimmer aus, wenn ich mit dir fertig bin.« Ganz schön selbstbewusst, die Dame, dachte ich mir. Die Erwartungen wuchsen. Sie stellte sich ganz nah hinter mich, sodass ihre Brüste meinen Rücken berührten. Das Gefühl entfachte noch mehr Vorfreude und ich fragte mich, ob sie beim Anblick meines Zimmers flüchten würde.

Wir standen im Zimmer und ich machte das Licht an. Ich hatte ganz vergessen, wie unordentlich ich es tatsächlich einige Stunden zuvor verlassen hatte: Der Boden übersät von Kartoffelchips, getragene Boxershorts verteilten sich um das Bett herum, ebenso wie ein Haufen Taschentücher daneben. Peinlich! Ich hatte beim Buchen der Reise auf ein Einzelzimmer bestanden. Ich wollte unbedingt meine Privatsphäre haben. Das hatte ich nun davon. Scheinbar hatte ich mich zu privat gefühlt.

»Und du bist sicher, dass das dein Zimmer ist?«, fragte sie, angeekelt von dem Anblick. Die Gefahr, dass das alles kippte und meine Hose auf den Hüften bleiben würde, stieg. Ich überlegte, was ich als Nächstes tun sollte, denn wir standen nur da und guckten uns das Unheil an.

»Ich geh mal kurz auf die Toilette.«

»Und ich räume hier mal kurz auf«, fügte ich hinzu.

Sie verschwand im Bad und ich mutierte zum Wirbelwind. Ich machte meinen Koffer auf, packte alles, was in der Gegend herumlag, und schmiss es hinein. Ich ärgerte mich maßlos über mich selbst.

»Ich bin dann mal unter der Dusche«, rief sie aus dem Bad und ich hörte das Wasser laufen. Mein Atem stockte bei dem Gedanken an die nackte Maren in meinem Bad.

»Komm doch einfach dazu«, zwitscherte sie. Mein Puls beschleunigte sich und ich flippte fast aus vor Freude, dass der Fauxpas der Zimmerordnung ihrer Libido nicht geschadet hatte.

»Komme gleich«, sagte ich und schmiss als letzte Handlung die verklebten Taschentücher in den Papierkorb. Sex unter der Dusche, das hörte sich gigantisch gut an.

Ich kam nackt ins Bad. Die Spiegel waren schon beschlagen und die wohlig feuchte Luft machte Lust auf mehr. Ich stieg zu ihr in die Dusche, sie stand mit dem Rücken zu mir und guckte mich über die Schulter hinweg frech an. Mein Glied war schon auf Betriebstemperatur, und ich freute mich, dass es durch die vorangegangene Situation und den Ärger über mich selbst nicht bockte.

Ich berührte sie an den Hüften und wollte sie zu mir drehen, um sie in voller Pracht bewundern zu können. Doch sie wehrte es ab und zeigte mir weiterhin ihren hübschen Rücken. Ich streichelte sie an den Körperseiten hinab zum Po, der klein und stramm war. Er passte perfekt zu ihrem Körper. Das Wasser lief ihr über die Vorderseite ihres Körpers, sie hatte die Arme vor ihren Brüsten. Schämte sie sich etwa?

Mit meinen Händen glitt ich langsam ihren Rücken hinauf bis zu den Schultern. Sie bekam eine Gänsehaut, trotz des warmen Wassers. Gutes Zeichen!, dachte ich. Ich zog sie leicht zu mir heran und sie lehnte sich gegen meinen Brustkorb. Meine Handflächen wanderten über ihren Körper, ganz zart und behutsam. Ihren Po lehnte sie erst zart und dann stärker gegen meinen Ständer, das Gefühl war unbeschreiblich schön. Mein Verlangen drohte mich fordernder werden zu lassen, doch ich wollte mich ihrem Tempo anpassen. An diesem Abend waren wir bis zur Hotelzimmertür mit Vollgas auf der Überholspur gewesen, unter der Dusche war Spielstraße angesagt. Diese Abwechslung reizte mich, und ich wollte ihr zeigen, dass ich mich darauf einstellen konnte.

Mit den Fingerspitzen wanderte ich ihre Taille wieder hinab und streichelte an den Lenden entlang nach vorn. Sie schien die Liebkosungen zu genießen, rührte sich selbst aber nicht. Ich küsste seitlich ihren Hals und hoffte, dass sie den Kopf drehen würde, damit wir uns zum ersten Mal küssen könnten. Doch auch das tat sie nicht. Langsam befürchtete ich, dass sie vielleicht doch keine Lust auf mehr haben könnte. Ich überlegte, was ich hinter ihr stehend noch tun könnte, um sie in Stimmung zu bringen. Mit der rechten

Hand zog ich sie fordernder gegen meinen Schwanz, mit der linken wanderte ich von ihrem Bauch an weiter hinab. Sie war rasiert, was mich um den Verstand brachte. Ich musste mich ernsthaft bemühen, sie nicht mit meiner Lust zu überrumpeln.

Ich kreiste mit meinen Fingerspitzen in kleinen Bewegungen über ihre Schamlippen und fühlte mit meinem Mittelfinger ihre Perle. Sie regte sich nicht. Langsam wurde ich unsicher.

»Ist alles okay, Maren?«, flüsterte ich ihr ins Ohr.

»Hmmm«, murmelte sie unbetroffen. Jetzt bin ich kein Stück schlauer, dachte ich mir. Also beschloss ich, einfach so weiterzumachen, wie ich es immer tat. Irgendwann musste doch mal eine Regung zu sehen sein.

Ich kreiste einige Sekunden weiter und küsste ihren Hals. Dann wanderte ich mit den mittleren Fingern etwas weiter zu ihrer Spalte, was gar nicht so leicht war, denn sie stand mit geschlossenen Beinen da.

Plötzlich holte sie tief Luft und sagte: »Du, ich mag Fingern nicht.« Sofort nahm ich meine Hand aus ihrer intimsten Zone, um ihr zu zeigen, dass ich das respektierte. »Außerdem würde ich gern langsam raus.« Ich ließ sie los und griff ein Handtuch. Sie wickelte es sich um den Körper, ohne mich einen Blick auf ihn werfen zu lassen. Das alles fühlte sich komisch an, und ich beschloss, mich gründlich abzuduschen, um ihr die Chance zu geben, sich zu entscheiden. Sie öffnete die Tür, griff ihre Klamotten und verließ das Badezimmer.

Ich überlegte: Es gab nur zwei Möglichkeiten. Entweder war sie von der Zimmersituation dermaßen abgeturnt und ich konnte sie nicht mehr umstimmen; dann würde sie sich wahrscheinlich gerade anziehen und nicht mehr da sein, wenn ich aus dem Bad käme. Oder sie war doch nicht so verrucht und frivol, wie sie es der Männerwelt zu verstehen gab.

Ich trocknete mich ab und ging nackt ins Zimmer. Mittlerweile war mein kleiner Weiberheld erschlafft, er war genauso verwirrt wie ich. Sollte Maren noch da sein, wollte ich an derselben Stelle weitermachen, an der wir kurz vorher aufgehört hatten. Würde sie gegangen sein, wollte ich mir selbst eine Freude machen.

Ich hatte fast nicht mehr damit gerechnet, aber sie lag auf dem Bett und hatte wieder ein freches Grinsen auf den Lippen. Hat die Frau jemand ausgetauscht?, fragte ich mich. Sie hob die Bettdecke ein wenig an und lockte mich mit dem Zeigefinger darunter. »Mach doch bitte das Licht aus«, sagte sie, kurz bevor ich ihrem Locken folgte. Licht aus? Aber ich wollte sie mir doch endlich in ihrer ganzen Pracht ansehen! Doch ich kam ihrem Wunsch nach.

Unter der Decke kuschelte sie sich an meine Seite. Ihre Hand erkundete meinen Oberkörper, ich streichelte sie ebenfalls. Doch an ihre Brüste kam ich noch immer nicht heran. Verdammt. In meiner Mitte sammelte sich wieder Blut an und ich beschloss, dass ich sie gern schmecken würde. Fingern mag sie nicht, hatte sie gesagt. Aber gegen ein gekonntes Zungenspiel wird sie doch nichts einzuwenden haben, oder?

Ich glitt mit meinem Kopf unter die Decke und wollte gerade zärtlich ihre Beine spreizen, da sagte sie empört: »Was machst du da?«

»Ich möchte dich schmecken und verwöhnen«, antwortete ich.

»Das mag ich aber nicht«, sagte sie. Ich riss unter der Decke die Augen auf und konnte diese Information kaum verarbeiten. Doch als auch das letzte Wort in meinem Gehirn angekommen war, robbte ich wieder zu ihr nach oben. Nach einem Atemzug nahm ich allen Mut zusammen: »Und was magst du? Sag mir, wie ich dir eine Freude bereiten kann.«

»Ich mag die Missionarsstellung.«

»Verstehe. Und auf was stehst du beim Vorspiel?«

»Eigentlich auf nichts außer Streicheln. Ich blase auch nicht, ich hoffe, das ist okay für dich …«

Ich war platt. Wo war bloß die Frau hin, mit der ich den Abend über geflirtet hatte und die noch kurz zuvor betonte, dass mein Zimmer im Nachhinein noch viel verwühlter sein würde?

»Klar ist das okay für mich. Hast du denn überhaupt Lust und bist in Stimmung?« Ich hatte ja nichts mehr zu verlieren.

»Klar«, sagte sie kurz und knapp, liegend wie ein Brett. Ich versuchte, sie zu küssen, aber sie drehte den Kopf weg: »Sorry, du bist Raucher und das mag ich nicht.« Ah ja, mittlerweile verwunderte mich gar nichts mehr. Ich kramte ein Kondom hervor – ich hatte extra Erbeergeschmack besorgt, aber das erübrigte sich nun – und zog es mir über meinen Halbsteifen. Ich legte mich auf sie und sie spreizte die Beine nur so weit wie nötig. Ich drang langsam in sie ein und genoss das Gefühl trotz allem. Sie war schön warm und eng. Ich stöhnte. Doch sie regte sich nicht. Ihre Händen lagen leblos auf dem Bett. Ich stieß langsam zu und hoffte, dass sie auftauen würde. Doch nichts tat sich.

Ich kam nach einigen Minuten und hatte die Hoffnung aufgegeben, dass von ihrer Seite noch etwas kommen würde. Sie kuschelte sich an mich und schlief ein.

Am nächsten Morgen trafen wir die anderen zum Frühstück wieder. Kaum hatten wir uns an den Tisch gesetzt, fand Maren zu ihrer alten Form wieder. Sie setzte ihren sexy Blick auf, schmiegte sich an mich, als wären wir ein Paar, und haute wieder einen zweideutigen Spruch nach dem anderen raus. »Oh Gott, mir tut alles weh von letzter Nacht« und »Ich bin total müde, wir haben kaum geschlafen« sind nur ein kleiner Bruchteil ihrer schauspielerischen Leistung.

Was soll ich sagen. Ich habe es nie aufgeklärt. Bei meinen Kumpels war ich der Held, weil sie so »fertig« und »durchgenudelt« aussah, wie sie es nannten. Wenn ich schon keine tolle Nacht hatte, konnte ich doch wenigstens das genießen, oder?

DER 27. ONE-NIGHT-STAND

ATTRAKTIVES EHEGLÜCK

Rocky (24), Produkttester, Hamburg,
über
Sina (36), Bürokauffrau, Hamburg,
und
Peter (34), Werbeagenturchef, Hamburg

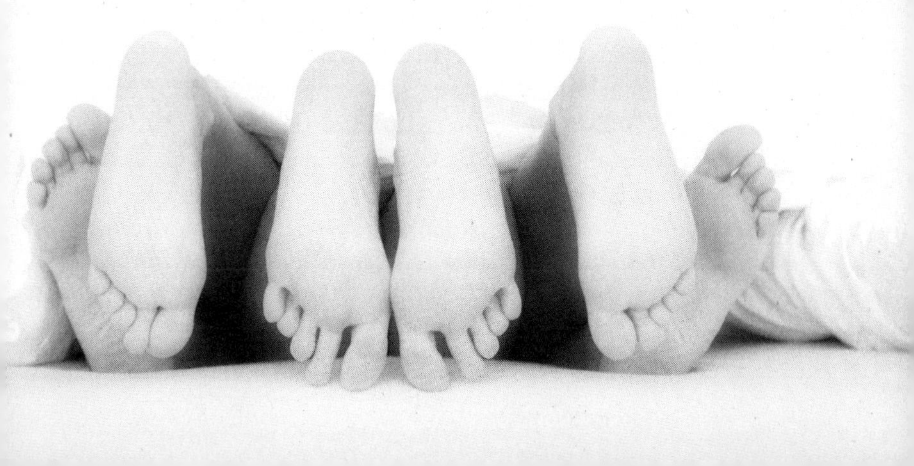

Ich klingelte an der Tür. Punkt sieben. Und das, obwohl ich meistens ein Problem mit der Pünktlichkeit hatte. Ich war stolz auf mich. »Unpünktlichkeit ist unsympathisch. Der Wartende denkt, dass man das Treffen für unwichtig hält«, hatte mein Vater immer gesagt. Und das war das Letzte, was ich an diesem Abend vermitteln wollte. Denn unwichtig war mir das bevorstehende Date ganz und gar nicht.

»Hallo! Du bist Rocky, oder?«, begrüßte mich Sina fröhlich, bevor sie bewundernd von oben bis unten an mir herunterschaute. Ohne eine Antwort meinerseits abzuwarten, zog sie mich auch schon an sich, drückte mir einen Kuss direkt auf meinen Mundwinkel und ihre üppigen Brüste gegen meinen Brustkorb. Ich war sofort in Stimmung.

Sie strahlte eine Erotik aus, die mich sofort in den Bann zog. Ihre Lippen waren voll, ihr Lächeln zart, aber auch fordernd frech. Eine Frau, die wusste, was sie wollte. Und sie sprühte vor Energie.

Sina nahm meine Hand, zwinkerte mir selbstbewusst zu und zog mich ins Haus. Ich folgte ihr in ein riesiges Wohnzimmer. Mein erster Blick fiel auf Unmengen von Pflanzen. Überall war es grün, unzählige Blätter, Stämme und Blüten verliehen dem Raum etwas Tropisches.

Ich schaute mich weiter um und entdeckte Peter, ihren Ehemann, auf dem Sofa. Zumindest war das meine Vermutung. Ich hatte die zwei übers Internet kennengelernt und ausschließlich mit Sina Kontakt gehabt. Vom dritten Mitspieler wusste ich nicht viel.

Mir fiel auf, dass ich noch kein einziges Wort gesagt hatte, seit ich angekommen war. Ich musste spätestens jetzt mal den Mund aufkriegen: »Hi. Du musst Peter sein.«

Er lächelte, stand auf und gab mir freundlich die Hand: »Ja, genau. Und du Rocky. Ein Bier?«

»Das klingt gut«, antwortete ich und Peter nickte seiner Frau zu, die gleich darauf in der Küche verschwand. Ich setzte mich auf die gegenüberliegende Couch und wühlte in meinem Kopf nach einem passenden Gesprächsthema.

Und ich soll deine Frau heute nach allen Regeln der Kunst verwöhnen, ja?, lag mir auf den Lippen. Denn genau das hatte ich vor. Tatsächlich aber sagte ich: »Ihr habt es euch schön gemütlich gemacht …«

»Ja, wir lieben die Tropen. Also haben wir sie uns einfach ins Wohnzimmer geholt.« In diesem Moment kam Sina wieder, reichte mir ein Bier und hatte zwei weitere für ihren Mann und sich dabei.

»Prost«, sagten wir alle gleichzeitig und ich leerte die kleine Flasche fast in einem Zug. Ich trinke meistens das erste Bier unbemerkt sehr schnell, wenn ich irgendwo angekommen bin. Das war mir in der Vergangenheit schon öfter zum Verhängnis geworden. Deswegen zügelte ich mich und ließ noch eine Pfütze in der Flasche übrig, schließlich hatte ich noch einiges vor an diesem Abend.

Wir kamen über ihre Tropenliebe zum Thema Angeln, dann zum Job und später zu Kindern. Die zwei hatten nämlich schon zwei Sprösslinge.

Sie verkörperten die klassische Bilderbuchfamilie: zwei Kinder, zwei Autos, verheiratet, Einfamilienhaus und eine Pauschalreise im Sommer.

Ein Blick auf die Uhr verriet, dass bereits zwei Stunden ins Land gegangen waren. Unsere Nervosität war deutlich zu spüren und sie ließ mit der Zeit kaum nach, Alltagsthemen hin oder her. Wir saßen uns nach wie vor auf der Couch gegenüber und taten irgendwie so, als wären wir zum Plausch und nicht zum Dreier verabredet.

Irgendwann – es ging mittlerweile um Autos – gab sie mithilfe einer kleinen Geste ihrem Mann zu verstehen, dass sie lieber nach oben gehen würde, ins Schlafzimmer. Das kam mir sehr gelegen, denn ich hatte schon viele Szenarien im Kopf, was ich gern mit ihr anstellen würde. Sie stand auf, kam auf mich zu und nahm mich an der Hand. Ich folgte ihr ins Obergeschoss, Peter kramte noch kurz im Wohnzimmer, bevor er uns folgte.

Gemischte Gefühle stiegen in mir auf. Zum einen freute ich mich auf die neue Erfahrung, die auf mich warten würde. Zum anderen war ich mir nicht sicher, wie er das alles mit mir in seinem ehelichen Schlafzimmer finden würde. Er hatte sich die ganze Zeit über nett verhalten, keine Frage, aber einen jungen Mann für Sex mit seiner Frau im Haus zu haben, steht für viele Ehemänner nicht gerade auf der Wunschliste.

Im E-Mail-Verkehr vorab hatte sie erklärt,, dass sie nach zwei Kindern und langer Ehe etwas Neues ausprobieren wollten. Bei einem ausgiebigen Gespräch hatten sie sich darauf geeinigt, dass sie zwei Fantasien verwirklichen wollten. Die eine war ein Besuch im Swingerklub. in der anderen sollte sie von zwei Männern gleichzeitig verwöhnt werden. Nun kam ich ins Spiel.

Das Schlafzimmer hätte nicht stärker nach »Ehe« schreien können. Klassisches Doppelbett mit hübsch gefalteter Bettdecke. Mein Bett zu Hause hingegen ist jeden Tag aufs Neue ein abstraktes Stillleben, dachte ich mir. Zum Glück hatte ich die zwei nicht zu mir eingeladen, womöglich hätten sie mein Bett erst mal gemacht. Ein Bild mit gelben Blumen hing an der Wand, zwei Nachttische in Buche standen am Kopfende, einer mit einem Funkwecker darauf, der mittlerweile 21:34 Uhr anzeigte.

Sina in diesem gähnend langweiligen Raum zu sehen, war irgendwie unwirklich, denn sie passte eigentlich so gar nicht hierher. Denn sie war alles andere als das.

Ihr schwarzes Kleid betonte ihre sexy Kurven besonders gut, als sie sich auf dem Bett rekelte. Ich beobachtete sie eindringlich, dann legte ich mich zu ihr. Peter kam hinter mir ins Zimmer und setzte sich auf einen Stuhl, der sonst anscheinend als stiller Diener herhalten musste. Er lächelte seine Frau an und schien unser noch zaghaftes Treiben mit seinen Augen abzusegnen. Ich war glücklich über diese nonverbale Kommunikation, denn lange Absprachen und Regelbesprechungen hätten mich in diesem Moment sicher abgeturnt.

Unsere Lippen kamen sich näher und kurz bevor sie sich berührten, konnten wir es doch nicht mehr erwarten. Voller Verlangen und Lust küssten wir uns. Ihre Lippen waren heiß und ich spürte, dass sie sich nach diesem Moment lange gesehnt hatte.

Ich konnte es kaum erwarten, sie nackt zu sehen. In den Stunden, die wir auf dem Sofa verbrachten, hatte ich mir immer wieder ausgemalt, wie sie wohl ohne Kleidung aussehen würde. Endlich war es so weit. Küssend zogen wir uns aus, während Peter uns dabei angeregt zuschaute. Aus dem Augenwinkel konnte ich erkennen, dass er sich seiner Klamotten ebenfalls entledigte.

Sie lag auf dem Rücken und ich erkundete mit meiner Zunge genüsslich ihren Körper. Ich liebe es, Frauen zu verwöhnen. Ein ausgiebiges Vorspiel ist für mich mindestens genauso wichtig wie der eigentliche Akt.

Ihre Haut war zart und roch nach einer Mischung aus Rosen und Vanille. Sie genoss meine Liebkosungen, was mir ihr leichtes Zittern verriet, das nach mehr verlangte. Unsere Körper passten so gut zusammen, dass ich am liebsten bis in die Morgenstunden weitergemacht hätte. Es war wunderschön anzusehen, wie sehr sie das Spiel genoss.

Ich vergaß schnell, wie viele Hemmungen wir drei noch wenige Minuten zuvor auf der Couch gehabt hatten. Im Gegenteil: Forsch ergriff ich die Führung in unserem Spiel. Auch ihr Mann schien sichtbar Gefallen an unserem Anblick zu haben. Sein Begleiter füllte sich mit Blut, als er sah, wie mein Kopf zwischen ihren Beinen verschwand. Ich rechnete es ihm hoch an, dass er mir den Vortritt ließ.

Mit heftigen Atemstößen teilte sie uns unverkennbar mit, wie sehr sie diese Situation genoss. Sie atmete mit jedem meiner Zungenschläge heftiger. In diesem Moment hielt Peter nichts mehr auf dem Stuhl und er kam zu uns aufs Bett. Peter kniete sich neben ihren Kopf und sie sahen sich voller Lust und Begierde in die Augen. Sie ließ sich nicht lange bitten und verwöhnte ihn mit ihren heißen

Lippen. Ich widmete mich weiterhin ihrem Schoß und hatte einen einmaligen Ausblick auf ihre oralen Fertigkeiten.

Als sich sein und mein Blick trafen, wie ich zwischen den Beinen seiner Frau hervorschaute, war es ungewohnt, aber nicht unangenehm. Ich kostete es in vollen Zügen aus, eine neue Erfahrung zu machen. Und die zwei schienen es ebenso zu schätzen, dass ihr Sex-Experiment mit einem anderen Mann im heimischen Bett funktionierte.

Ich verzehrte mich nach ihrer inneren Wärme und schaute mich nach meiner Hose um, in die ich extra zwei Kondome gesteckt hatte. Peter interpretierte meinen Blick richtig und reichte mir eins, welches er in Windeseile aus einem Fach im Nachttisch geangelt hatte. Ihre Augen funkelten, und sie konnte es genauso wenig wie ich erwarten, dass ich sie endlich nehmen würde.

Zwei Orgasmen – und eine glückliche, aber erschöpfte Sina – später saß ich in meinem Auto und machte mich auf den Weg zur Geburtstagsfeier meiner Schwester. Glücklich, leicht wund und kaputt stieß ich mit Freunden und Verwandten an. Wenn die wüssten, dachte ich mir.

DER 28. ONE-NIGHT-STAND

SONDERMÜLL

Jan (34), Seemann, Quedlinburg,
über
Michelle (ca. 30), unbekannt, Goslar

Ich klopfte an der Tür des Hotelzimmers 316. Ich war gespannt auf die Frau, die mir öffnen würde. Wir hatten uns übers Internet quasi blind zum Sex verabredet und uns nur eine grobe Beschreibung voneinander gegeben. Wir waren beide vergeben und suchten das Abenteuer, das Kribbeln und den Kick des Unbekannten.

Die Tür ging auf und ich war positiv überrascht. Eine adrette junge Frau stand vor mir und bat mich zu sich herein. Ihr Gesicht war hübsch, doch irgendetwas irritierte mich. Doch ich ignorierte den Gedanken und setzte mich aufs Bett. Sie schloss die Tür und setzte sich mit zwei Gläsern in der Hand zu mir. Wir stießen an, und ich fragte sie, ob sie mit dem ersten Eindruck zufrieden wäre. Sie lächelte und nickte. Wieder überkam mich das Gefühl, dass irgendetwas mit ihrem Gesicht nicht stimmte.

Außer ihren Mundwinkeln bewegte sich in ihrem Gesicht nichts. Sie nahm einen Schluck aus ihrem Glas, und ihre Lippen waren so voll, dass sie damit fast die ganze Öffnung bedeckte. Ihre Lippen waren unglaublich dick. Mollige Lippen, dass es so etwas gibt.

»Ich bin sehr zufrieden mit dem, was hier vor mir sitzt«, sagte sie und ihre Lippen erinnerten mich dabei an Schlauchboote. Ich konnte nichts dagegen tun, meine Fantasie spielte verrückt. Nur leider hatte ich keine Sexbilder vor Augen, sondern eine Frau, die vor dem Ertrinken gerettet wurde, weil ihre Lippen wie zwei Poolnudeln als Einziges oberhalb der Wasseroberfläche schwammen.

»Die sind definitiv aufgespritzt«, hörte ich meine Freundin kritisch urteilen. Und obwohl ich mir ihre Worte nur vorstellte, stimmte ich ihr zu. Doch für meine Freundin war jetzt wirklich kein Platz in meinem Kopf. Schließlich sollte das ein klammheimlicher Seitensprung werden.

»Ich bin auch sehr zufrieden«, sagte ich und war mir noch nicht ganz sicher, ob ich das auch so meinte. Sie nahm mir mein Glas ab, stellte es auf den Tisch und setzte sich auf mich. Sie trug einen knappen Rock, der ihr mit einem Ruck auf die Hüften sprang. Ihr Po fühlte sich auf meinem Schoß verhältnismäßig groß an im Vergleich zu ihrem sonst relativ zarten Körper. Beherzt griff ich in ihn hinein und war über seine Festigkeit erstaunt. Ein Po in dieser Größe war meistens nicht aus purem Muskel.

Ich musste endlich aufhören zu denken und endlich genießen, was kommen würde. Große Lust, sie zu küssen, hatte ich trotzdem nicht. Ihre Lippen machten mir Angst. Wahrscheinlich würde ein Kuss von ihr meine Nasenspitze inklusive Kinn mit einbeziehen.

Trotz meiner Lust auf Sex konnte ich mich nicht fallen lassen. Normalerweise habe ich kein Problem damit, meinen Kopf auszuschalten.

Sie zog mein Hemd aus und ich ihr Oberteil. Doch da war nicht viel Leidenschaft, eher Pflichtgefühl. Schließlich waren wir nur dafür an diesem Tag verabredet. Als ich mir ihre Brüste im BH anschaute, wurde mir ganz anders. Ihre Möpse quollen großzügig aus den Körbchen. War der BH zu klein? Oder hatte sie einen spontanen Milcheinschuss bekommen? Ich fummelte den Verschluss des BHs auf und warf ihn hinter uns. Der BH war weg, nur der Busen hatte sich kein Stück bewegt. Er prangte immer noch straff gen Himmel und sah so alles andere als natürlich aus.

Ich legte sie auf den Rücken, beugte mich über sie und hoffte, dass sich dabei in meinem Schritt etwas regen würde. Doch selbst im Liegen widersetzten sich ihre Brüste jeder Physik und missachteten die Erdanziehung.

Selbiges konnte man von ihrem Gesicht sagen. Ich guckte sie erschrocken an, sie hatte die Augen geschlossen und ihre Lippen gespitzt. Dabei sah ihr Mund wie eine hämorridengesäumte Rosette aus.

Ich konnte einfach nicht anders. »Sorry. Es liegt wirklich nicht an dir«, log ich wie ein Politiker, »aber ich bin irgendwie nicht entspannt.« Sie setzte sich auf und ihre Brüste sahen genauso natürlich aus wie das Gesicht von Cher.

»Ich habe schon gemerkt, dass du unentspannt bist. Dein kleiner Freund in der Hose hat sich wohl auch noch nicht gemeldet, oder?« Leistungsdruck, das nenne ich mal Leistungsdruck!, dachte ich.

Mein Entschluss war gefallen, ich schnappte mir mein Hemd, zog es an und log erneut: »Ich kann das hier nicht machen. Ich habe ein schlechtes Gewissen.«

»Okay, ich verstehe. Komm, dann lass uns wenigstens noch den Sekt trinken.« Während wir an den Gläsern nippten, hätte ich mich gern mit der ganzen Flaschen sinnlos betrunken. Diese Frau würde später mal Sondermüll sein, wenn sie nicht mehr unter uns ist, dachte ich. So viel Silikon und Botox habe ich noch nie auf geschätzte 165 Zentimeter gesehen. Noch nicht mal im Fernsehen.

Sie erzählte, dass sie diese Art von Dates normalerweise auch nicht hätte. Da ihr Mann aber so unheimlich viel arbeiten würde, fühlte sie sich vernachlässigt.

»Was macht er denn, dass er so wenig Zeit für dich hat?«

»Er ist Plastischer Chirurg.«

Noch Fragen?

DER 29. ONE-NIGHT-STAND

DIE SEKTFLASCHE

Günther (59), Restaurant-Inhaber, Köln,
über
Wenke (41), Logopädin, Köln

Wir hörten die Raketen, Böller und den Jubel der Feiernden. Es war kurz nach null Uhr und das Jahr 2010 hatte in dieser Minute begonnen.

Einige Tage zuvor hatte ich eine hübsche rassige Frau bei meinem Lieblings-Italiener kennengelernt und mich mit ihr für den Silvesterabend auf einer Party verabredet. Sie wollte am frühen Abend zu mir kommen und nach einem Drink würden wir gemeinsam zur Feier fahren. So war jedenfalls der Plan. Die Realität sah anders aus, denn zu der Party waren wir nie aufgebrochen.

Bei Wein und Käse hatten wir uns im Gespräch verloren: Gemeinsam unter einer Decke eingekuschelt, quatschen wir vor dem Kamin über unser Leben. Erst die Knaller und Raketen holten uns in die Silvesternacht zurück.

Normalerweise bin ich ein Mann, der Sex und Gefühle trennt. Von daher pflege ich Freundschaften zu Frauen mit Zuneigung, regelmäßigen Treffen, Spaß und Vertrauen. Separat habe ich sexuelle Abenteuer oder Affären. Vermischt hatte ich diese zwei Bereiche in meinem Leben nie. Doch bei Sandra auf meiner Couch vor dem lodernden Kamin war ich mir noch nicht sicher, in welche meiner beiden Schubladen ich sie stecken würde.

Sie war sehr sexy, hatte schulterlange schwarze Haare und das dunkelste Braun in den Augen, das ich je gesehen hatte. Sie war sehr zierlich, fast jungenhaft, und hatte breite Schultern. Zu ihr passte das irgendwie und ihre herzliche und weiche Art machte das Gesamtbild doch wieder sehr weiblich. Ihr Lachen war ansteckend und ich konnte mir sehr gut vorstellen, sie als Freundin in meinem Leben zu haben. Doch da gab es eben das Problem, dass ich mit keiner Frau Sex haben wollte, die ich als gute Freundin hatte. Viel zu oft schon hatte ich die Erfahrung gemacht, dass es nach dem Sex immer kompliziert wurde. Ab dem Moment, in dem du deinen Penis in sie steckst, stellen sie Ansprüche und haben Erwartungen an dich. Werden diese nicht erfüllt, gibt es Stress. Nach spätestens einer Woche kommt dann eine Nachricht: *Wir müssen reden! Wann hast du Zeit?* Die Nachricht könnte auch gleich lauten: *Ich habe etwas an dir auszusetzen und du musst dich ändern.*

Das Schlimme ist, dass man es sich am Anfang nie vorstellen kann, dass eine Frau sich so entwickelt. Doch leider bin ich schon einige Male in diese Falle getappt. Deshalb kläre ich die Frauen vorher über meine Regeln auf und in jeder der beiden Schubladen fanden bislang genügend Damen Platz.

Bei Sandra war ich in einer eindeutigen Zwickmühle. Ich konnte sie mir in beiden Bereichen als Gewinn vorstellen. Ich entschied, den Abend einfach mal ohne Strategie seinen Lauf nehmen zu lassen. Konnte ich mir am nächsten Tag doch immer noch Gedanken dazu machen.

Sandras Signale sendeten eindeutig auf der Frequenz »körperliche Vereinigung«. Wenn sie an diesem Abend nicht auf Sex aus war, würde ich ein Jahr ins Kloster gehen und zusätzlich noch den allbekannten Besen fressen.

»Lass uns doch kurz rausgehen und das Feuerwerk bestaunen«, sagte Sandra. »Und dann kuscheln wir uns wieder hier ein. Du wolltest mir noch von deiner Ehe erzählen«, sagte sie und stand auf. »Okay. Dann mal raus an die frische Luft.«

Ich wohne in einer Siedlung, in der viele neue Häuser stehen. Meine Nachbarn sind alle sehr freundlich und ich habe ein gutes Verhältnis zu ihnen. So kam es auch, dass wir draußen in einer großen Traube von etwa 20 Nachbarn und ihren Besuchern anstießen und doch noch ein Neujahrsgefühl erfuhren.

Kurz vor eins saßen wir wieder vor dem Kamin. Sandra rückte etwas näher als zuvor an mich heran und suchte intensiven Körperkontakt. Ich legte einen Arm um ihre Schulter und zog sie zu mir. Als sie ihren Kopf drehte, um mir in die Augen zu sehen, waren wir uns schon zu nah, um uns nicht zu küssen. Es war unvermeidbar.

Ihre Lippen waren schön voll, und sie öffnete ihren Mund sofort, um mit ihrer Zunge in meinen zu gelangen. Etwas zu forsch für meinen Geschmack. Geradezu überfallartig drang sie in mich ein.

Eine leidenschaftliche und stürmische Art zu küssen war nicht unbedingt unerwünscht, wenn es da nicht noch ein anderes – weitaus unangenehmeres – Gefühl gegeben hätte: Nässe. Ihre regelrecht triefende Zunge wühlte in mir herum, sodass sich selbst um meinen Mund herum Sabber verteilte. In diesem Moment war meine Zwickmühle keine Zwickmühle mehr. Die Lust auf Sex war mir in dieser Minute vergangen, eindeutig. Ich überlegte, wie ich ihr das verständlich machen könnte. Doch das brauchte ich gar nicht, denn der Abend nahm plötzlich eine unerwartete, verrückte und unvergessliche Wendung.

Es klingelte. Ich war froh, dass ich mich von Sandra lösen musste, und ging zur Tür. Wenke, meine liebe Nachbarin, stand mit verheulten Augen vor mir. Ich bat sie herein und machte mir Sorgen, weil ich sie noch nie so gesehen hatte. Sie humpelte leicht und war anscheinend überhaupt nicht begeistert, dass ich Besuch hatte. Sie stellte sich neben die Couch und stützte sich Halt suchend ab.

Sandra und Wenke begrüßten sich. Ich vermutete, dass Wenke gut einen im Tee gehabt haben muss, wie sie da so wackelte. Bis sie tief Luft holte und sich die Hände vors Gesicht schlug. Sandra und ich guckten uns stirnrunzelnd an und waren gespannt.

»Es kostet mich viel Überwindung, und es tut mir sehr leid, dass ich euren Abend unterbrechen muss. Aber ich habe ein Problem«, begann sie.

»Und das kann nicht bis morgen warten?«

»Jetzt lass sie doch erst mal erzählen, Günther! Sie ist ja ganz aufgewühlt.«

»Ich habe mir viele Sätze zurechtgelegt. Aber ich nenne es jetzt einfach beim Namen. Und bitte lacht nicht, das können wir in ein paar Monaten tun. Jetzt gerade tut es einfach nur weh und ich brauche deine, beziehungsweise eure Hilfe.« Spannung zerriss mich. Sandra sah sie mitleidig und gleichzeitig noch immer irritiert an.

»An meiner Muschi hat sich eine Sektflasche festgesaugt.«

»Nein!«, platzte es aus mir heraus.

»Um Himmels willen!«, ergänzte Sandra, bevor sie sich schockiert die Hände vor den Mund hielt.

»Ich weiß.«

»Wie kommt die denn da hin?«

Wenke schenkte mir einen Blick, der keine Fragen offenließ. Sandra setzte den gleichen auf.

»Ist ja gut. Jetzt zeig mal her!«

»Vergiss es. Ich leg mich doch hier nicht breitbeinig hin.«

»Du stehst gerade schon breitbeinig«, lachte ich.

»Wir gehen jetzt ins Bad, und ich schau mal, ob ich das Ding da irgendwie wieder herausbekomme«, bot Sandra an.

»Kennt ihr Frauen das Wort ›Vakuum‹?«

»Schlaumeier!«

»Du googelst jetzt, ob es dazu etwas im Netz gibt, Günther!«

Die beiden verzogen sich ins Bad und Wenke lief wahrhaftig wie ein Gorilla mit Rückenschmerzen. Wie weit steckte denn diese Flasche drin?

Als ich vor meinem Laptop saß und Googles Ergebnisse studierte, konnte ich mir ein Grinsen nicht verkneifen, wie oft das anscheinend schon passiert war. Ich schrie in Richtung Bad, dass sie nicht die erste mit dem Problem wäre und auch andere schon so blöd gewesen waren. Ein lautes »Na danke« schallte durch die Tür.

Nach einer wohl verzweifelten halben Stunde kam Sandra zu mir ins Wohnzimmer zurück und resignierte: »Keine Chance … hast du was gefunden?«

»Nein, das sagt das Internet nämlich auch: ›Keine Chance!‹«

Sandra brachte Wenke stützend aus dem Bad und half ihr, sich auf die Couch zu legen. Mit einer Hand hielt sie dabei die Flasche fest. Wenkes langer weiter Rock kaschierte alles auffällig gut. Ich musste mir ein lautes Lachen verkneifen, weil die Situation so urkomisch und peinlich zugleich war: »Also, wir haben nur zwei Möglichkeiten, die Flasche da rauszubekommen.«

»Nenne mir nur die, bei der keine weiteren Personen etwas davon mitbekommen«, winselte Wenke.

»Okay. Wir müssen ein Loch in den Boden bekommen. Dann löst sich das Vakuum auf und die Flasche löst sich.«

»Wie soll das denn bitte gehen?«

»Keine Ahnung. Das steht hier nicht.«

»Und wenn die Flasche dabei irgendwie zu Bruch geht?«

»… hast du Intimschaschlik!« Jetzt war es vorbei. Es platzte aus mir heraus. Ich konnte nicht anders. Sandra ließ sich anstecken. Wenke schien Verständnis zu haben und ich erkannte selbst bei ihr ein Lächeln.

»Was ist die zweite Möglichkeit?«

»Notarzt. Krankenhaus.«

Wieder schlug sie die Hände vor dem Gesicht zusammen und jammerte vor sich hin: »Oh nein, nein, nein …«

»Du kannst ja sagen, dass du dich versehentlich draufgesetzt hast. Ich meine, es ist Silvester. Da kann das ja wohl mal passieren«, schlug Sandra überzeugt vor.

»Nackt spazierte sie also im Haus herum und setzte sich versehentlich auf eine offene Flasche?« Ich muss wieder lachen. Verdammt.

»Ich ging bereits alle Ausreden durch! Und musste mich ja schon durchringen, überhaupt hier zu klingeln …«

»Also, mein Vorschlag ist, dass ich dich ins Krankenhaus fahre. Dann bekommt hier keiner der anderen Nachbarn mit, dass ein Notarzt im Haus ist.«

Wenke überlegte kurz und nickte mir zustimmend zu.

Sandra und ich richteten den Rücksitz im Auto so her, dass Wenke sich fast ausgestreckt hinlegen konnte. Dann stand ich Schmiere, dass keiner der anderen Nachbarn etwas mitbekam. Zu dritt im Auto machten wir uns auf den Weg in ein Krankenhaus, welches weit genug entfernt war, dass sie dort sicher keiner kannte und man sie dort mit großer Wahrscheinlichkeit auch nie wieder sehen würde.

Endlich angekommen, eilte Sandra hinein und kam mit einer Trage wieder heraus.

»Die wollten mir nur einen Rollstuhl geben!«, fluchte sie.

Die Empfangsdame konnte sich bei der flüsternden Schilderung ein breites Grinsen nicht verkneifen und wir wurden direkt in den Behandlungsraum geführt. Der Warteraum war völlig überfüllt und auf dem Flur lag eine Schnapsleiche neben der anderen. Der Gynäkologe kam herein und bat uns vor die Tür. So saßen Sandra und ich im überfüllten Warteraum und quatschten mal wieder ausgelassen. Uns störte die etwas andere Atmosphäre als vor dem Kamin nicht im Geringsten.

Ich deutete Sandra an, dass ich sie mir nur platonisch in meinem Leben wünschte. Sie nahm es locker.

Eine geschlagene Stunde später kam Wenke – weniger krumm und sichtlich erleichtert – aus der Tür und winkte ab, als wir nach Details fragten: »Wir können gehen. Schnell!«

Auf der Heimfahrt füllte herzliches Gelächter mein Auto. Die verrückteste Silvesternacht meines Lebens ging zu Ende.

Wenke und Sandra wurden sehr enge Freundinnen. Ab und zu trinken wir auch mal ein Glas Wein zu dritt. Und wenn ich gut drauf bin, bringe ich eine Flasche Sekt mit. Keiner von uns dreien wird je wieder eine Sektflasche ansehen können, ohne mit einem Grinsen an diese Nacht denken zu müssen.

DER 30. ONE-NIGHT-STAND

WAS FRAUEN WOLLEN

Bertram (38), Arzt, Sangerhausen,
über
Svenja (31), Rechtsanwältin, Passau,
und
Sarah (27), Kosmetikerin, Passau

Hallo Bertram,
wir sind zwei Freundinnen, die schon lange einen gemeinsamen Wunsch hegen. Wir haben die Fantasie, zusammen mit einem attraktiven Mann ins Bett zu gehen. Allerdings mit festen Regeln: Wir wollen ihn nicht näher kennenlernen, da es locker und unverkrampft sein soll. Kein weiterer Kontakt danach. Verhütung ist selbstredend und ein schönes Hotel haben wir auch schon im Auge. Was sagst du?

Ich glaubte an einen Fake. Ich wollte gerade »Löschen« drücken, da ließ mich etwas zögern. Ich überlegte. Was, wenn es wirklich Frauen da draußen gibt, die solche Fantasien haben und sie auch noch umsetzen wollen? Mit einem völlig fremden Mann? Es leuchtete ein, dass sie keinen Mann aus ihrem Umfeld nehmen wollten. Es sollte eben ein Abenteuer sein, welches die beiden nur für sich behalten konnten.

Hallo ihr zwei,
ich gebe zu, dass ich eure Mail erst für einen Fake gehalten habe. Ich hätte mir nicht vorstellen können, dass zwei Frauen so selbstbewusst und mutig sind und offen einem Fremden ihre intimen Fantasien anvertrauen. Aber beim Betrachten eurer Bilder dachte ich, dass ihr es vielleicht wirklich ernst meinen könntet. Und wenn das der Fall ist: Unbedingt! Ich bin dabei. Ihr gefallt mir und welcher Mann würde so etwas ablehnen?

Ich habe noch nie Probleme gehabt, eine Frau kennenzulernen oder eine Affäre anzufangen. Es ist einfach ein klarer Vorteil, wenn man Arzt ist. Das allein finden Frauen schon anziehend. Da ich als Ausgleich aber noch sehr viel Sport treibe, unterstützt es das Flirtpotenzial zusätzlich. Da ich für mein Profil der Online-Singlebörse ein Foto von mir am Strand ausgewählt hatte – natürlich ohne Gesicht, der Patienten wegen –, schlussfolgerte ich, dass ich ihnen auch deswegen gefiel.

Super, vielen Dank für deine offene Mail. Und das Fazit gefällt uns besonders gut. Nächsten Samstag? 20 Uhr?

*

Ich fuhr auf den Parkplatz des Hotels und war gespannt, ob es die schönste oder die schlimmste Nacht seit Jahren werden würde. Gedanken rund um K.-o.-Tropfen und Diebstahl hatten mich auf dem Weg nach Bayern begleitet. Deswegen wollte ich an der Rezeption eine Tasche mit Autoschlüssel und Bargeld hinterlegen. Man weiß ja nie. Die blöden Medien lassen einen aber auch immer das Schlimmste befürchten. Trotzdem hoffte ich, dass das alles hier mit rechten Dingen zuging und sie mich als Fantasieobjekt »missbrauchen« würden. In den Nächten zuvor hatte ich mir bereits meine Version des Abends überlegt – und war jedes Mal mit der Hand in meinem prall gefüllten Schritt aufgewacht.

Ich klopfte. Eine der Damen vom Profilfoto öffnete mir die Tür. Sie bat mich herein. Ich hatte Massageöl mitgebracht, nur für den Fall, dass es doch angespannter als geplant laufen würde. Massagen zum Einleiten von Nähe waren ein Erfolgsgarant, das hatte ich schon früh gelernt.

Ich zog meine Jacke aus und sah mir Svenja genauer an. Ihre Lippen waren schmal, ihr Körper zierlich und sie wirkte ein wenig schüchtern. Aus dem Badezimmer hörte ich Wasser laufen. »Sarah duscht noch, wir kamen etwas später als geplant hier an. Ich verschwinde auch gleich noch ins Bad.«

Ich lächelte sie an und versicherte ihr, dass wir keinen Stress hätten und ich uns gern noch eine Flasche Sekt besorgen könnte. Die hatte ich nämlich vor lauter Aufregung zu Hause auf dem Küchentisch stehen gelassen.

»Wir haben zwei Flaschen in die Minibar gestellt, damit er schön kühl bleibt,« blinzelte sie sichtlich nervös.

»Ich bin beeindruckt von eurem Mut!«, versuchte ich, die Spannung in der Luft zu lösen. Sie schmunzelte: »Ja, wir sind auch noch ziemlich erstaunt, dass wir das jetzt wirklich tun. Ich meine, wir reden schon seit Jahren darüber, aber bisher hatte es sich einfach nicht ergeben.«

Ich stand auf und stellte mich vor sie. »Ich bin zu allen Schandtaten bereit.« Sie kam mir näher und glitt mit ihren Fingerspitzen unter meinen Pulli. »Oh Gott«, sagte sie und riss die Augen auf, »du hast ja wirklich einen Eins-a-Waschbrettbauch!«

Ich musste grinsen, ein klein wenig stolz war ich schon. Dann zog sie den Pullover noch ein Stück höher, um sich komplett von meinem Sixpack zu überzeugen. »Wow …«

Genau in diesem Moment kam Sarah aus dem Bad. Sie trug nur einen leichten Morgenmantel, darunter Strümpfe, die ihre Beine in ein seidiges Schwarz hüllten. Als sich unsere Blicke trafen, knisterte es sofort zwischen uns.

Svenja flüsterte Sarah erstaunt zu: »Er hat ihn tatsächlich!« Sarah kam langsam auf mich zu, gab Svenja im Vorbeigehen noch einen Klaps auf den Po, bevor sie ins Bad ging, und bliebt vor mir stehen. »Ich bin auch so schon überzeugt«, sagte sie und fasste mir trotzdem unter den Pulli. Ihr Griff war deutlich fester, fordernder und provokanter als Svenjas. Ich zögerte nicht lang, griff sie am Hals und presste meine Lippen auf ihre. Ihre Zunge drang sofort in meinen Mund ein und ließ mich ihre angestaute Lust spüren.

Als sich unsere Zungen zum ersten Mal berührten, durchzuckte es mich wie ein Stromschlag. Sie packte meine Hüften und presste ihren Körper fest an meinen. Im Badezimmer begann das Wasser zu laufen, und ich wusste nicht, wie ich es aushalten sollte, Sarah nicht vor Svenjas Rückkehr zu vögeln. Ich wurde sofort prall und Sarah entging das nicht, denn sie griff beherzt an meinen Steifen. »Das fühlt sich vielversprechend an«, flüsterte sie in meinen Mund hinein. Im nächsten Moment stieß sie mich von sich weg und sagte heftig atmend: »Ich habe ihr versprochen, dass wir nicht ohne sie anfangen würden.« Ihr Blick jedoch sprach eine andere Sprache. Auch mein Atem ging schneller, und ich musste mich setzen, um nicht über sie herzufallen. Sie ging zur Minibar und öffnete eine Flasche Sekt. »Die können wir wohl beide ganz gut vertragen«, sagte sie und lächelte mich wohl wissend an, dass wir uns ohne ihre Vollbremsung bereits auf dem Bett wälzen würden.

Wir stießen an, küssten uns nur ganz kurz und redeten darüber, wie es dazu gekommen war, dass sie sich für dieses Vorhaben einen Mann im Internet gesucht hatten. Die zwei kannten sich seit ihrer Jugend, die Eltern waren eng befreundet. Nachdem sie zusammen sogar eine Wohnung bezogen hatten, war ihre Freundschaft so innig, dass sie sich alles erzählten. Eines Abends hatten sie sich einander offenbart, dass sie gern mal einen Dreier ausprobieren würden; Mann und Frau in einem Bett zu haben, zu gucken, ob man mit dem gleichen Geschlecht Lust empfindet. Sich von zwei Personen verwöhnen zu lassen, die Unterschiede zwischen einer männlichen und weiblichen Berührung zu spüren. All das wollte jede von ihnen schon lange ausprobieren.

Und just in diesem Moment kam Svenja aus dem Bad. »So, ich bin dann auch mal kurz verschwunden«, sagte ich und schob mich an den beiden vorbei. Ganz kurz frisch gemacht – ich hatte an diesem Tag geschlagene drei Stunden im Bad in meinem Badezimmer verbracht – kam ich mit freiem Oberkörper wieder zurück ins Zimmer.

Ich zweifelte an der Realität, die mir meine Augen vermitteln wollten. Svenja und Sarah lagen knutschend auf dem Bett und streichelten sich zärtlich. Ihre Dessous waren perfekt aufeinander abgestimmt. Zwei wunderschöne Frauen aalten sich auf dem Bett und warteten auf mich. Es gibt wahrscheinlich keinen Mann auf der Welt, der in diesem Moment nicht gern mit mir getauscht hätte.

Ich kletterte aufs Bett und genoss den Anblick der zwei Ladys. Svenja, das zarte und zurückhaltende Mädchen von nebenan, und der Vamp Sarah, die jemanden schon mit wenigen Berührungen oder nur mir ihrer Zunge um den Verstand brachte.

Sarah drehte sich zu mir um und zog mich zwischen die beiden. Sofort verteilten sich ihre Hände auf meinem Körper. Ich spürte die Svenjas an meinem Bauch und an meinen Brustwarzen, während Sarah mein Kinn griff und mich hingebungsvoll küsste. Ich war das erste Mal außerhalb meines Operationssaals enttäuscht, nicht mehr Hände zur Verfügung zu haben.

Am nächsten Morgen saß ich in meinem Auto und war wohl der glücklichste Mann der Welt. Den Radionachrichten entnahm ich, dass die Vollsperrung und der damit verbundene Stau mindestens noch eine Stunde andauern würden.

Ich entschied, die Zeit zu nutzen, stellte meinen Sitz zurück und schloss die Augen. Einzelne Szenen des Vorabends fluteten mein Gedächtnis. Svenja, wie sie mir einen geblasen hatte, während Sarah zwischen ihren Schenkeln kniete; Das erste Mal leckte sie eine Frau. Der Blick, den sie mir dabei zuwarf, ließ mich noch empfindlicher für Svenjas Lippen- und Zungenspiel werden. Wie Sarah über mir kniete und ich sie heftig fingerte, während Svenja mich ritt. Dabei berührte sie sich selbst und kam mit einem lauten Schrei.

Der Moment, als ich beide abwechselnd von hinten nahm und sie sich innig küssten, lief in meinem Kopf in Endlosschleife. Die zwei hübschen und doch verschiedenen Popos vor meinem Schwanz, der so prall war, dass jede einzelne Ader sich deutlich abzeichnete. Wie ich Sarah kräftig nahm und sie Svenja mit ihren Fingern und der Zunge einen weiteren Orgasmus bescherte.

Ein völlig verschwitztes Bett, mit feuchten Flecken und zerwühlten Laken, war das Ergebnis unserer Ekstase. Verschlungen schliefen wir ein. Erschöpft. Glücklich. Befriedigt.

Hatte ich die Nacht im Geiste gerade erst Revue passieren lassen, spürte ich bereits, wie ich wieder prall wurde. Mein Schwanz war wund und ein süßer Schmerz ließ mich grinsen.

Ich kannte ihre Regeln. Und trotzdem wartete ich, ob sie sich nicht vielleicht doch melden würden. Aber das geschah nicht. Leider. Ich musste erkennen: Das waren zwei Frauen, die bekommen hatten, was sie wollten.

DER 31. ONE-NIGHT-STAND

SPRUDEL SEI DANK

Johan (45), Taxifahrer, Dortmund,
über
Maria (ca. 50), Kindergärtnerin, Ratingen

Zum zehnten Hochzeitstag schenkte ich meiner Frau ein Wochenende in einem Wellnesshotel. So saßen wir am Abend gemeinsam in einem Whirlpool und genossen den Blick auf den Sonnenuntergang, als ein weiteres Pärchen in den Wellnessbereich kam.

»Ist hier noch Platz für uns?« Für vier Personen war es durchaus etwas eng, aber wir stimmten trotzdem zu. Die Frau setzte sich neben mich und wir vier fingen sofort ein reges Gespräch an.

»Kommen Sie aus der Gegend?«, wollte meine Frau wissen.

»Wir kommen aus Ratingen, ein kleines Stück entfernt also. Und Sie?«

»Wir sind aus Dortmund.«

Ihr Mann nickte, lächelte und lobte den BVB, der in dieser Zeit ein paar tolle Spiele lieferte. Schnell verlor ich mich mit ihm in eine Auswertung des letzten Bundesligaspieltages.

Das Sprudeln des Wassers entspannte meinen Körper zunehmend und unbeabsichtigt sank meine Hand auf ihren Oberschenkel. Ich wollte die Hand sofort wegziehen, doch sie hielt sie fest. Irritiert schaute ich sie an, doch sie lächelte nur flüchtig und schwärmte weiter von den großartigen Behandlungen im Hotel.

Vorsichtig suchte ich den Blick meiner Frau und begriff erst dann, dass das Geschehen unter Wasser unsichtbar blieb. Die Düsen wühlten das Wasser zu stark auf.

Ihre Finger griffen in meine und gemeinsam glitten sie in ihren Bikinislip. Erst der leichte Flaum ließ mich realisieren, was sie da mit meiner Hand unter Wasser tat. Mein Schwanz erwachte zum Leben und ich bedeckte ihn vorsichtig mit meiner anderen Hand. Nicht, dass meine Frau ihn flüchtig streifte und meine Härte bemerkte.

Sie führte meinen Mittelfinger zwischen ihre Lippen und ließ mich spüren, wie geschwollen sie schon war. Ich räusperte mich und rang um Fassung. Doch sie ließ sich nichts anmerken und sprach unauffällig weiter, während ich ihr mit kleinen Bewegungen die Perle rieb. Ihr Atem musste doch langsam schneller werden! Sie pulsierte unter meinen Fingern, und mir wurde ganz schwindelig, weil die Situation so skurril war.

Oberhalb des Wassers erreichten wir nun das Thema Wahlkampf. Eigentlich voll mein Thema, aber ich konnte mich einfach nicht auf beides konzentrieren.

Sie führte meinen Finger tiefer in den Slip hinein. Als zwei meiner Finger ihre heiße Spalte spürten, drückte sie einen Finger einfach in sich hinein. Mein Glied nahm schlagartig Maximalgröße an und war so prall, dass es schon fast wehtat. Ich sah sie mir von der Seite an und war vollkommen perplex, dass man ihr gar nichts, wirklich rein gar nichts anmerkte. Dabei steckte gerade der Finger eines völlig Fremden in ihr und stieß sie langsam.

Mein Daumen fand ihre Perle erneut, und ich rieb und stieß sie nun gleichzeitig, während sie ihre Hände aus dem Wasser hob und sie hinter dem Kopf verschränkte.

»Willst du langsam raus, Schatz?«, riss mich meine Frau aus meinen Gedanken, »Du bist doch ungern so lange am Stück im Wasser.« Ich hielt meine Hand still und schickte Blut in Richtung Sprachzentrum: »Ich finde es gerade eigentlich ganz angenehm.«

Oh Schreck!, dachte ich, meine dünne Badehose würde alles verraten, müsste ich jetzt aus dem Pool steigen. Dieses Zelt würde für uns alle ausreichen.

Sie spannte ihre inneren Muskeln kurz an und animierte mich zum Weitermachen. Mit den beiden mittleren Fingern war ich inzwischen in ihr und mein Daumen kreiste immer stärker. Sie nahm die Hände wieder unter Wasser, lachte laut über den Scherz ihres Mannes und krallte ihre Hand in meine, als sie wild zu zucken anfing. Ich betrachtete sie dabei aus dem Augenwinkel. Zwischen ihren Beinen war der Orgasmus deutlich zu spüren, in ihrem Gesicht jedoch kaum zu erkennen. Einzig ein längerer Wimpernschlag und ein Lippenbeißen deuteten darauf hin. Die kleinste Berührung hätte gereicht, um mich vollends im Whirlpool zu ergießen.

In dieser Nacht liebte ich meine Frau nach vielen Wochen wieder sehr heftig. Im Schlaf überkamen mich die Szenen aus dem Whirlpool und ich vögelte meine Frau noch einmal kräftig durch. Am nächsten Morgen erneut. Seitdem redet meine Frau fast täglich davon, wieder in dieses Hotel zu fahren. »Es war wie ein Jungbrunnen für uns zwei.«

DER 32. ONE-NIGHT-STAND

LOVE IS IN THE AIR

Nils (29), Werbeagenturleiter, Bad Homburg,
über
Alisa (23), Altenpflegerin, Bad Homburg

Auf die Hochzeit meines besten Freundes Patrick hatte ich mich schon wochenlang gefreut. Er und seine Zukünftige sind russischer Abstammung und jeder wusste, dass da ausgelassen bis in die frühen Morgenstunden gefeiert wird. Er hatte wirklich Glück mit dieser Wahnsinnsfrau. Und ich kann das beurteilen, denn Natalie war zwei Jahre lang auch meine Freundin gewesen. Zwar lag unsere Beziehung schon mehr als acht Jahre zurück, trotzdem war ich an diesem Tag ein wenig reumütig.

»Du bist ein echter Glückspilz«, sagte ich ihm, als wir am Morgen zum Standesamt aufbrachen. Er klopfte mir auf die Schulter: »Danke, mein Freund. Ich weiß, dass du uns unser Glück gönnst. Das ist auch nicht selbstverständlich.« Wir umarmten uns.

Und es stimmte, ich freute mich aufrichtig. Hätte ich mich damals nicht so egoistisch gegeben, wäre vielleicht ich an diesem Tag an seiner Stelle gewesen. Aber ich hatte es verbockt. Ich hatte sie damals nicht zu schätzen gewusst und das war mir – zu Recht – zum Verhängnis geworden.

Dass Patrick und Natalie zwei Jahre später zueinandergefunden hatten, war kein Problem für mich gewesen. Ich kannte ihn schon seit Kindertagen und zu ihr hatte ich auch nach der Trennung noch ein gutes Verhältnis.

Die Hochzeit verlief nach Plan. Sie heirateten in einem schönen kleinen Standesamt und der Nachmittag verlief relativ ruhig. Das war nur die Ruhe vor dem Sturm, hatte ich von einigen Seiten gehört. Abends würde die Post abgehen.

Gegen 19 Uhr fanden wir uns mit insgesamt 150 weiteren Gästen in einem großen Festsaal ein. Er war aufwendig dekoriert und die Stimmung hätte nicht besser sein können. Zusammen mit Heinrich, einem gemeinsamen Freund, war ich bei den Spielen nach dem Essen ganz vorn mit dabei.

Es war mittlerweile 22 Uhr und ich konnte das Wort »Gorka« langsam nicht mehr hören, als ich in meiner Nähe eine hübsche Frau tanzen sah.

Sie hatte kurze Haare, die ihr hervorragend standen. Ein längerer Pony rahmte ihr Gesicht und machte ihre Züge sehr niedlich. Sie sah kurz verstohlen zu mir rüber, bevor sie ihren Kopf senkte und ihre Augen sich hinter ihrem Haar versteckten. Von Heinrich erfuhr ich, dass sie Natalies Cousine war. Und tatsächlich, bei genauerer Betrachtung fielen mir gewisse Gemeinsamkeiten auf.

In den darauffolgenden Stunden trafen sich unsere Blicke immer häufiger und ich überlegte, wie ich sie ansprechen könnte. Das Problem war nämlich ihr Vater, der beschützend die Hand über sie hielt, indem er ihr nicht von der Seite wich. Ihm war mein Interesse nicht verborgen geblieben.

Ein glücklicher Zufall kam mir zu Hilfe. Für ein neues Spiel brauchten wir fünf Männer und fünf Frauen, die an den Beinen zusammengebunden tanzen mussten. Darunter waren Natalies Cousine und ich. Aus der Nähe sah sie noch niedlicher aus als aus der Ferne, und genau das Kompliment machte ich ihr, als wir einen Moment lang verschnaufen konnten. Sie wurde rot und lugte mit langen Wimpern unter ihrem Pony hervor. Sie schlug ein mehr oder weniger heimliches Treffen auf eine Zigarettenlänge vor der Tür vor.

20 Minuten später standen wir draußen und ich spürte den Alkohol, der sich an der frischen Luft durch meinen Körper zog. An dieser Stelle nahm ich mir vor, den Wodka für den Rest des Abends lieber sein zu lassen. Schließlich wollte ich bei Alisa, so hatte sie sich vorgestellt, keinen schlechten Eindruck hinterlassen. Doch je länger ich draußen stand und mit ihr flirtend über die Hochzeit sprach, desto stärker entfaltete der Alkohol seine Wirkung. Bis ich bemerkte, wie mich mein Sprachzentrum streckenweise verließ. Alkohol hat ja bekanntlich die nette Nebenwirkung, dass man immer ehrlicher und vor allem mutiger wird. So sprach ich also nicht nur langsamer, um keine Silben zu vergessen, sondern auch losgelöst von jeglichen Hemmungen.

Der Wodka übernahm für mich das Handeln und ich hatte das Gefühl, das ganze Geschehen nur von außen zu beobachten.

Doch leider war ich nicht nur Zuschauer, sondern Hauptakteur der nächsten Szenen, neben Alisa natürlich.

Ich nahm ihre Hand, zog sie hinter eine Ecke und küsste sie wild. Ich drückte sie gegen die Mauer hinter sich und Sätze wie »Du bist die schönste Frau, die ich je gesehen habe« und »Ich wusste von der ersten Minute an, dass du die Frau meines Lebens bist« sprudelten nur so aus mir heraus. Sie erwiderte, wenn sich unsere Lippen kurz voneinander lösten, dass sie genauso empfand und sie ganz verrückt nach mir sei. In meinem Schritt wurde es immer enger und ich fühlte, dass sie dabei war, in meine Hose zu greifen.

»Du bist so geil«, stöhnte ich, als sie mit ihrer zierlichen Hand meinen Penis umfasste. Sie massierte ihn kräftig, und ich spürte, dass ich jetzt nicht mehr aufhören konnte. Ich wollte sie haben. Und zwar hinter dieser Ecke. Einzig mein Kreislauf machte mir einen Strich durch die Rechnung. Denn sobald ich meinen Kopf etwas heftiger drehte, reagierte mein Magen eher übel.

Sie ging vor mir in die Knie und nahm meinen Schwanz voller Lust in den Mund. Ich stöhnte auf, doch sie mahnte mich, ruhig zu sein, weil die Eingangstür zum Festsaal ja nur um die Ecke lag. Und da ich immer noch vom Wodka getrieben wurde, fing ich an zu singen. Ja, ich sang *Love Is In The Air* von John Paul Young und sie kniete vor mir.

Ihren Blick werde ich nie vergessen. In diesem Moment wurde ihr wohl auf einen Schlag klar, dass ich nicht mehr ganz Herr meiner Sinne gewesen sein musste. Sie drückte das jedoch etwas unfreundlicher – oder treffender? – aus: »Du bist ja total dicht!«

Sie stand auf und stellte sich mir gegenüber. »Warum habe ich das nicht schon früher gemerkt?«, fluchte sie vor sich hin.

»Mäuschen, komm schon. So schlimm ist es doch auch wieder nicht …«

Und mit diesen Worten übergab ich mich ausgiebig vor ihren Füßen. Der verdammte Wodka hatte mit einem Mal zugeschlagen und ich konnte nichts dagegen tun.

»Geht gleich wieder … wir können gleich weitermachen«, brachte ich noch heraus, bevor mich der nächste Schwall überkam. Entsetzt und angewidert verschwand sie. Und ich war irgendwie dankbar, dass sie mich nicht mehr weiter so sah. Ich schloss die Augen, lehnte mich gegen die Wand und summte ganz leise noch mal den Refrain.

Wenige Minuten später kam sie wieder. Sie hatte einige Taschentücher und ein nasses Handtuch dabei.

»Du bist ein Engel.«

»Hier, du Idiot, nimm das und mach dir bitte die Hose wieder zu.«

Was? Ich stand immer noch mit der offenen Hose da? Was, wenn jemand anderes um die Ecke gekommen wäre?, fragte ich mich. In der Eile – und meiner körperlichen Verfassung – zog ich Hose und Boxershorts so gedankenlos wieder hoch, dass sich das untere Ende meines Sackes im Reißverschluss verfing. »Autsch, verdammter!«, schrie ich.

Jetzt stand sie da und lachte. Ich war beleidigt.

»Geschieht dir recht«, sagte sie und guckte mir vor die Füße, wo sich die Reste der Hochzeitstorte zu einer hellblauen Pfütze vereinten. Mein Schamgefühl schob sich nun endlich in den Vordergrund meiner Gedanken.

»Na, jetzt wirst du ja doch noch rot. Gut so. Ich werde es nämlich noch sehr lange sein, wenn wir uns sehen. Das war ja wohl mal total daneben.«

»Es tut mir leid. Irgendwie wurden es ein paar Wodka zu viel.«

»Es hat ja keiner was mitbekommen.«

Sie lächelte besänftigend.

»Alisa? … Aliiiisaaaaa?«

Oh Gott, eine reife Männerstimme rief nach ihr. Sie zuckte zusammen und riss die Augen auf. Ihr Vater! Es konnte nur ihr Vater sein. Zum Glück hatte ich in der Zwischenzeit meine Hodenhaut befreien können und stand *nur* vor meiner bunten Kotze.

Sie verschwand und ich hörte sie irgendetwas von »ins Gebüsch« und »besetzten Damentoiletten« stammeln. Sie log echt schlecht. Doch dann schien sie die Kurve zu kriegen: »Und als ich um die Ecke bog, entdeckte ich einen der Kumpels von Patrick. Dem geht es nicht so gut. Ich helfe ihm schnell noch. Wartest du hier oder drin? Ich bin dann gleich da.« Ohne seine Antwort abzuwarten, kam sie schon wieder um die Ecke und atmete ausgiebig aus. Für einen kurzen Moment hatte sich auch bei mir wieder alles gedreht. Doch das ging noch mal gut. Sie holte Heinrich und der fuhr mich nach Hause.

Am nächsten Morgen wachte ich mit einem riesigen Schädel und Mundkoffer à la Ratte auf. Beim Zähneputzen liefen die Bilder der Hochzeitsfeier vor meinem geistigen Auge ab und ich schämte mich in Grund und Boden.

»Love Is In The Air?«, fragte ich mein Spiegelbild und zeigte mir selbst einen Vogel. Ich schüttelte den ganzen Vormittag immer wieder den Kopf bei dem Gedanken daran. Ich beschloss, Alisa einen Blumenstrauß zu bringen und mich nüchtern in aller Form zu entschuldigen.

Als ich am Abend vor ihrer Tür stand, war sie völlig überrascht.

»Oh, der Wodkakönig!«, begrüßte sie mich.

»Ich konnte nicht anders und wollte dir unbedingt noch etwas zu gestern sagen.«

Sie bat mich zu sich herein und ich legte auch gleich los: »Alisa, ich war gestern echt ein Arsch. Bis ich an die frische Luft kam, habe ich noch nichts von meinem Promillestand gespürt. Ehrlich. Ich hätte das alles sonst nicht gemacht und ich bin auch eigentlich nicht so ein Typ. Wollen wir noch mal neu starten?«

Sie lächelte und nahm stillschweigend meine Entschuldigung an.

»Nils, vielen Dank für die Blumen. Den Arsch in der Hose hätten nicht viele gehabt, herzukommen, um sich dem Ganzen zu stellen.«

Super!, dachte ich, jetzt können wir einfach noch mal anfangen. Doch sie war noch nicht fertig: »Aber ich habe heute auch schon darüber nachgedacht. Leider kann ich mir nicht vorstellen, dass wir das einfach vergessen. Sorry.«

So stand ich wenige Minuten später auf dem Hausflur und hatte es wieder vermasselt. Die tollen Frauen aus der Familie waren einfach zu gut für mich.

DER 33. ONE-NIGHT-STAND

WENN MAN DIE LIEBE NICHT IN SICH SELBST FINDET, IST ES ZWECKLOS, SIE ANDERNORTS ZU SUCHEN

Deniz (26), Student/Barkeeper/Model, Berlin,
über
Sandy (28), Pin-up-Model, Berlin

Lange blonde Haare, eine zarte Figur, kleine Brüste, leicht gebräunte Haut: Das ist seit eh und je mein Frauengeschmack. Als Barkeeper in einer Berliner Szenebar laufen mir täglich solche Püppchen über den Weg. Doch dass es ein ganz anderer Frauentyp war, der mich im Herbst 2007 faszinierte, hätte ich vorher nie gedacht.

Ich hatte eine fünfjährige Beziehung hinter mir und war eigentlich ein glücklicher Single. Gerade auch, weil die letzten zwei Jahre von Streit und Stress geprägt gewesen waren. Trotzdem ertappte ich mich, wie ich ab und an nach einer neuen Freundin Ausschau hielt; eine blonde Schönheit, die ich wieder fest an meiner Seite wissen konnte. Ich bin eben kein Gigolo, sondern ein Beziehungstyp, das musste ich mir selbst eingestehen. In der Zwischenzeit meinen Spaß mit einigen Mädels zu haben, schloss sich dadurch ja nicht aus.

Ich stand an der Bar und machte meinen Job. Getränkebestellungen abarbeiten, lächeln und den üblichen Small Talk halten. Ich kam gerade aus der Pause, als ich unter den neuen Gästen eine Dame entdeckte, bei der ich doppelt hinsehen musste.

Sie saß mit einer Freundin unweit des Tresens und war malerisch. Meine Augen hätten sie gern für die nächsten Minuten ausgiebig bewundert, doch die Getränke-Bons hielten mich ab. Bis auf einige verstohlene Blicke blieb keine Zeit dafür.

Nach etwa zehn Minuten kam sie selbst an die Theke. Mir blieb fast die Luft weg, als sie vor mir stand: knallrote Haare, die ihr bis zur Taille reichten, Leopardenleggins und auf den sichbaren Körperstellen rankten sich kunstvolle Tattoos. Einzig das Gesicht war noch frei von bunter Bemalung, wenn man von den knallroten Lippen einmal absah.

Ich war überrascht. Neugierig. Angetan. Ich konnte es kaum glauben und erkannte mich in dieser riesigen Unsicherheit selbst nicht wieder. So sehr faszinierte mich diese Frau.

Sie bestellte ein Bier. Das passte ja. Hätte sie einen Prosecco bestellt, wäre ich verwundert gewesen. Ihre liebliche Stimme stand klar im Kontrast zu ihrem derben Äußeren.

Mit dem Bier in der Hand ging sie zurück zu ihrer Freundin und ließ mich einen Blick auf ihren knackigen Po riskieren. Sie musste zweifellos eine Menge Sport treiben, das sah ich diesem Knackarsch auf Anhieb an. Ob sie ihn extra für mich so sexy schwang?

Eine halbe Stunde später ging ein Kollege in die Pause und ich sollte einige Tische von ihm übernehmen. Mein erster Gang führte natürlich zu ihrem Tisch. Sie bestellten jeder noch ein Bier, und beim Servieren kamen wir ins Gespräch.

Die zwei kamen nicht aus Berlin, hatten sich aber schnell in die Stadt verliebt. Jedenfalls in das, was sie in der kurzen Zeit kennengelernt hatten. Da ich ein Gentleman – und natürlich völlig ohne Hintergedanken – bin, bot ich an, den beiden an meinem nächsten freien Tag die schönsten Ecken der Stadt zu zeigen.

Wir tauschten unsere Handynummern aus, und als ich wieder hinter der Bar stand, war ich völlig verwundert über mich selbst. Weil mich so ein Frauentyp noch nie, wirklich noch nie, interessiert hatte. Tattoos fand ich zwar schon immer ganz cool, aber nicht unbedingt in Massen an mir oder gar an meiner Freundin. Von roten Haaren ganz zu schweigen.

Aber gut, ich machte mir keine Gedanken mehr über ihr Äußeres, sondern ließ alles auf mich zukommen. Schließlich hatte ich ihr gesagt, dass sie sich bei mir melden sollte. Somit war ich fein raus und sie stand im Zugzwang. Als sie ging, warf sie mir einen Blick zu, der vor Erotik nur so sprühte. Wow!

Kaum war sie aus der Tür, spürte ich, dass ich es sehr schade finden würde, wenn sie sich nicht melden würde. Sie hatte mein Interesse geweckt und ich war neugierig auf sie und ihre Persönlichkeit geworden.

Als ich 20 Minuten später auf mein Handy guckte, hatte ich bereits eine Nachricht von ihr: *Hallo hübscher Mann :-) Wann genau ist denn dein nächster freier Tag?*

Ich schrieb ihr sofort »*Morgen*« zurück und ging zu meinem Chef, um ihm zu sagen, dass ich am nächsten Tag nicht zur Arbeit kommen konnte. Da ich bei ihm noch etliche Überstunden gut hatte, war das kein Problem.

Am nächsten Tag trafen wir uns am Potsdamer Platz. Und als ich sie so das erste Mal bei Tageslicht sah, verschlug sie mir endgültig die Sprache. Sie trug ein rockiges, aber nicht weniger sexy wirkendes Outfit, hatte die roten Haare offen und auf den roten Lippenstift verzichtet. War das ein Zeichen? Immerhin sind rote Lippen an einer Frau zwar sexy, aber er schreit förmlich »Stop!«, wenn man ans Küssen denkt. Ich meine, welcher Mann sieht nach einem Kuss gern um den Mund herum aus wie nach einer Notschlachtung?

Wir machten uns auf zu einem lockeren Spaziergang in Richtung Sky.bar, eins meiner Lieblingslokale. Von hier aus hatten wir einen perfekten Blick über Berlin, und ich konnte ihr einige Gebäude zeigen, die sie unbedingt mal besuchen sollte.

Wir machten es uns bequem, genossen einen Drink nach dem anderen und schafften es, geschlagene sechs Stunden ununterbrochen zu quatschen. Je länger ich ihr gegenübersaß, desto mehr genoss ich ihren Anblick.

Sie erzählte mir, dass Tattoos eine Lebenseinstellung für sie wären, dass jedes einzelne Bild eine Erinnerung oder ein Statement darstellte. Ich konnte es nicht leugnen, ich fand sie unheimlich anziehend. Das Bild von uns beiden auf der großen Couch in der Bar war für die anderen Gäste ganz sicher einprägsam: Sie, die rockige, tätowierte Schönheit mit Modelmaßen, und ich, der große Blonde, Typ Schwiegersohn, mit Dreitagebart. Und obwohl mir meine Außenwirkung sonst nicht egal ist, interessierte es mich an diesem Tag überhaupt nicht.

Als sie zur Toilette ging, bestellte ich die Rechnung.

»Genug den Arsch platt gesessen«, sagte ich zu ihr, als sie wiederkam.

»Okay. Dann machen wir uns auf den Weg zu mir?«, fragte sie und wirkte irgendwie niedlich.

»Da bin ich sofort dabei«, entgegnete ich und freute mich, dass wir noch Zeit miteinander verbringen konnten.

Bei ihr angekommen, staunte ich nicht schlecht. Ich weiß nicht, was ich eigentlich erwartet hatte, aber eine so normale Wohnung jedenfalls nicht. Etwas jedoch passte nicht so ganz in eine Standardwohnung: die Stange mitten im Wohnzimmer. Sie erzählte, dass sie Pole Dance liebte. Steilvorlage!

»Na dann zeig mir doch mal, was man damit so alles anstellen kann«, provozierte ich. Sie ließ sich kein zweites Mal bitten und zeigte mir prompt einen Hüftschwung, bei dem mir ganz anders wurde. Ich stellte mir diesen Hüftschwung auf meinem Schoß vor. Und mir wurde ganz heiß. Bei diesem Anblick wurde mir auch klar, woher sie diesen Knackpo hatte. Denn sie erzählte, dass sie fast täglich an der Stange trainierte.

»Ich bin Model, und bevor ich in ein miefendes Fitnessstudio renne, mache ich mir hier lieber laute Musik an und powere mich an der Stange aus.«

Wie beeindruckt ich war, musste mir auf der Stirn gestanden haben. Denn in diesem Moment wechselte unsere Stimmung von anfänglichem Geplänkel und einem lockeren Flirt auf Knistern und Funkenflug. Und plötzlich war er wieder da: der erotische Blick. Diesmal erwiderte ich ihn und das blieb bei ihr anscheinend nicht wirkungslos. Sie setzte ein Lächeln auf, welches ihre versauten Gedanken verriet.

Wir machten uns einen Film an – als Alibi –, doch keiner von uns schaute wirklich hin. Wir saßen uns gegenüber und plötzlich landeten wir beim Thema Sex. Sie verriet mir eine Vorliebe, die sich genau mit meiner deckte: die 69er-Stellung. So ein reizvoller Gedanke, eine Frau die diese Stellung liebte! Eher selten, jedenfalls bei Püppchen. Ich konnte meine steigende Lust kaum verbergen.

Ich liebe diese Stellung, weil man sich schön viel Zeit dabei lassen kann und gemeinsam die Leiter der Lust erklimmt. Wenn nur einer oral verwöhnt wird, nimmt ein Part vielleicht alle paar Minuten eine Sprosse, während der andere sich in Windeseile hochangelt (wenn der Aktive es mit Leidenschaft und Erfahrung tut). Tauscht man, klettert einer in der Regel runter und der andere schießt nach oben. Irgendwie mag ich diesen Gedanken nicht. Denn wenn es dann zum Sex kommt, startet man auf zwei unterschiedlichen Lustsprossen. Beide gleichzeitig in Augenhöhe auf der Leiter finde ich deutlich angenehmer. Und sie fand das auch.

Nach und nach war klar, dass wir den Abspann des Films wohl nicht mehr im Wohnzimmer miterleben würden. Und wenn doch, dann nicht mit Klamotten am Leib. Wir sprachen immer offener und unsere Lust stieg, das blieb nicht lang unerkannt. Als ich sagte, dass ich genau darauf in diesem Moment Lust hätte, schenkte sie mir wieder diesen sexy Blick. Sie sagte nichts, jedenfalls nicht wörtlich. Ihre ganze Körpersprache hingegen war eindeutig.

»Ich bin kein Mann der leeren Worte«, sagte ich und stand auf. Das tat sie auch. Ich ging zu ihr rüber, und ohne ihre Reaktion abzuwarten, küsste ich sie. In dem Moment, als sich unsere Lippen zum ersten Mal trafen, fielen all unsere Hemmungen ab und unsere Lust brach aus uns heraus. Die Klamotten von uns werfend, stolperten wir küssend in ihr Schlafzimmer. Ich warf sie aufs Bett und hatte den freien Blick auf ihren tätowierten Körper in sexy Dessous. Wäre ich nicht so heiß auf sie gewesen, hätte ich mir in Ruhe die Kunstwerke auf ihrer Haut angesehen, doch dafür blieb keine Zeit. Mein ganzer Körper bebte vor Spannung und ich konnte mich kaum beherrschen. Auch sie atmete heftig und ließ keinen Zweifel daran, dass sie genauso Lust auf mich hatte wie ich auf sie. Das Bett musste eine harte Bewährungsprobe über sich ergehen lassen.

Der Sex mit ihr war anders als der, den ich je zuvor hatte. Er hatte zu ihr gepasst, zu uns, an diesem einen Tag, zu dieser ganzen Situation. Ich schaute mir ihre Tattoos danach noch etwas genauer an und entdeckte einen sehr schönen Spruch auf ihrem Oberschenkel: »Wenn man die Liebe nicht in sich selbst findet, ist es zwecklos, sie andernorts zu suchen.« Diese Worte verrieten genau das, was mich so an ihr faszinierte. Sie war mit sich selbst im Reinen, fühlte sich wohl in ihrem Körper und stand hinter dem, was sie tat und wie sie aussah. Und all das hatte sich gut angefühlt. Auch »unsere« gemeinsame Lieblingsstellung. Ich genoss sie mit ihr wie selten zuvor mit einer anderen Frau.

Als wir verschwitzt, aber glücklich aus dem Schlafzimmer kamen, mussten wir beide lachen. Unsere Klamotten zogen filmreif eine direkte Spur von der Couch zum Schlafzimmer.

Obwohl wir so gut harmoniert hatten, blieb dieser Abend nur eine wunderbare Erinnerung. Und übrigens: Bei meinem Frauentyp bin ich geblieben, auch wenn ich für alle anderen Erfahrungen sehr dankbar bin.

DankSagung

Niemand schreibt ein Buch – und schon lange nicht vier Bücher – ohne helfende und unterstützende Hände im Hintergrund. Ich müsste so vielen Menschen danken, aber leider passen nicht alle in eine kleine Danksagung. Vielleicht sollte ich mal ein Buch über Dankbarkeit schreiben, denn die verspüre ich tagtäglich!

Vor allem möchte ich meinem Mann für seine grenzenlose Unterstützung danken. Egal wie oft ich ihn um Rat bitte, er hat immer ein Ohr dafür. Sein Blick auf die Dinge ist unbezahlbar. Danke!

Mama und Papa, ich liebe Euch! Ihr haltet mir den Rücken frei, wenn eine Lawine angerollt kommt. Das vergesse ich Euch nie!

Ebenso danke ich meiner lieben Freundin, weil sie nicht müde wird, das Thema Sex in vielen Gesprächen aus allen Blickwinkeln mit mir zu beleuchten. Eine Freundin wie Dich findet man so oft wie eine Perle in einer Auster.

Ich habe das Glück, beim besten Verlag gelandet zu sein, den sich eine Autorin nur wünschen kann. So viele helfende Hände, so viel gute Laune und unbändige Unterstützung. Ihr seid alle toll! Einigen möchte ich mit ein paar persönlichen Worten Danke sagen.

Oliver, ich danke Dir für Dein Vertrauen. Es ist nicht selbstverständlich, das weiß ich. Ich hoffe, dass wir noch viele gemeinsame Buchprojekte verwirklichen werden.

Anne, ich danke Dir für Deine hervorragende Arbeit an meinem Buchstabensalat.

Nadja und Julia, Ihr seid meine Pressefeen. Danke dafür!

Auch an alle Leser möchte ich ein großes Dankeschön richten. Keine Autorin schreibt ein Buch nur für sich selbst. Die vielen positiven Rückmeldungen versüßen mir immer wieder den Tag und schenken mir Freude. Auch die kritischen Stimmen helfen mir weiter, denn diese Resonanzen bringen mich voran und helfen mir, besser zu werden in dem, was ich liebe.

Zu guter Letzt danke ich natürlich meinen Protagonisten, die mir ihre Erlebnisse für dieses Buch »gespendet« haben. Ich weiß, dass ich Euch verbal über Eure Erlebnisse ausgequetscht habe und Ihr dem Druck, einfach wegzulaufen, nicht nachgegeben habt. Ohne Eure vielseitigen und tollen Erlebnisse würde es dieses Buch so nicht geben.

Besonders denke ich an einen Mann, der mich mit seiner berührenden Geschichte und seiner offenen Art sehr beeindruckt hat. Er war stolz, in seinem höheren Alter seine eigene Geschichte in diesem Buch bald in Händen halten zu können. Es blutet mir das Herz, dass er das nun leider nicht mehr tun kann. Er starb nur wenige Tage nach unserem Treffen. Ich schicke ihm einen Gruß gen Himmel und bin mir sicher, dass er gerade lächelt.

Danke! Aus vollstem Herzen!

DIE AUTORIN

Jana Förster ist Expertin für schlüpfrige Themen und hat im letzten Jahr ihren 30. Geburtstag überlebt. Wenn sie nicht gerade am Laptop sitzt, verbringt sie viel Zeit mit ihrem Mann und ihrer Tochter auf dem Boot oder beim Angeln. Ihre Bücher AUSGEZOGEN, NACKTE FRAU AN BORD und FUCK ME NOW AND LOVE ME LATER sind ebenfalls im Schwarzkopf & Schwarzkopf Verlag erschienen.

Jana Förster
EIN GENTLEMAN GENIESST ... UND ERZÄHLT
33 Männer erzählen von verrückten, missglückten, abenteuerlichen und hocherotischen One-Night-Stands

ISBN 978-3-86265-370-6

Coverabbildungen von links oben nach rechts unten: © Jacob Wackerhausen | © Artem Furman | © Mike Watson Images | © Photodisc | © Zapsa Artwork | © George Doyle | © Jupiterimages | © monkeybusinessimages | © ia_64 | Bilder im Innenteil des Buches in der Reihenfolge der Beiträge: 1. © AndreyPopov | 2. © mark wragg | 3. © korionov | 4. © maxximmm | 5. © Maria Mitrofanova | 6. © mercedes rancaAo | 7. © didi | 8. © Meinzahn | 9. © Thomas Price | 10. © VvoeVale | 11. © Pavel Losevsky | 12. © egdigital | 13. © Mattia Pelizzari | 14. © Olga_Danylenko | 15. © sever180 | 16. © Michael Blann | 17. © David De Lossy | 18. © lofilolo | 19. © Kenny Haner | 20. © Nanisimova | 21. © novaart | 22. © Comstock | 23. © www.smartusa.com 24. © Oliver Hoffmann | 25. © Robert Faubert | 26. © ognianm | 27. © Robert Schmechel | 28. © photomak | 29. © Valentyn Volkov | 30. © IPGGutenbergUKLtd | 31. © Michal Adamczyk | 32. © uatp2 | 33. © SerendipityMemories (Alle Bilder: © www.thinkstockphotos.de)

HINWEIS: Die Bilder auf dem Cover und im Inhaltsteil des Buches stammen von den aufgeführten Bildagenturen und dienen ausschließlich der Illustration. Bei den darauf abgebildeten Personen handelt es sich um Models und nicht um die Autoren oder die in diesem Buch porträtierten Personen.

KATALOG
Wir senden Ihnen gern kostenlos unseren Katalog
Schwarzkopf & Schwarzkopf Verlag GmbH
Kastanienallee 32 | 10435 Berlin
Telefon: 030 – 44 33 63 00 | Fax: 030 – 44 33 63 044

INTERNET | E-MAIL
www.schwarzkopf-schwarzkopf.de
info@schwarzkopf-schwarzkopf.de